方块 著　　幽会的节日

文匯出版社

荒诞上的草莓

——方块小说印象

吴越

多年前,当安福路还很沉静的时候,唯一热闹的去处是安福路与武康路转角,一家装修冷峻得如同一件欧洲男装风衣的咖啡馆,名字叫"去年在马里昂巴"。不用说,出入这家咖啡馆的,都是上海乃至全国的文艺潮人,与安福路上近在咫尺的上海话剧艺术中心形成一种倾斜角度的并峙。刚工作时的我,与文艺毫不相关,曾陪朋友勇闯过一次,咖啡馆里的陈设无甚稀奇,重要的是那因时髦而性感的气氛。我和朋友很快就像冲洗地面的水一样又顺溜地被冲了出来,从此知道只配"路过"。还值得一说的是,或因建筑形制接近半露天,或因挟有某种特权,"去年在马里昂巴"是允许客人抽烟的。苦闷与狂喜,都化作淡蓝色烟雾,自嘈杂人群中飘起,向户外呈树形上升。远看就像一场微型火灾现场。现在,这个地方也有一家咖啡馆也叫"马里昂巴",此去经年,没有了"去年"。经过时看见窗户很多,不知道还能不能抽烟。

想起刚才写的这个画面,是因为喜欢阿兰·罗布-格里耶的上海小说家方块要出版他的小说集《幽会的节日》,而格里耶正是《去年在马里昂巴》的小说作者。小说后来又拍成电影,若干年后成为上海一家文艺咖啡馆的名字,成为记忆里不那么可靠的一片淡蓝色海滩。

照行文规范,此处应为"方块兄嘱我写一篇序"——可是我不得不更为贴切地描述为"竟然让我写一篇序"。这种震惊的心情,首先是来自小孩误上了大人桌的惊骇:我也到了给人写序的年纪了?其次则源于一种更复杂的愧疚或者说心虚:集子里的小说,我确实大部分都有幸第一时间看过。当方块以投稿的方式,非常诚敬地投给《收获》杂志,而我读后与他多轮讨论,最终因小小缺憾没有用成,期待着他的下一篇……这些感受经年累月地叠加在一起,使得我似乎确实对方块的小说写作负有某种程度的责任。现在,方块把这些我们以目光多次探视过的篇什集成一束投向我,就像向我投了一个照彻夜空的信号弹,它逼迫我不容他顾地回答一个问题:这些年里,究竟我们有没有错过一位优秀的小说家?

这个问题折磨着我,让我在重温这些小说的夜晚,循着新生长出来的路径,去感受真实与虚构之间交错而多重的边境。拿到这本小说集的读者自然会在阅读中形成自己的判断,我在这里尽量不剧透地提出几个感受角度。

一则，是方块的小说与上海文脉的关系。方块的小说以略微有别于现实的折射角度，去绘制感觉层面的、"心"的现实，这在上海的文学花园中并不孤独也绝不违和——应该说，一直有专属的位置。换句话说，方块这样的小说家出现在上海，是毫不令人意外的。

上海的屋檐披沥了一百多年的中西之雨，其特有的历史源流与都会属性，注定了它广阔的灰度。从穆时英、施蛰存、叶灵凤等上海滩作家"新感觉派"，到新时期以来，余华、苏童、马原、格非、孙甘露等先锋小说家以上海的文学期刊为主要发表阵地的崛起，上海始终宽容甚或是鼓励着现实主义维度之外的文学尝试。还记得2016年春天，我因一场文学赛事而与方块在网上相识时，便深切地感受到了他出色的语言控制能力和造境的直觉。其后一直阅读他发来的新作，虽取材不同、表现各异，但那午夜梦境般不安、不确定、非理性、非客观的气息始终弥漫，令人着迷也令人沉醉。他是一个出色的画者。

例如："整个旅馆阴暗的格局让人很容易联想到一株面目狰狞的老树，二楼和三楼并不在同一个平面上，之间形成一个呈九十度的直角，就如同分向两边枯萎的树杈，拥抱了来势汹汹的风暴。"(《旅客》)

再如："他怀着忐忑不安的心情再一次跟着月光穿过弯弯曲曲的弄堂，悠长狭窄的隧道在夜晚的衬托下显得静谧、隐晦，两旁熟悉而又陌生的一扇扇黝黑窗户里，无数隐藏着的秘密、痛苦、忧郁正在悄悄腐烂、分解，与白天伪装的日常喧闹景象完全不同。

路灯拉长了他孤单的身影,在地上倾斜地跟随着他向前移动,有时投射在路面凸出的水池上,让他飘荡的身影变得扭曲、折叠,好像是被放在了魔术师错了位的箱子里……"(《幽会的节日》)

那欲望交织中的沉默张力,想象与日常拼贴而来的荒诞斑驳,瞻之在前忽焉在后的记忆谜题,与城市肚腹中的物质景观图层一起,构成了方块小说的底色与异趣。

二则,是方块的小说与普通人物的关系。印象中,方块从来没有写过特殊人物。他笔下的主人公一般都是被动进入一个未知迷局的普通人,并且是有一点觉知而又无法摆脱尴尬处境的中等知识分子。他代表着大部分的我们,在被命运过筛时卡住了,不上不下,无可慰藉。那也是日常生活中偶尔发作的炸裂剧情,个体的情爱与偷安,被一只荒诞的手高高拎起,展示其无能、无趣与无为。在读到方块写的这些哆哆嗦嗦而奋臂向前的过河卒子时,我们在观看的同时也很难不感受到背后的冰凉,那无常的河水也在一波一波地推涌着所有人。

刚才说到,方块继承了上海文学源流中偏"意识流"的一支,但这并不意味着作者不关注现实、不介入现实。虚笔也好,曲径也罢,最终都是对现实生活的映照和回思,这是文学的本心。例如取材于这些年普通人日常遭遇的《春天的邻居》,是这样结尾的:"孟欣在我的肩头哭泣,我们只能在黑暗中互相支撑。在众多沉默无语的邻居环绕中,那具逆流而上被放逐的人体模特大概正在沿着河水洄游到青藏高原的发源地,而春天的夜晚就像老姜挖开的泥土,显得寂静而又荒凉。"而在《高速铁路》中,遭遇情感危机的一对夫妻在回程路上，妻子的精神波动如此真实而又虚无："她在心里默默和自己打了一个不可靠的赌，如果车速跳到了300，那么就表明她和杜维的婚姻还能重回正轨。她睁大着眼睛看着那串数字慢慢往上升，从297到了299，她的心也渐渐提了起来，双手握紧，手掌心被汗水浸湿，连眼睛都不敢眨一下。这时，窗外突然一黑，列车驶进一条幽暗漫长的隧道，提示牌上的数字忽然消失不见，取而代之的是滚动字幕提示列车已进入隧道。"

三则是方块的小说与沪语生态之间的关系。方块的小说并不便用上海方言，但却得上海方言中松弛、幽默、噱戏的真意。这是我尤其想要指出的一抹亮色。有多少次，我或被他小说中人物驴头不对马嘴的一句对白、或一个不经意的冷面滑稽，或一处绝妙天成的错位互动——逗得哈哈大笑。也对他调度荒诞场面的能力叹为观止。记得他曾有一部小说叫《说谎者》，其中有发生在深夜医院里的一幕，如嘉年华狂欢而又跳脱自如，充满生机，充满弹性。我当时就想，他的灵魂里不仅有格里耶，还有拉伯雷啊。所以，在这部小说集里，他既有这样的诗意："一些矮小的灌木和新生的枝条分散其中，在少见阳光的空地上缓缓发育。阴冷的光线通过树木间的空隙以光柱的形式漏进地面，是深山空旷处的唯一安慰。"（《深谷空湖》）也有这样的趣意："冯子轩从桌案上成堆的书籍中抬起头，透过厚厚的镜片看着他，快了，我的作品离完成大约还有三公里的距离，我相信你一定能看见的。"（《幽会的节日》）

和方块仅见过一次面，但大概知道他从事着一份与文学相距甚远的工作，喜欢足球，过着普通人的生活。方块一直叫我"吴越兄"，有一次，我说，你最近这两篇小说里怎么老写吃面？他略显无辜地回答：吴越兄，那家面馆么，我常去吃的，味道不错。还非常诚恳地告诉我那家面馆的地理方位。这些年来，看完了他的作品，讨论；通过或没通过，方块也不纠结，只说：下次再争取，下次再努力。只有过一次，他说，以后不一定写了，于是我当真了，待要思考如何回复，没多久，又一篇新的发给我了，鲜亮，聚集着他从普通生活中抓取而来的奇思，充满颤动地等着跃变的那一霎。

方块的写作应该被看见，这本小说集自此将开始属于它的命运。

2025 年 3 月 27 日

目录

幽会的节日　001
完美生活　042
旅客　117
春天的邻居　143
雪落在哈尔滨　171
深谷空湖　194
暗夜长河　219
高速铁路　243
独自前行　264

幽会的节日

民国三十四年，时局诡谲多变，自从去年六月美国军队夺取了马里亚纳群岛，各方势力在中国土地上的明争暗斗也渐渐浮出水面。而作为参与其中一方的南京国民政府却早已经在各种接二连三的致命打击中岌岌可危。前方战事失利的消息不断传来，局势变得日益紧张，一些来源不明的消息像突然被释放的蒲公英种子，随风飘散，一夜之间便会在街头巷尾里生根发芽、深入人心，像一场瘟疫席卷了整个政府所能影响的区域。尽管当局采取了一切可能的措施，试图清除这些传言对政府早已失去的公信力和日益艰难的战局所造成的破坏，但是如同一座年久失修、等待坍塌的水坝一样，流言顺着堤坝各处开裂的缝隙中渗透而出，势不可挡，崩溃只是时间问题，所有徒劳的修补措施都显得毫无意义，即便是出于某种目的由政府本身散播的谣言，也对这些暗自流传的小道消息无能为力。而在上海，四月的气温开始回升，这些动摇人心的流言伴随着江南地区湿润多雨的气候发酵、泛滥，像是在地图上打翻的墨水一样从长江流域逐渐向黄河流域和珠江流域蔓延。在一个光怪陆离的下午,一团浓密的墨绿色乌云裹挟着翻涌的闪电沿着长江三峡顺流而下,一路翻滚肆虐,一冲到地势开阔的中下游平原上便立刻四散铺开,层层叠叠悬挂在远东第一高楼高耸的平顶之上,黑压压地笼罩住浦江两岸,一场后果难以预料的暴风雨显然一触即发。

赵士鸿在二楼弥漫着紧张气氛的办公室里看了一眼窗外变得乌黑的天空,嘶哑的闷雷声阵阵传来,虽然他的办公桌边放着一把油布伞,但是仍然感到有些忧虑。他拿起桌上的茶杯喝了一口早已冰凉变味的龙井茶,又轻轻放下,忍住了没有叹气。

这时,邻桌的老皮慢条斯理地开了口,看起来这场雨不会小。

赵士鸿点点头,又皱了皱眉,什么鬼天气,才几月份,怎么会有这样规模的雷电。

老皮把高高举起的报纸稍稍降低了一点,露出一双小眼睛,这雨么,早晚要来的,现在不下,六月份也要下,六月份不下,八月份也要下,迟早都一样。

赵士鸿没有接话,从桌上拿了一些文件看了起来。然而老皮却似乎来了兴致,他放下报纸,侧过身体向赵士鸿这边靠近,赵士鸿不得不也同样倾斜地向他那边靠过去,以示接受的是对方提供的秘密信息。你看今天的报纸了吗?老皮问。

赵士鸿摇摇头,还没有。

老皮故作神秘地看了看周围,发现办公室里没有其他人注意他们，于是压低声音说，昨天在公园里又逮捕了几个青年学生。

这种事天天都在发生，而且愈演愈烈，根本算不上新闻。

老皮的眼睛呈狭长条形，在他圆滚滚的脸上所占比重不大，每次他要透露一些人尽皆知的秘密时，为了显示严肃性，都习惯将眉毛往下压，以至于两只眼睛几乎被埋在肉堆里看不见。你不知道，原本并没有盯上他们，只不过他们可疑的发型引起了秘密警察的注意，那些人跟我们可不一样……老皮又转动了一下脖子，朝四周看了看，仍然没有人注意到两个人的密谈，后来我听说，在抓获的那些人当中，有一个人的身份让他们颇感意外。另外，在重庆那边……

这时，有人从办公室外走了进来，皮鞋声在木制地板上啪啪作响，于是两人迅速将身体坐直，老皮把报纸恢复到原来的高度，仔细阅读起来。赵士鸿伸手去拿茶杯，可触碰到了青花陶瓷杯冰凉的把手，他又将手缩了回来，转而拿起一份文件抄写起来。进来的是主任秘书小黄，他带来了一沓表格，在办公室里转了一圈，每个人桌上都发了一张。赵士鸿拿起一看，是一张个人信息表，似乎每年都要填写一回，交由人事部门存档。黄秘书确认每人手中都分到了表格，走到门口，毫无必要地在安静的办公室里拍了一下手来引起众人的注意，各位，主任交代了，周末之前把表格填写完整交上来，请大家务必不要让我为难。

办公室里没有人接他的话，张小宁低着头正用一把锉刀雕刻颜色鲜艳的指甲的奇特外形，冯子轩似乎连头都没有抬起来过，依然伏在桌案上奋笔写着永远不会结尾的诗，而楚天名则忧心忡忡地看着他的那缸日本金鱼,最近,一波神秘的病菌侵袭了鱼缸,那几条金鱼不约而同地患上了疾病,嘴唇溃烂、腹部肿胀、鳞片杂乱无章,失去平衡的身体侧向一边在水里四处打转……黄秘书等了几秒钟,转过身,用皮鞋后跟重重踩在了地板上,走了。赵士鸿把表格拿在手中看了一会儿,一些空格里要求填写的信息让他不禁感到为难。他看了看老皮,他还在看报纸,似乎根本没拿表格当回事。赵士鸿犹豫了一会儿,还是轻轻喊了声,老皮。

老皮放下报纸,转动脑袋,什么事?

这次赵士鸿率先把身体向对方倾斜过去,但是老皮却端坐着纹丝不动,只是直直地看着他。赵士鸿有些尴尬,又不能把身体撤回,只能用一种讨好的姿势问,你就……一点也不担心吗?

老皮的表情严肃,眼睛深不见底,像黑洞一样吸收着所有的光线,担心什么?

赵士鸿想了想,这场雨下来,肯定小不了,你又没带伞,怎么回去?

老皮眨眨眼,用手指摸了摸下巴,我遗憾的不是没有带伞,而是没有带毛巾和肥皂,否则这场暴雨下来直接就可以洗个澡了。

等到下班的时候,那团气势汹汹、带着闪电的乌云离奇地消散了,或者辗转奔赴他地,似乎是一支总攻在即的部队在最后一刻突然接到了匪夷所思的撤退命令,转眼间消失得无影无踪了。

甚至阳光开始露面，浅浅地洒在水门汀路面上，山雨欲来的寒意消失不见，空气里微微泛着燥热，还没有来得及完全撤走的湿气是那团来历不明的降雨云团残留的证据，紧紧黏附在皮肤上，和衬衫互相纠结，让人心烦意乱。

　　赵士鸿从门口出来，一手拎着公文包，一手握着油布伞，不免有些失望。那场消失的暴雨就好像是一个酝酿许久的、已经张开嘴巴而最终没有打出来的喷嚏一样让他难受，他本来已经做好了迎接暴雨的心理准备，可现在竟然连雨伞都变得多余了，如同鼓足力气去搬一个重逾千斤的箱子，抱起来的时候才发现箱子变空了，难免会气血不畅一阵。这时，老皮从他身旁走过，似乎笑了一声，你看吧，我说不需要担心什么，有的只是遗憾而已。说完，跨出大门。赵士鸿像只失了势的公鸡，垂头丧气默默走在路上。等他赶到电车站，那里已经聚集了不少人。过了几分钟，远处传来一阵叮叮当当的声响，人群开始微微有些骚动，等到电车靠站，他跟着人群一同挤上不堪重负的电车，车子缓缓开动，突然，他的目光掠过路口的拐角处，两个身影从他眼底一闪而过，消失在建筑物背后的阴影中。他吃了一惊，疑心自己看错了，但是立即就明白这只是给自己找的借口而已。出于同样的理由，事实上他完全无法从刚刚一瞥而见的两个身影中解读出任何实质内容来，但是他依然无可挽回地将自己的情绪调整到沮丧的一面，无论那两个身影实际上是否保持着正当的距离，或者说一起出现本身就是一个巧合，他都不得不根据那些不可靠的流言来解读其中的暧昧意义，这让他的心里泛起一阵阵潮水，嘴巴苦涩，感觉好像在一天之中连吃了两场败仗。

下了电车，赵士鸿正要过马路，这时，他抬头看见了对面暗黄色的商厦外墙上挂着的一幅巨型广告牌：一个女人穿着花色短袖旗袍，乌黑发亮的齐肩长发左右分开，从末梢十公分处变得卷曲、迷人。细长的眼睛并没有正视前方，而是稍稍向下，嘴角带着一丝模糊的笑容，也可能只是光线折射的效果。她微微侧向一边，腰部以下隐匿在广告牌之外，但是可以看见她并没有站直，上半身和下半身并不在一条中轴线上，而是稍稍偏离，使得整个人看起来更显妩媚，两条浑圆洁白的手臂举在凸起的胸前，弯曲的手指之间捧着一只青釉色的瓶子。在她头部的右侧，写着某个品牌的雪花膏。赵士鸿站在马路边上看了一会儿，然后回转身走进一家百货商店，从面貌与广告上完全不同的女营业员手里买了一瓶与广告牌上一模一样的雪花膏。他回到街上，穿过马路，走进狭窄曲折的弄堂，经过那些叮当作响并且传出煎炒香味以及油锅轻微的爆炸声的门洞，来到自家门前，稍稍停顿了一下，然后跨进家门。他小心踩上嘎吱作响的楼梯，以免惊动那些无所不知的邻居们。回到二楼的厢房，他放下公文包，看见妻子正在对面的厨房里忙碌，轻轻喊了一声，我回来了。

钱佩珊应了一声，并没有转过身来。他穿过走廊，走进厨房里，妻子正在水槽里洗着一盆长长的芹菜，他在她身后站了一会儿，又说了一句，我回来了。这时，钱佩珊将洗好的芹菜从水槽里拿出来，转过九十度，将盛有芹菜的脸盆放到灶台上，仍然没有看他。赵士鸿从口袋里拿出那瓶雪花膏，轻轻放在桌子上，送给你的。

她停了下来，拿起那瓶护肤化妆品在手上看了看，终于转过身来，忧伤甚至带着一点乞求地看着丈夫，你知道我要的是什么。

赵士鸿双手轻轻扶住妻子柔弱的肩头，心潮起伏，我知道。

钱佩珊低下头，用右手揉了揉眼角，你去洗把脸，等我这里弄好就可以吃饭了。

晚饭很简单，一条鲫鱼、一碗芹菜干丝和一碗番茄蛋汤，钱佩珊的厨艺不错，很简单的菜却做得精致可口，但是赵士鸿却难以下咽。饭桌上的气氛很沉闷，妻子低头吃饭，赵士鸿却觉得胸口堵塞、胃部膨胀，他只稍稍吃了几口菜和半碗饭，就把筷子放下了。钱佩珊抬起头看了看他，你看了今天的报纸了吗？

赵士鸿吃了一惊，不，我没看。

那上面说的都是真的吗？

这个，我也不太清楚，也许吧，你也知道，对报纸总是不能完全相信和否认。

你上班时就没有听到什么消息吗？

不，一切都还很正常，老皮还是每天假装在看报纸，张小宁只关心自己指甲的颜色和外观，冯子轩依旧埋头写作谁也没有看过的诗，而楚天名则对他那缸快要上天的金鱼深感忧虑，黄秘书有时会来传达主任的命令，至于主任么，他自己老是待在办公室里，我也记不起来有多久没见到他了……说到这里他忽然自己愣了一下，似乎想到了什么事情。

但愿如此，最近我总是忧心忡忡，生怕会出什么事。

佩珊，赵士鸿犹豫了一下，仿佛很艰难，那些字组成句子后会变得锋利、寒冷，等会儿吃完饭我还是要出去一次。

妻子的脸色突然变了，她紧紧咬住嘴唇，但是终于没说出什么话来，只是站起身来收拾碗筷，然后端着盆子到了厨房里，赵士鸿从背后看见她的肩膀在颤动，他转过头去，看着窗外。阳台对面的王家正坐在天台上吃饭，一家四口，桌上也有一条鱼，两个孩子正在为争夺鱼肉的部位而吵闹，王先生戴着的眼镜折射出家常的怒火，他按住两个孩子，亲自动筷替他们挑选鱼肉，赵士鸿甚至从他眼镜的反光中看见了一片片排列整齐、没有刮干净的鱼鳞，他于是站了起来。

天色已暗，霞飞路上灯都已点亮，散发出晕黄的光芒，柔弱的光线只能覆盖上街沿的一小片区域，再往上就被繁茂的梧桐树叶所遮盖，也照不到马路中间，那条幽深的隧道只能由偶尔过往的汽车灯照亮一小会儿，旋即又归于黑暗。法国公园里一片恬静，气候适宜，空气里充满了粉红色的秘密。赵士鸿经过毛毡花坛，那里三三两两的有些涉世未深的情侣在漫步，然后他路过那个经过精确计算、每隔十分钟就会无缘无故自动喷水的池子，以及那在黑暗中影影绰绰、散发出可疑香味的月季花园，最后跟随曲折迂回、峰回路转的小径登上了假山，山顶的夜晚里矗立着一座四根柱子加一个尖顶的古典式亭子，里面空无一人。

月亮被一圈神秘的光晕所笼罩，朦朦胧胧的。赵士鸿在亭子的长椅上坐下,他从口袋里拿出青色瓶子的雪花膏,放在手心借助微弱的月光仔细看了会儿,然后将它放在长椅上。过了一会儿,仍然没有人来,他站起身围着亭子转了两圈,感到焦躁不安,并且无端想起下班时在电车上看到的那两个身影,于是身上开始冒汗,夜晚山顶凉爽的微风也无法缓解他逐渐升高的体温。他在孤独的月光下的亭子里坐立不安地又煎熬了半个小时左右,终于对今晚的结局有了清醒的认识,一种惶恐不安的情绪从他身体向外散发,如同掀起的涟漪,从山顶阵阵向外扩散,慢慢波及整个公园。他不清楚究竟出了什么事,以至于约会被取消了,是出于个人的原因,还是因为某些不可抗力?然而可以肯定的是再等下去也毫无结果,一不小心还会将自己置于危险之中,这注定不是一个适合约会的夜晚。赵士鸿离开了亭子,顺着原路下了假山,继续往公园的东南方向前行,路过那片时常举办音乐会的大草坪时,他看见在草坪的边缘与茂密的树林接壤处聚集着一些青年学生,在原本应该浪漫的灯光下,他注意到他们与众不同的发型,以及弥漫在他们之间的危险气氛。赵士鸿不由想到白天老皮从报纸上摘录给他的消息,于是他立即转身。

  这时,那些学生突然毫无征兆地一哄而散,向着公园的各个方向逃窜,其中有一个人向着他的方向跑来,赵士鸿吃了一惊,也跟着拔腿跑了起来。与此同时,公园里响起了尖厉的哨子声,从四面八方冒出一些早已等待多时的黑影,像是追逐猎物的狼群一样紧紧盯着那些四散的学生。赵士鸿加快了脚步,但是由于长期缺乏有效的锻炼他跑了不一会儿就感到呼吸不畅,双腿发软打颤，而身后的脚步声则越来越近。当他挣扎着跑过一个弯角时迎面撞倒了一个人，突如其来的猛烈撞击让他也重重摔倒在地，眼冒金星。这时，一个黑影已经追上了一直跟在他身后逃跑的学生，并且将他扑倒，戴上了手铐。赵士鸿从一阵晕眩当中缓过劲来，慢慢从地上爬起，准备将被他撞倒之人搀扶起来，但是，他忽然发现那个人竟然是老皮。

老皮被撞得不轻，因为疼痛而嘴角阵阵抽动。看到赵士鸿打算过来搀扶他，赶紧摆摆手，示意让他在地上恢复一会儿。过了片刻，那些黑影从公园的各个方向向他们聚拢过来，押着被抓获的学生。其中有一个人向他们走来，老皮坐在地上从上衣口袋里掏出证件递给他，并且指了指赵士鸿，自己人。

秘密警察接过证件看了看，又疑惑地看了看坐在地下的老皮和一脸尴尬的赵士鸿，然后把证件还给老皮，带领着狼群押着捕获的猎物走了。这时，老皮不知从什么地方拿出一只抽拉式打气筒，他将打气筒嘴对准了自己的肚脐，然后开始上下打气，不一会儿就像一只恢复了精力的皮球一样从地上站起来。他看着目瞪口呆的赵士鸿，露出一丝宽容的微笑，你怎么会在这儿？

赵士鸿怔了一会儿，我只是来散散步，没想到正好赶上他们抓人。

哦，果然是你们年轻人有心，大老远地跑来散步。佩珊呢？没有和你一起来？

她……身体有些不舒服，已经睡下了。

老皮意味深长地看了他一眼，是这样，那你可要好好照顾佩珊。

赵士鸿低下头，他决定改变形式来挽救自己拙劣的谎言，你怎么也在这儿？

我么，老皮叹了口气，医生建议我要多呼吸新鲜空气，并且加强锻炼，因此我每天晚上都到公园来散步。

赵士鸿吃了一惊，心脏猛然抖动了一下，后背的汗水立刻渗出皮肤，你是说……每天晚上？

是啊，老皮似笑非笑地看着他，每天晚上。

赵士鸿感觉整个人都被抽空了，脑袋里回荡着一种嗡嗡的声响，似乎眼前的一切都变得不真实起来，他沉默了半晌，忽然问，有效果吗？

老皮若有所思，快要见成效了。

赵士鸿又是没来由地一阵心惊，那么快？

老皮望着深不可测的夜空叹了口气，时间不等人啊，一转眼就可能什么都没了。他跟着转向赵士鸿，你刚才跑什么，你的证件呢？

我没带，你一直随身带着证件？

老皮非常惊讶地看着他，证件当然要随身带着，没有了证件，我们又怎么知道自己究竟是什么人呢？

赵士鸿点点头，的确如此，只有证件才能证明自己，我实在是太不应该了。

老皮抬起手腕看了看发出夜光的手表，好吧，时间不早了，该回去了，别让佩珊等急了。

两个人一路走到公园门口，老皮忽然问，你的表格填好了吗？

赵士鸿迟疑了一下，还没有，你呢？

老皮温和地笑了笑，我也没有。

两个人道了别，赵士鸿走出了十米远，忍不住回过头，他看见老皮仍然站在公园门口目送着他，似乎早就知道他会回头一样，他的脸上透露出神秘、无所不知的笑容，举起一只手臂向他挥舞着，并且向他喊道，记住，是每个晚上……

赵士鸿心头剧烈震动，已经凝结的汗水再次顺着耳后根流淌下来，于是赶紧回过头加快步伐逃跑了。

下了电车，几乎是在蜿蜒曲折的弄堂里一路小跑着回到家里。他跑上二楼，在楼梯上发出很响的声音都不介意，但是到了门口却发现气氛有些不同，他拉亮了楼道里的灯，然后从口袋里摸出钥匙，打开房门，通过阳台外面路灯透进的微光，他发现果然狭小的房间里没有人，各种家具以及它们的阴影占据了整个空间，在半明半暗的房间里纹丝不动。这不禁让他吃了一惊，钱佩珊几乎不太出门，尤其是在晚上，但是这会儿她会上哪儿去呢？赵士鸿看了看时间，由于今天约会没有成功，虽然发生了另一些意料之外的事件，但是他仍然比平常提早了半小时回来。这时，一些可怕的想法开始出现在他思维当中，让他甚至不敢去仔细阅读这些想法。空荡荡的房间让他感到前所未有的恐惧和疑虑，他呆呆地在房间里站了一会儿，然后关上灯退出了房间，又把门关好。轻轻下了楼梯，慢慢走出了弄堂。

马路上亮着黯淡的灯光，行人稀疏。赵士鸿来到弄堂隔壁的一家烟纸店，店老板姓姜，是一个失意的中年人，他正坐在摇摆的躺椅上听着收音机，看见赵士鸿来了，只是轻轻点了下头，算是打了招呼。赵士鸿的眼睛在他店里的所有商品里来回扫了一遍，最终落在他身后的橱架上，姜老板，给我来包"哈德门"，再给我一盒洋火。

姜老板惊讶地看着他，似乎不相信自己的耳朵，但是仍然从躺椅上站起，转身拿了包香烟，又从玻璃柜台里拿出了洋火，一并递给他，赵先生学会抽烟了？

赵士鸿笑了笑，不抽怎么能会呢？他付了钱，当场拆开了烟，从中抽出一支，首先递给姜老板。姜老板连忙摆手，那怎么行呢？我怎么能抽赵先生的烟。

有什么不行的，姜老板不要客气，我是想请你教教我怎么抽烟。

两个人倚在柜台两边，伴随着赵士鸿的咳嗽声，隔着玻璃柜台一边聊天一边抽烟。持续了半个小时，只剩下半包烟，赵士鸿和姜老板道了别。他怀着忐忑不安的心情再一次跟着月光穿过弯弯曲曲的弄堂，悠长狭窄的隧道在夜晚的衬托下显得静谧、隐晦，两旁熟悉而又陌生的一扇扇黝黑窗户里，无数隐藏着的秘密、痛苦、忧郁正在悄悄腐烂、分解，与白天伪装的日常喧闹景象完全不同。路灯拉长了他孤单的身影，在地上倾斜地跟随着他向前移动，有时投射在路面凸出的水池上，让他飘荡的身影变得扭曲、折叠，好像是被放在了魔术师错了位的箱子里，在粗糙发黄的墙壁上显得突兀、诡异。他听见自己轻微的脚步声隐没在迷宫般的弄堂里，手心里攥满了汗水。

赵士鸿慢慢上了楼梯，尽量避免发出声响，如同一个正打算撩起帷幕的偷窥者一般，他站在房间门口，心脏怦怦乱跳，像是一个即将接受命运审判的人，从裤兜里掏出钥匙微微发抖，甚至不敢用力，转动钥匙，缓缓推开门，借助楼道里的光线看见床的里侧躺着一个人，背对着他。赵士鸿突然泄了气，感觉双腿沉重，无比疲乏，似乎心脏也一下子沉到了身体底部，虚汗从皮肤上阵阵涌出，他跌跌撞撞走到床边，由于失去了支撑重重地坐到了床上，长长地喘着粗气，过了良久才恢复平静。他脱掉衣服，仰面在床上躺了一会儿，又侧过身去，把手从钱佩珊的睡衣里伸进去，沿着光滑细洁的腹部往上直到妻子垂向一边的乳房，轻轻托起，放在手里。钱佩珊突然扭动身体挣扎了一下，显得相当烦躁和坚决，赵士鸿愣了一会儿，觉得手指因长时间的抓握而慢慢变得僵硬，于是把手抽了回来，背过身去睡着了。

第二天早晨赵士鸿醒过来后感到精神萎靡，他做了一晚上各不相同的梦，其中有一个梦让他深感忧虑。他梦见有一天自己从睡梦中醒来，发现所有的建筑物都坍塌了，世界只剩下一片废墟，正当他感到茫然无措的时候，有个自称是先知的人，坐在已经成为垃圾、倒塌了的钢筋水泥上向人们布道。按照他的说法，我们的世界其实只是众神手中的一个石臼，在众神休息的时候我们建造了很多我们自以为是、其实毫无用处的建筑物，有些甚至被冠以艺术的名称，但当众神需要将芝麻磨成粉的时候，于是天上先开始下雪，跟着石杵从天而降……

　　他被这些梦整整折磨了一晚上，当他睁开眼，发现妻子早已起床，出门去买早点了。他从床上下来，感觉头重脚轻，昏昏沉沉的，摸了摸额头，也无法确定是不是发烧了。赵士鸿走到厨房，刷了牙，用冷水洗了把脸，感到稍稍精神了一些，于是回到房间里，照着梳妆台上的镜子梳理头发，这时，他看见自己的眼睛因为干涩而充满了血丝，不由得吃了一惊，怀疑是不是由于晚上做梦的时候痛哭不止才导致现在双眼因缺乏水分而发红。赵士鸿对着镜子发呆，钱佩珊已经回来了，她把买来的金黄酥脆的油条放在了桌子上，并没有和丈夫说话，又转身去了厨房。赵士鸿心想妻子还在生气，这也怨不得她……他用筷子夹起一根油条，就着稀饭匆匆吃了，然后换好衣服，拿起公文包，对着厨房里交代了一声，下了楼梯。

　　一种从昨晚延续而来的从未发生过的危机感在春天的街头笼罩住了赵士鸿，他心情低落，无端感到紧张，认为自己已经被盯上了，每一个穿梭在早晨拥挤的马路上的可疑陌生人都有可能在暗中观察他。这让他很不自在，为了掩饰这种外溢的不安情绪，赵士鸿开始对自己的步伐和节奏进行严格的控制，努力扮演一个心理健康、无忧无虑的普通路人的姿态。然而，刻意的模仿反而导致了他的步伐僵硬，节奏混乱，如同一个演员用舞台上的方式过度演绎现实生活，必然错误百出、欲盖弥彰……

　　当他路过已经改名为常德路的赫德路的某幢公寓时，突然背后传来一阵沉闷的撞击声，好像是一块厚重敦实、长宽高都是一米、表面光滑、泛着金属黯淡光泽的正方体钢块落在地上发出的低沉、闷颤的声音。赵士鸿回过头去，就在离他不到一米的水门汀上，一个看上去有四十多岁，几乎浑身赤裸，只戴着一副口罩的男人正趴在公寓底层的人行道上，殷红的鲜血如同蜿蜒蠕动的蚯蚓一般慢慢在他身体下方爬行。失足者双手微微摆动，似乎仍然想要挣扎着站起来。赵士鸿抬起头往上寻找，五楼的阳台上一男一女正在大声争吵、互相指责，似乎根本没有发现躺在地上的人正在流失的生命。他收回目光，这时，周围突然冒出了许多围观的人，将赵士鸿围在圈子的中心。他有些着急，想要往外挤，但是围观的人越来越多，密密麻麻、层层叠叠，组成了一道紧密的人墙，如同一个牢不可破的陷阱将他和受害者圈在了中心，似乎他与这次坠楼事件有着不可告人的联系。赵士鸿感到有些慌乱，试了几次都没能从包围圈中挣脱出去。正在此时，有一个人忽然分开人群脱颖而出，他穿着一套精致的西服，黑色的皮鞋闪闪发亮，一尘不染，脸上神情严肃，头发由于气候的原因向两边分开，戴着一副黑色的眼镜，从镜片后折射出沉着、渊博的光芒。他走到伤者身旁，单膝跪下，四根手指搭住了他仍在摆动的手腕，闭上眼睛认真观察了一会儿，然后抬起头，用机械、冰冷的语气对着赵士鸿说，他患有十二指肠溃疡。

赵士鸿吃了一惊，你说什么？

医生又切一会儿脉，还有高血压和脂肪肝，弄不好还有神经衰弱和腰肌劳损，另外肝脏和颈椎也不太好。接着，他用双手托着伤者的腰部，用力往上顶起，然后尽量弯下腰朝地下看了看，又把伤者的身体放平，抬起头盯着赵士鸿，生殖器短小，前列腺有病变迹象，少许慢性炎细胞浸润。

赵士鸿脸色苍白，呼吸也变得紧张起来，你跟我说这些干吗？

医生颇为忧虑，身患这么多疾病，他大概只剩几分钟的时间了。

赵士鸿把公文包紧紧抱在胸前，那和我有什么关系？

医生突然又想起来什么，翻开失足者的眼皮检视了一番，然后思索了一会儿，得出了结论，破坏家庭。

赵士鸿往后退了一步，撞在围观的人墙上。医生紧紧盯着他，家庭和每个人都有关系。说完，他站起来，往前跨出一步。赵士鸿转过身，想从人群中寻找一条通道，但是却无法抵抗人墙的阻力。他越发着急，甚至想弯下腰从众人脚下钻出去。这时，突然吹起了尖厉的哨子，警察闻风而动，出来收拾残局，围观的人群立即散开了，转眼间消失得无影无踪，赵士鸿转过身，发现那个无所不知的医生也不见了踪影，他松了口气，拎着公文包，怀着满腹的震惊和疑惑继续上路。

走进单位大门，赵士鸿稍稍从忧虑的情绪中平复了一些，他一路紧绷着的神经也松懈了下来，办公室多少让他感到安慰，看着那些雕着纹饰熟悉的窗户和漆成暗红色的回旋楼梯和扶手，他甚至觉得找到了些许依靠，至少不用再像在马路上那样担心被盯梢了。他上了二楼，推开门，其他人早已就位，依然忙着每天一成不变的事情。他走到自己的位置，把公文包放在一边，拿起杯子出门右拐，将杯子清洗了一遍，回到座位，放上茶叶，然后到公共区域泡上开水，回到椅子上，开始一天的工作。然而他坐了一会儿发现并没有什么真正有意义的事情需要他去干，于是问老皮，今天报纸上有什么新闻吗？

老皮放下报纸，把头转向他，额头微微前倾，双眼往上翻起，默默地注视着他，似乎从一副不存在的老花镜上方看着他，一直看得赵士鸿心中发虚，过了好一会儿，老皮才收回 X 射线般的目光，又看向报纸，心不在焉地说，没什么特别新闻，只有一条还有点价值，早上有个浑身赤裸、戴着口罩的男人从常德路上的一栋公寓里跌了下来，你每天都从那儿路过，你看到了吗？

赵士鸿吃了一惊，思索了一会儿，不，我没有看到。

是吗？老皮似乎冷笑了一声，太遗憾了，我要是在场，倒是想好好看看怎么回事，一个浑身赤裸却戴着口罩的男人，说不定能查出什么线索来。

你认为这不是一起自杀事件？

当然不是，依我看这肯定是一起凶杀案，至少是过失杀人。

为什么？

我猜想情况是这样的，由于忘记了某件东西的丈夫早晨意外返回家里，却不期遇上了外遇的妻子带着情人在家里偷欢，这里通常会出现两条分岔的线索，如果不幸的丈夫带着钥匙，当他开门而入看见妻子正岔开雪白修长的双腿恭迎着另一个男人，他很可能因为愤怒和沮丧而将那个趴在他妻子身上的男人从阳台上扔下去。当然，如果他没带钥匙，那就只能敲门，这时，为了掩盖偷情的事实以及担心可能遭到报复，那个侵占了别人妻子的人只有一条出路，那就是阳台，而他很有可能在翻越阳台栏杆时失足跌落，因此，解开这个谜团的关键就是那把可能携带或者可能没有携带的钥匙。

赵士鸿紧紧捏住了裤子口袋里的钥匙，那为什么要戴口罩呢？

这个嘛，侦探也感到了为难，他沉吟了一会儿，可能是为了防止某种灾祸，你知道的，祸从口出，戴口罩是一种有效的防护措施。

赵士鸿摇摇头，我觉得自然坠楼的可能性更大，很可能是出现了什么经济或者信仰危机，一时想不开。

老皮也摇摇头，不对，当时现场有一位医生在，其实他的真实身份是一位少校，隶属于一个军事法庭，是一名助理法官。他检查了死者的死因，甚至在围观的人群中发现了嫌疑犯并且质问了他，只是可惜在混乱中让他给跑了。他叹了口气，流露出无限遗憾的神情，真是太可惜了。

赵士鸿冷汗直流，死因是什么？

老皮沉吟了一会儿，破坏家庭。对了，佩珊怎么样了？

我太太？

是啊，昨晚在公园里你不是说她不舒服吗？

赵士鸿用双手撑住桌子，脑袋里反映出妻子背对着他躺在床上扭动身体挣扎的画面。是的，她很好，已经恢复了。

为了掩饰自己虚伪的神情，他又站了起来，假装在办公室里来回踱了几步，似乎是漫不经心地走到了张小宁的边上，看着她正在修剪已经涂成紫色的指甲，这是今年流行色吗？不过指甲油是消耗品，时间长了会掉色。

张小宁没有抬头，依旧专注着自己鲜艳的指甲，可是指甲却不是消耗品，据说孙将军挖开东陵的时候，慈禧太后的指甲已经长了有一尺多长，可见当我们离开这个世界之后，指甲就是我们在这个世界上的唯一代表，怎么能不精心打扮一番呢？

赵士鸿又转到冯子轩桌子前，建仁兄的诗作何时才能拜读呢？

冯子轩从桌案上成堆的书籍中抬起头，透过厚厚的镜片看着他，快了，我的作品离完成大约还有三公里的距离，我相信你一定能看见的。说完，又埋下头去继续创作。

最后，他晃悠到楚天名的鱼缸前，五条日本金鱼饱受病痛折磨，已经奄奄一息，侧着一边身体漂浮在水面上，只有嘴唇和鱼鳃还缓缓开阖，突出的眼珠散乱无光地注视着忧心忡忡地观察着它们的楚天名。

看起来情况不太乐观。

嗯，已经用了药，但是收效甚微。这波病毒是前所未见的，来势很凶，在上海已经造成大量金鱼伤亡，照此下去，它们在上海是待不住了。

是通过什么途径感染的呢？

楚天名叹了口气，我想是饲料，那些外来的鱼虫携带着大量病毒，我早该想到的，病从口入，当初给它们戴上口罩就好了。

赵士鸿点点头，也跟着叹了口气，他甚至拍了拍楚天名的肩膀以示安慰，然后转身出了办公室。过了一会儿，他又回到办公室，但是脸色发白，神色慌张。他坐在椅子上为了掩饰自己内心的不安而不停地喝水，但是茶杯里的水却随着他双手的抖动幅度而飞溅出来，打湿了堆在桌子上毫无意义的文件。老皮放下报纸，你怎么了？不舒服吗？是不是佩珊把病传给你了？

赵士鸿放下杯子，愣愣地看着老皮说，不，我很好，那张表格我已经填好了，回头麻烦你替我交给黄秘书。

一连两个月，局势已经相当险峻，日本军队在中国战场和太平洋战场节节败退，开始陷入无可挽回的失利局面，而随着德国军队的冰消瓦解，剩下大日本帝国独木难支。眼看大势已去，南京政府虽然还未解散，但是自从汪主席去世之后实际上早已分崩离析，接任的陈主席自身难保，或许已经东渡日本，留下的只是一个依靠往日积累的威信而继续运转的空壳子也未可知。而在上海，尽管政府加强了管控，但是由于人心涣散、流言四起，表面上的平静难以掩盖底下涌动的暗流，各方势力蠢蠢欲动，都在等待一个合适的时机。

赵士鸿这段日子以来却恢复了往日的平静生活，他不再在晚上外出，生活完全是从单位到家里的两点一线，不出任何一点意外。唯一的遗憾是妻子钱佩珊似乎对他的优良表现仍然心存疑虑，对待他的态度多少有些冷淡。但是赵士鸿并不以为意，他认为这是在一个合理的时间范畴之内，一切都会过去的，马上就会好起来的。

那天早上下了一会儿雨，很快就停了，又退回到阴天的状态。最近的天气总是维持在下雨和阴天的交替中，似乎是一场势均力敌的拉锯战，双方的胜利都只是暂时的。赵士鸿刷牙的时候看见水斗上有一道蜿蜒曲折、闪闪发亮的痕迹，通向了窗台外的某处，他忽然想到一个问题，从进化的角度上说，留下一道明显的线索暴露给捕食者，好让对方在自己身上撒盐或者糖，对一条黏糊糊的蛞蝓来说究竟有什么好处呢？或者说这只软体动物已经进化出了某种方法，故意给敌人指出一条错误的路线，而自己则趁机逃之夭夭？他把头伸出窗外，并没有发现蛞蝓的踪迹，于是觉得自己的想法是正确的，如果这样慢吞吞、又总是暴露行踪的家伙不给自己留一手的话，它们恐怕早就湮没在吞噬了无数物种的进化道路之上了。

离开家之后赵士鸿的心情莫名地高兴起来，他自己也不知道为什么，嘴角神经质地牵动，不由自主地要露出笑容，在电车上甚至一路都想用口哨来吹奏一支曲子，他连曲调都想好了，也许是周璇的《四季歌》，或者是《春江花月夜》，只是由于技术尚未成熟而取消了。到了单位，他和碰到的人都打了招呼，似乎那些压抑在每个人脸上的沉重和晦涩，以及对命运的担忧丝毫没有影响到他。走进办公室，他照例给自己先泡了杯茶，这时，他忽然发现办公室的气氛略有不同：张小宁没有在修剪已经接近完美、妖艳的指甲，而是看起了报纸；冯子轩站在楚天名的鱼缸前，满意地看着那群翻了肚皮、在夜里饱受风寒、最终因过度咳嗽而溺水的日本金鱼；楚天名则趴在桌上写着什么东西；而老皮正坐在椅子上悠闲地修着几乎已经磨平的指甲。他不由得疑惑起来，问冯子轩，你在看什么呢？鱼都死了还不快点捞出来？

接着他又转向楚天名，你又在写什么呢？

冯子轩继续盯着鱼缸里一动不动漂浮着的金鱼尸体，脸上浮现出诡异的笑容，几只金绿色肥大的苍蝇落在他的头顶，和他一起盯着鱼缸里金鱼的尸体，我在观察死亡，我的诗一直无法找到恰如其分的结尾，没想到在这里。

楚天名抬起头阴郁地看了他一眼，当然是尸检报告，需要罗列死者姓名、年龄、婚姻状况、政治面貌、文化程度、身高体重、个人爱好、经济状况，以及死亡时间、地点、外表情况、气味情况、腐烂程度，最后还有分析死因，这一点也不比写诗容易。最要命的是，据我所知，这几条鱼生前分属不同的政治党派，相互勾结又相互斗争……

赵士鸿走到张小宁办公桌前，你的指甲修好了？

张小宁放下报纸，愉快地伸出双手，露出十根纤葱手指，那些指甲因为涂抹了过多的装饰而变得斑驳脱落，伤痕累累、面目可憎，已经非常完美了，是不是？我想不需要再修剪了。现在需要的是多看报纸，这样才能对局势有信心。

他又看向老皮，这次还没说话，老皮先开口了，黄秘书来找过你，让你来了之后到他那儿去一趟。

他没说什么事吗？

老皮摇摇头，没有，但是好像蛮急的。

赵士鸿走出办公室，往右经过散发着垃圾分解过程中产生的氨基酸味道的走廊来到黄秘书的办公室，他看了一眼隔壁紧闭着门的主任办公室，直接推门进了秘书办公室。黄秘书坐在椅子上，正在和什么人通电话，他抬头看着赵士鸿，有几秒钟，似乎正在倾听电话里传来的指示，一边对着话筒说，是的，我知道了。然后放下了电话。

黄秘书找我有什么吩咐？我的表格已经填好委托老皮交给你了。

黄秘书摆了摆手，不是表格的事，他从椅子上站起来，走到桌子前，臀部倚靠在桌子上，顺手又从桌子上拿起一份文件，打开看了看，是这样，最近风声很紧，抓了不少人，很多犯人都需要及时审讯。你也知道，隔壁人手不够，因此想借调你过去帮一下忙。

要我去干什么？

不需要你干什么粗活，只是审讯时让你负责记录一下而已。

办公室其他人怎么不去？

你没看他们都忙着吗？每个人都在做着自己的业余爱好，根据我的观察，只有你平时没事总是在看文件，因此业务一定非常熟练，所以我就推荐了你。黄秘书又侧过头看了一眼刚刚挂断的电话，补充了一句，这也是主任的意思。

赵士鸿已经到了嘴边的话又咽了回去，什么时候？

黄秘书合上文件夹，直起身走过来，交到他手上，就是现在。

赵士鸿出了大门往右拐，隔壁就是那座西式花园洋房，他对着大门上铭刻着的那块蓝底白字、曾经风光无限、让人闻之色变，但在民国三十三年后开始逐渐没落的门牌号码看了一会儿，他发现那两个阿拉伯数字已经呈现出颓势，一些锈斑悄无声息地出现在两个白色数字的某些边缘部分，如同失去光泽、已经长出老年斑的迟暮的脸。尽管如此，这个地方仍然充满了神秘气息，关于这里的流言非但不会随着时间的流逝和它注定灭亡的命运而消失，相反，在以后的日子里仍将会在它可以预见的废墟上生根发芽、广为流传，甚至会比现在更真实。他不由得打了个寒噤，走到大门口，出示了那张从来不曾使用过的淡蓝色的通行证，守卫只是略略扫了一眼，甚至没有看清证件的字迹便放他进去了。第二道门是一座牌楼，匾额上如同大门的门牌一样的蓝底白字，刻着四个大字，看起来也是无精打采。但是这里的管控似乎更为严格一些，一个脸色阴沉、目光警惕的守卫仔细检查了赵士鸿手中淡蓝色的通行证，翻来覆去地看了好一会儿，又盯着他的脸搜索了一阵，最后将证件还给他，伸懒腰的同时打了个哈欠，挥挥手让他通过了。他进了门往西走，那是一幢三层楼的洋房，他走上楼梯，到了房子的大堂，东边有一间办公室，赵士鸿敲了门，走进去，里面靠墙摆放着一张办公桌，桌子上放了一些文件，还有一部黑色的手摇式电话机。另一侧墙壁堆满了绿色的铁皮箱子，从地板到天花板，一只只叠加起来铺满了整堵墙。桌子后面坐着一个体型偏瘦的男人，穿着一袭浅蓝色的长衫，头发三七分开，戴着一副金丝边的圆形眼镜，眼神迷离，就像一个茫然无措的中学国文教师。

侦缉队长正在等他，他首先站起来热情地和赵士鸿握了手，对他能来帮助他们开展工作表示感谢，同时他也合乎时宜地抱怨了人手不够以及级别萎缩给他带来的难处，以至于让他无法应付眼下近乎失控的局面，由于受到种种限制，他甚至不得不眼睁睁地看着一些重要的犯人大摇大摆地越过边界进入重庆或者延安控制的地区，这显然对稳定局势毫无益处……

很抱歉，赵士鸿摊开双手，你说的这些我根本无能为力，我只是来负责审讯记录的，做完这些我马上得回去。

是这样。侦缉队长脸色阴沉下来，明显感到失望，似乎他原本期望有一个职位更高、握有实权的人来和他会面，他想了想，然后拎起电话，命令某个人立刻到他的办公室。过了一会儿，一个穿着制服的警卫敲门进来了，侦缉队长从桌子上拿起一份文件看了看，又从笔架上挑选了一支金色的钢笔，把文件放在桌子上弯下腰签了字，接着把文件交给警卫，对他说，你把这位先生带到3号审讯室，然后你再去把昨天晚上抓到的那个女学生提出来。

对不起，赵士鸿打断了他的话，我得到的指令是协助审讯一名重要的犯人，而不是什么在街头抗议的女学生。

侦缉队长看着他，冰冷的眼光从他的眼睛中直射进去，直抵脑髓，突然又诡异地笑了一笑，的确如此，可是那个重要的犯人昨天晚上成功越狱了，眼下我们这里只有这些无足轻重的学生。

赵士鸿跟着穿制服的警卫走了出去，他深深吸了口气，一个早上难得拥有的美好心情已经荡然无存，他只想尽快结束这里的工作然后回到家里睡上一觉。警卫带着他走到大厅中央的楼梯下，然后从腰间摸出一串钥匙，在楼梯的下方有个储物室，他打开门，后面是一道狭窄幽长的阶梯，一边通道上每隔几米亮着一盏壁灯，赵士鸿往下看了看，见不到底。警卫没等他开口，便率先走了下去，赵士鸿只能跟上他。这条向下的阴暗通道漫长得让人绝望，赵士鸿亦步亦趋地跟在一言不发的警卫身后走了一段时间，也许有几个世纪之久，也许只有几分钟，他渐渐感到了一种虚无感，一成不变的景色，永远不会到达的尽头，以及两个人回荡在狭小空间里的沉重的脚步声，他不知道究竟走了多长时间，时间在这里已经失效，空间是唯一的存在。他感到恐惧，对失去的恐惧，他想也许自己再也出不去，见不到尽管只是存在于想象中的蓝天白云，也不会有人知道他在这个鬼地方，更可怕的是，由于超出了时间的范畴，或许他将就这样顺着这台阶永远地走下去，没有终点。他想要喊叫却根本发不出声来，又想停下脚步转身往上跑，但是由于丢失了时间，大脑发出的指令根本无法传递到沉重的双腿上，两条腿只是机械地轮流摆动着。这时，除了沉闷的脚步声之外，赵士鸿还听见自己的呼吸声、心跳声，以及血液流淌的声音，他甚至看见自己慢慢从身体中脱离出来，像一个影子一样跟随着自己的肉体，他想，如果这个世界上还有痛苦的话，最糟糕的莫过于灵魂被困在这个没有尽头的隧道里……正当他打算放弃追逐自己身体的时候，身前的警卫忽然往右一转，然后用低沉的声音宣布：我们到了。他看见自己的身体也跟着站住，而他则一头撞了上去。

右边是另一条阴暗的甬道，只是不再往下，而是水平方向的，有二十七米长，三米宽，通道顶上挂着三盏吊灯，由于灯光只能涉及周围一米范围内，因此这条通道看上去像是三段各自独立的锥形在虚空时光里并排陈列着。但是赵士鸿仍然看清了通道两旁布满了一间间牢房，虽然没有听到任何声音，但他还是能清楚感受到死亡和腐烂的气息从厚重的牢门上黑暗的四方形透气孔中如同浓雾一般向外溢出，慢慢沉落到地面上，形成一条绝望的河流。这座地牢一定是利用某个陵墓改建的，那长长的甬道和两边的陪葬墓室毫无保留地暗示了坟墓的格局，他忽然明白过来，只有坟墓里才会涌动着经久不息的、即便用现代照明技术也无法穿透的无边黑暗，也只有在陵墓中才能引发一个人内心如此强烈的绝望情绪，以及对外部世界的无限渴望。

警卫带着他一直走到了通道的尽头，应该是主墓室的位置，那里果然也有一间屋子，铁门上用灰白的油漆标着一个阿拉伯数字"3"，警卫从口袋中掏出一把钥匙，准确无误地塞进铁门细小的锁眼中，转动钥匙，沉重的铁门发出一阵难听的摩擦声，慢慢向外打开了。赵士鸿很难想象在如此昏暗几乎什么也看不见的地方他是怎么做到的。这时，似乎是猜到了他的困惑，警卫回过头对他神秘地笑了笑，这里就是我的王国，我闭着眼睛就能知道每一个角落的动静。你先进去，我去提犯人。

赵士鸿跨进房间，一股浓重、发霉的潮湿味道向他扑来，他不由自主后退了一步，但是身后警卫已经将门重新关上，他只能停留在原地，伸手在墙壁上摸索着，终于找到开关按下去，突如其来的亮光刺痛了他的眼睛，他别过头，抬起胳膊遮挡住了灯光。过了一会儿，等到眼睛适应了光线，他才放下手臂，看了看几乎空无一物的房间，只有中央位置有一张桌子和一把椅子，桌子上似乎有半包烟，一盒火柴，还有一个高六公分、宽四公分的硬纸包装盒，不知道里面是什么。他在房间里转了一圈，墙壁和地面都是用整齐的方砖铺成的，他抬头往上看，果然是拱形的圆顶，那张桌子摆放的地方以前或许正是安置棺椁的位置，从风格上看，符合唐代早期的墓葬格局……

过了十分钟左右，赵士鸿明白了那个警卫或国王不会再回来了，根本不存在什么亟待审讯的重要犯人——那些犯人早已通过各种可能的方式逃之夭夭——如果有的话，那也只能是他自己，这是一个圈套，是为了不引起别人注意的一次秘密逮捕，甚至没有得到正式授权或许可，只是一次非法拘禁。当然，在目前这种局势下，合法的重要性早已下降，这也是可以理解的。赵士鸿慢慢走到桌子后，在椅子上坐下。桌子和椅子都是金属制的，冰冷、僵硬，毫无舒适感，但是为什么要在一座坟墓里追求舒适感呢？那些花了毕生心血修建自己豪华舒适的陵墓的帝王诸侯们，是不是直到死后躺进了棺材里才发现只不过是浪费了大把金钱？在泛着寒光的残酷地狱里，一张皮质的柔软沙发又能缓解多少痛苦呢？他先看了看只剩半包的哈德门香烟，然后用手掂量了一下火柴盒，几乎是满的，最后，他打开包装盒的盖子，从里面拿出一只青釉色的瓶子，瓶子的正面刻着几个字……他感到眼前一黑，突然像是泄了气的皮球，瘫坐在寒气逼人的椅子上，瓶子从他的手上跌落到桌子上，在沉闷的墓室里发出一声巨响，在这个封闭的空间里激发起经久不散的回响。

这时，一个声音忽然响了起来，这个你认识吧。

赵士鸿重新坐起身，四下打量一下，没有发现任何异常，但是同往常一样，他知道他们在观察他，通过某些不为人知的方式，声音虽然经过了处理，变得沉闷、扭曲，像是从一个闷罐子里发出来的，但是他仍然能够辨认出它的主人来。

只是一瓶雪花膏而已，市面上到处都是。

可是这一只却不同。

我看不出有什么不同。

那个声音传来两声毛骨悚然的冷笑声，你很清楚这不是一瓶普通的雪花膏。

赵士鸿停顿了一会儿，对着看不见的声音说，雪花膏能有什么特别？你看报纸看多了，被那些稀奇古怪、来源可疑、只是为了快速售罄的小道消息弄昏了头脑，以至于真以为现实中有这样的编造的故事存在。说到报纸，我倒想问问，今天有什么有价值的新闻？

老皮沉默了一会儿，你对报纸的偏见让我深感遗憾，事实上如果你能用心寻找的话，你就会明白正是报纸上所报道的各种各样的信息组成了我们的世界，如果能真正彻底了解每一张报纸，你就会发现其中隐藏了宇宙中的所有秘密和信息。不过既然你问起,和往常一样,我是非常愿意和你分享那些无边无际又真实可靠的新闻消息的。今天的报纸上登载了这样一则故事:在乾朝……

赵士鸿立即打断了他,为什么是在乾朝,而不是在坤朝?

如果你愿意的话,也可以是在坤朝,反正根本就不存在这些朝代,有一个才疏学浅,但是前景远大的年轻人……

赵士鸿再次抗议,一个才疏学浅的人怎么可能前程远大?

老皮想了一会儿,你还真是喜欢在细枝末节的地方纠缠不清,这就是你最大的毛病,其实这很简单,一个人的才学和前程又有多大关系呢?正如你一样,这个年轻人依靠着裙带关系在某个有权有势的皇室成员手下谋得了一个可有可无的小职位。如果一切正常,他很可能将平整而又富裕地度过一生,安然无恙。这个皇室成员虽然富甲一方,但是由于他在还没来得及出生便卷入了一场可能并不存在的宫廷政变之中去,因此,尽管暗藏伟大的理想,他的一生却注定只能在其实并不可靠的荣华富贵里收获如蛆附骨般的惶恐不安。但是,生活总是不会像你规划的那样风平浪静,有一天早上,这个无所事事、郁郁寡欢的诸侯王突发奇想,打算发动一场规模庞大的叛乱来改善日益凋零的生活,希望能获得他已经从美酒、美食和美女上无法满足的快乐,于是他召集了手下的所有官员,向他们宣布了这样一个宏伟的临时计划,并且用一张模糊不清的地图标注了他狂妄的野心。尽管缺乏足够的才智,但是从诸侯王手下那些在酒色中过度消耗了精力的将领脸上流露出的忧心忡忡的表情里,年轻人也已经明白了这场缺乏筹划、临时起意的叛变是不可能取得成功的，只不过是心血来潮的诸侯王厌倦了自己单调的富裕生活而寻找的另一种游戏而已。同时，他也深知任性刚愎的诸侯王一旦作出了决定是不会更改的，想要劝说他放弃这个念头无异于与虎谋皮，甚至会引起多疑的诸侯王毫无必要的猜忌而遭到处决。因此，虽然叛乱刚开始进行时朝廷由于缺乏准备而屡屡失利，但是由于年轻人早就看清了诸侯王失败的本质，他不得不对自己的命运提前作出规划。在战争进行得如火如荼的时候，他暗中将许多重要的机密情报藏在妻子的胭脂盒里传递给朝廷安插在诸侯王身边的间谍，以期取得朝廷的信任，在诸侯王战败之后不会牵连到他个人的安危。这本也无可厚非，在沉船之前连老鼠也不会愿意留在船上。但是，为了向朝廷表明自己的不二忠心，在战争的最后阶段，年轻人甚至杀死了自己和诸侯王有着亲近血缘关系的妻子。最后，诸侯王的军队因为仓促起兵准备不足，并且意外流行了一场不明原因的瘟疫，果然全军覆没，而诸侯王本人则从朝廷的诏书中获得了他毕生谋求的自杀的权利来结束他的人生或者游戏，跟着他一起参加叛乱的人也无一幸免。除了那个杀了老婆的年轻人，由于他向朝廷传递了许多有价值和无价值的秘密情报，朝廷非但没有处罚他，反而对他大加褒奖，皇帝一高兴，甚至将女儿许配给他，以挽回他失去妻子的损失。然而，出人意料的是，在新婚当晚，年轻人却在床头死于公主冰冷、无情的剑下，你知道这是为什么吗？

赵士鸿想了想，破坏家庭。

老皮满意地笑了，我就知道你能领悟。无论出于什么理由，背叛者总是有罪的。

赵士鸿沉寂了很长时间，我也有个故事，你想不想听？

当然，我最喜欢的就是听故事。

有一天一个人从睡梦中醒来，发现所有的建筑物都坍塌了，世界只剩下一片废墟，正当他和其他没有遇难的人感到茫然无措的时候，有个自称是先知、其实长久以来都是以疯子的面貌出现的人，坐在已经成为垃圾、倒塌了的钢筋水泥上向人们布道。据他宣称，我们的世界其实只是众神手中的一个石臼，在众神休息的时候我们建造了很多我们自以为是、其实毫无用处的建筑物，有些甚至被冠以艺术的名称，但当众神需要将芝麻磨成粉的时候，于是天上先开始下雪，跟着众神挥舞着的石杵从天而降……

老皮思索了一会儿，这是你做的梦，你竟然把它当故事来讲。

赵士鸿吃了一惊，你怎么知道是我的梦？

是的，我们知道，老皮干笑了一声，出于某个偶然的原因，我们也监视了你的梦。有意思的是，你为什么会做这样的梦呢？根据弗洛伊德的理论，梦境是人潜意识的反映，那么所有建筑物都坍塌了意味着什么？

再也无处藏身了。

说得对，可是对于现实来说有什么意义呢？嘿嘿，其实我们都很明白，大势已去，寻找下一个依靠也许是唯一正确的选择。

赵士鸿想了想，我不明白你的意思，说到底那只是一个梦而已，什么也证明不了。

是这样。老皮叹了口气，看来你是不打算和我们说实话了，不如让我们来谈一些实质性的问题，以避免时间被不必要地浪费掉，你有多久没有见到唐少娜了？

赵士鸿抽出一根烟，用火柴点燃，深吸了一口，吐出一个均匀的烟圈，大概有两个月了吧。

是两个月零七天，老皮纠正他。

那有什么关系呢？

也许有一点，或者我换个方式问你，你知道她去哪儿了吗？

不知道，也许是出差去了，也可能……

出差？你这么想？好吧，从某种程度上这个说法也对，虽然不是奉我们的指令。我相信你真的不知道她在什么地方，因为她把你扔下一个人走了，目前她正在重庆，住在她的直接上峰戴雨农的家里，如果你把这叫做出差的话。嘿嘿，你知道事情的严重性了吗？现在的问题是，你的身份究竟是军统，还是共产党？

惶恐的情绪在赵士鸿身上蔓延，在这个暗无天日的地方与坟墓的绝望气息遥相呼应，红色的烟头在他的手中微微颤抖，一些无法改变的错误，已经造成的难以弥补的伤害……他想了很久，我要求会见主任，他会了解我的背景。

老皮扭曲的嗓音从不知隐藏在何处的传声筒里扩散出来，我就是主任。

赵士鸿吃了一惊，烟头从手上完全掉落，烟灰撒满了西服的下摆，这怎么可能，你天天和我们在一起，而主任他……

那只是个空关的办公室而已。

不，我之前见过主任。

是的，可是自从他叛逃之后我就接替了他，而且是秘密的，并没有告诉你们，是因为我希望能好好地观察你们。

好吧，赵士鸿沉默了一会儿，稍稍恢复了一点平静，既然是这样，我想告诉你，你们完全搞错了。我既不是军统，更不是共产党，也没有向什么人传递过情报，你们对我的怀疑都是出于你们的判断失误。事情是这样的，我的妻子——你也认识她——虽然看起来美貌贤淑，温文尔雅，但是实际上她却不怎么热衷于夫妻生活，事实上她对此采取的是完全抗拒的态度，这让我痛苦不堪，几乎处在疯狂的边缘。之后，我遇到了唐少娜，她年轻、美丽，充满活力，身段婀娜，两条腿又细又长，好像是两条……令人着迷。渐渐地，我们就走到一起，在那些无聊的夜晚，我们在公园假山顶上的亭子里拥抱、亲吻，也许还互相抚摸，既然你每天都在公园里，你一定也看到了，但是这和情报毫无关系，即便如你所说，她是军统的潜伏人员，那也和我没有丝毫关系，我们有的只是不正当的婚外恋情而已，一个结了婚的男人对一个年轻女孩的遐想，你也应该能够理解，即便是有错，但是无论如何是不至于被关在这里的。

唔，老皮想了想，你给自己找的理由听上去还很有道理，可惜全是撒谎，那天在公园里遇上抓捕学生，你为什么要跑呢？

我告诉过你了，我没带证件，害怕被他们误抓，你知道，虽然之后可以解释，可是一点皮肉之苦是免不了的。

之后你去了哪里？

我回家了。

然后呢？

我又下了楼。

去干什么？

买了包烟。

你之前会抽烟吗？

赵士鸿感觉浑身都湿透了，说话越来越缺乏底气，不会，不过我想这总是需要的，我以为她变心了，下班时我看见她和白非羽一起走，据说白非羽一直在追求她。况且那天我妻子不在家里，而她平时都不……

老皮打断他，好了，既然你不肯吐露真相，那就让我来告诉你：那天晚上你在公园里的假山上没有等到唐少娜（事实上她已经知道自己身份暴露而立即想方设法逃离上海回到了重庆），于是你意识到问题的严重性，也随即离开了亭子，但是由于你此时已经处于惶恐之中，而将重要的证据——雪花膏——遗留在了亭子里。直到你下山之后才意识到这个无可弥补的失误，你本来想再上去找，可是正巧碰上了逮捕学生的行动，阻断了你的计划，你逃跑不是如你所说的害怕被误抓，而是源自你内心真实的心虚。而之后你又遇到了我，于是你彻底明白取回这件物品的愿望是徒劳的。然而，当你回到家里，你又觉得遗失如此重要的物证是非常严重的事故，一旦被我们发现其中的奥秘将彻底暴露，于是你到楼下的烟纸店去买了一包你本人并不懂得如何抽的香烟，而这个烟纸店的姜老板早在我们的监控之中，据我所知，此人长期向延安方面提供或真或假的消息，以便从中牟利……于是，我们想，你同时向双方出卖情报，甚至还向双方套取情报，以期在任何一种形式下都能够保全自己，这才是你现在在这里的真正原因，与你所说的婚外情没有任何关系。还记得那天我告诉你关于秘密警察意外逮捕了某个重要人物的消息吗？没过多久他就越狱了，知道这事的除了我只有你，而我是故意泄露给你的。当然即使你和唐少娜真的存在着不道德的关系，依我看来，像她那样一个女人，嘿嘿……有时候我们有了证件，也难免会不知道自己究竟是谁。

半包香烟已经抽空了，赵士鸿将烟壳握在手中捏成一团，仅仅因为我和唐少娜在公园里幽会你们就怀疑我是军统或共产党？连必要的证据也没有，就用你们虚构出来的情节来指控我？

老皮长长叹了口气，从传声筒里发出一些窸窸窣窣的声音，似乎他正在翻阅一本记载了所有真相的笔记簿，证据？那也得看在什么时代，什么社会，据我所知，在中世纪的欧洲，指控一名女性是巫婆只要有人告密就足够了，而对于你，严格地说，你的梦就是无可辩驳的证据。当然，我们掌握的远远不止这些，就在你和姜老板秘密接洽的第二天，我们就收到了三十多份目击报告。另外，在办公室里，每个人都互相检举，冯子轩对张小宁的，张小宁对楚天名的，楚天名对冯子轩的，各种各样荒谬的原因和指控，当然也少不了对你的，还有针对我的检举信，甚至还有举报楚天名那一缸身患绝症的日本金鱼的，指控它们一张一合的嘴唇和不时扇动的鱼鳃是在向外界发送摩斯电码……几乎已经堆满了我空着的办公室,而让我感到奇怪的是为什么从来没有收到过你的检举信呢?于是,我让黄秘书给大家发了一份表格,填写个人信息收归档案。别人都在当天就填写完了,但是我发现你迟迟没有完成,直到发现唐少娜失踪后,为了怕引起别人的警惕,才匆忙填写了表格。这就迫使我思考一个问题,你不检举别人,也不愿意填写信息,是害怕在战争结束后这些东西都对你不利,你想尽量避免留下这些无可辩驳的证据。有了这些,只是把你关在这里可以说是对你的优待了,完全是看在我们同事一场的分上,也是出于我个人对你的欣赏。通常对于你这样的叛徒,枪决已经是最轻的刑罚。顺便说一句,那天早上消失的蛞蝓你知道它最终爬到哪儿去了吗?

赵士鸿沉默了一会儿,那些人都检举我什么?

无可奉告,事实上我也知道那些举报多数都是毫无根据的,没有什么真正的价值,无非是为了显示自己的忠诚而已,更像是一种迫不得已的举动。但是,在其中有一封举报信引起了我的注意,是它最先提到了你每个晚上那些不安分的举动,并且让我深感忧虑。

那是谁写的?

老皮沉默了好一会儿,你真想知道吗?

赵士鸿无端感到恐惧,突然失去了所有的信心,他大声喊道,不,我不想知道。

老皮似乎长出了口气,带着显而易见的同情,我也是这么想的。

在坟墓里的日子无法计算长短，一开始赵士鸿还依照一日三餐的标准来衡量时间，可是到后来他自己也已经混乱了，送进来的究竟是早餐还是晚餐根本无法辨别，也许已经改成一日两餐或者两日一餐也未可知，因为住在坟墓里的人通常根本不需要吃饭，所以也不会有饥饿感，时间在这里毫无用处。让他唯一感到还活着的证据是他的胡子和头发，还有张小宁最关心的指甲还在旺盛生长，它们和植物不一样，根本不需要阳光的滋润。这些日子里他也没有再接受过任何审问，因此也失去了辩白的机会。老皮似乎消失了。他有时候想，也许某一天他就会被永远遗弃在这个阴森的陵墓里，现在他已经不像刚来时那么害怕了，无论什么事物，只要习惯了，恐惧自然也就不存在了，他甚至想，即使永远待在这个地方也没什么不好，至少用不着再去写什么检举信了。

突然，某个时刻，老皮的声音从天而降，宣布立即无条件释放赵士鸿。他起先难免感到困惑，然后立即心生抱怨，考虑起一些可能的赔偿问题，我早说了你们搞错了，我一定会追究你们的责任。

老皮阴郁地笑了笑，我们是不会搞错的，不过已经无所谓了，战争已经结束，日本人投降了，陈主席下落不明，重庆方面已经宣布胜利，你的时代来临了。

赵士鸿感到茫然，今天是几号？

民国三十四年八月十五号。

有意思,已经过了两个多月,那我现在可以出去了吗?

当然,现在就可以。老皮突然压低了声音,带着一丝嘲讽或者是恭维,以后我可要全靠你了。

赵士鸿没有搭理他,打开不知何时已经解锁(或者从来就没有锁上过)的牢门,顺着漫长得让人绝望的甬道又回到了洋房大厅,这里已经人去楼空,地上一片狼藉,到处飞扬着没有及时处理掉的纸张。他适应了一会儿阳光和新鲜的空气,拖着脚步慢慢从两个月之前的来路走了出去,大街上一片欢腾,交通已经瘫痪,到处都是庆祝胜利的人群,喜庆的气氛在大街小巷流淌。但是赵士鸿却对这些不感兴趣,他只想回到家里洗个澡然后躺在床上好好睡上一觉。

拖着疲乏的身体穿过半个城市,赵士鸿终于回到属于自己的弄堂。他转过那些迂回和曲折,走进门洞,一级级爬上楼梯,整个房子都空荡荡的,所有人都去参加这百年难遇的庆典了。他来到门前,从口袋里掏出钥匙塞进锁眼,但是却受到了坚硬的阻碍,他用力推了推,木制的门板晃了两晃,落下一些沉积已久的灰尘,但是仍然牢牢把他挡在了外面,司别灵锁被反锁住了。他在门口呆立了一会儿,脸色苍白,汗水涔涔而下,双手因为恐惧而酸软乏力。过了片刻钱佩珊开了门,穿着凌乱的睡衣,头发蓬松,似乎刚刚睡醒,惊讶地看着他,你回来啦?

赵士鸿看了一眼褶皱丛生的床铺,又看看阳台上打开着的门和随风飘动的窗帘,一只手在裤袋里捏紧了钥匙,是的,他们放我出来了,战争结束了,他想了一想,没有进房间,不过我马上要出去,我不想错过这个将载入史册、值得纪念的时刻,我需要去庆祝一下。说完,抛下在一旁吃惊的妻子,又转身下了楼。

欢庆的人群似乎无边无际,将整个上海滩都铺满了,浦江两岸飘动着无数鲜艳的旗子。赵士鸿挤在人群中漫无目的地走着,天空中飘起了稀稀拉拉的雨点,但是同时却又高挂着火辣的太阳,掉落在身上的甘露在干燥的皮肤上引发一阵微小的清凉,又立刻被阳光蒸发,伴随着针扎的刺痒感觉,让人难以忍受。每个人的脸上都挂着激动的笑容,声嘶力竭地喊叫着一些含糊不清的口号,热泪盈眶。赵士鸿穿过胜利的人群,倚靠在被阳光炙烤得发烫的灯柱上,盯着涌动的滔滔江水,感到浑身乏力。一艘被漆成一半红、一半黑的巨大货轮正缓缓驶过外滩的万国建筑群和黑压压的人群,船长拉响了庆祝胜利的汽笛声。突如其来的声响并没有惊动赵士鸿,他失神地看着巨轮划开江水缓慢移动的身躯,突然感到难以言喻的孤独和迷惘。

2016年7月5日

完美生活

一切都很不错。整个住宅小区面积不大，一共只有四幢建筑，都是多层住宅，地处环线之内，紧挨着一条绿树成荫、平静蜿蜒的小河，房子价值不菲。这要归功于顾明义的父亲，当初是他在房价还遵循经济规律的时候以眼下看来不可思议的价格买下了这套房子，要不然顾明义很难想象现在会是一个什么样的局面。即便他能够买得起房子，也不会是在这样一个地段；即便是买在了这样的地段，所要面临的经济压力也会让生活水平大打折扣。而现在，是他的父亲让他摆脱了困扰大多数同龄人的问题。每次想到这一点，他多少都感到庆幸。

不过并非完全没有问题，在他父亲敏锐而又长远的眼光下也存在一点点瑕疵。这也无可厚非，没有人能够算无遗策，在一个混沌世界里未来是不可控的，他的父亲在决定买下房子的那一瞬间，绝无可能预料到之后因为形势发展所产生的问题。他的父亲以当时的打算为基准，买的是一楼的房子，虽然多了一个不计算在面积之内的天井，但是一楼的诸多问题也是显而易见的。光线偏暗，视野不够开阔，有时候会因为无法极目远眺而产生压抑感。由于临近河流使得空气里储存了过多的水分，衣物常常发霉。但是相比高昂的房价，这些问题还容易克服，最为严重的要数停车位的问题了。小区呈狭长的长方形，前排沿马路两幢房子，后排两幢房子几乎连成一体，只有一条狭窄的通道通向河岸边的健身步道。小区的入口并不在前排两幢房子的中间，事实上前排的房屋并不对称，靠东的一幢房子只有一个门洞，西边的建筑则有五个门洞，因此小区的停车位呈现为一个横卧的L形，顾明义的车位就在L的甩尾上，停在前排那幢单独门洞的房子前。这是他父亲当年的选择，因为他的房子在后排最靠东的一侧，这样可以离车子更近一些，从厨房的窗口就能看到自家的车子。这原本也是一个不错的选择，但是近来却发生了意料不到的变化。

自从与业委会发生了几次矛盾之后，小区的物业公司很快就换了人家。这次管理单位的更换，使得小区失去了应有的严格秩序开始趋向于混乱，让顾明义感觉到了一丝不安。他最早发现这一变化是从小区里乱停车开始的。在他的停车位前有一块地方是空着的，供停在L形尾部的两辆车出入，其中就包括顾明义的车辆。有一天他忽然发现这块空地上停了一辆外来车辆，尽管这辆车在晚饭前就开走了，他却敏锐地预感到这不是一个好兆头。虽然小区车满为患，但是之前的物业公司从不允许在这个位置停车。这次外来车辆的临时停车看似微不足道，在那个平静的午后丝毫没有影响任何人，却足以证明眼下这家物业公司在管理上注入了过多的同情心,为那些原本就因停车位不足而抱怨不断的业主树立了一个危险的榜样,就像是在混沌系统里挥动了翅膀的蝴蝶,早晚会生出事端来。

一个平静周六的中午,在厨房里忙碌了半天的王晓静一边端着饭菜走了出来,一边对着还在房间里玩游戏的顾睿杰喊了一声,吃饭了,别玩游戏了。然后把碗碟都放到饭桌上,转身又进了厨房,对坐在沙发上看电视的顾明义却没有任何表示。顾明义自己从沙发上站了起来,率先坐到餐桌旁,然后也学着妻子向待在自己房间里的儿子喊了声吃饭了。他的话多少起到点作用,儿子磨磨蹭蹭地从房间里走了出来,心不在焉地在饭桌边坐下。王晓静又端着两只碗出来,放到饭桌上,摘掉围裙,坐下来三个人一起吃饭。王晓静给儿子的碗里夹了一块鱼肉,然后对顾明义说,下午你送儿子去上课吧。

顾明义怔了怔,把含在嘴里的饭咽下去,过了一会儿才说,我下午约了一场球。

王晓静低着头从鼻子里哼了一声,就知道踢球,也不看看几岁的人了,自己儿子倒不管。

顾明义放下碗,我多久没去踢过球了?朋友约了我几次,我都没空去。我不管儿子吗?他平时的功课不都是我辅导的吗?

王晓静的声音不自觉地高了起来,你辅导儿子功课?你每天就给他检查一下作业,对一对答案也叫辅导功课?解题的思路你跟他讲过吗?语法的运用你告诉过他吗?

我不是也有很多工作要做吗?哪有那么多时间?

工作？你每天在书房里待到凌晨两三点，谁知道你在忙什么。

你……

这时，顾睿杰把饭碗往桌上一放，我吃好了。然后站起来，回自己的房间去了。

两个人不再说话，各自吃饭。顾明义吃完饭把碗一推，抽了张餐巾纸擦擦嘴，坐到沙发上继续看电视。王晓静把桌子收拾干净，又到厨房忙碌了一阵，走出来对着儿子的房间喊，别玩了，时间差不多了，准备走吧。

顾明义坐在沙发上一动不动。王晓静在房间里换好衣服，带着儿子出门了。顾明义看了一眼王晓静关上的大门，变化是这两年产生的，最近变得频繁。虽然远远没有达到婚变的程度，但是两个人似乎越来越无法忍让对方，说话总是互相带刺，一不小心就升级到争吵，甚至不避开儿子。顾明义偶尔也会反思自己现在为什么会这么容易丧失冷静，结婚前对妻子的包容随着生活的不断折磨而消耗殆尽。每次只要两个人一发生争端，他便会立刻失去理智，针锋相对，就像他在法庭上那样，运用各种手段，似乎在思想上和语言上，妻子是他唯一要压制的对手。

过了一会儿，他感到平静了一些，看看时间也差不多了，换上了一身球衣，把专业球鞋和护具都塞进运动包里，拿上车钥匙出了门。他走出门洞，一眼就看见那块空地上又停着一辆轿车，挡住了他的出路。不出意料，眼下这块空地临时停车已经成为常态。甚至有车辆整个晚上都停留在此，等到早上才离开，俨然把这条通道当成一个非固定的车位。顾明义打开车门,把包扔进车里,带着一丝怒火,走到小区门口的保安室,敲了敲窗户。一个穿着松松垮垮的制服,坐在窗户后面的写字台下正低着头看手机的保安抬头看了看,然后打开窗户,什么事?

我要出去,但是我的车被挡住了,请你叫车主过来把车挪一下。

保安怀疑地看着他,你是几号的业主?哪辆车是你的?

我是3号102的,那辆白色的车是我的。

保安从窗户里探出半个身子,向外张望了一下,哦,是那辆车,你这个季度的物业费和停车费都还没缴呢。

顾明义尽量克制着情绪,我最近忙,没空,等我有时间了会去物业缴费的。请你先去喊一下那辆车的车主,我现在要出去了。

保安从窗子里缩了回去,拉开写字台的抽屉,翻出一本记录簿,上面排列着一些数字。他用一只手沿着数列慢慢下滑,在某一串数列上停下,然后合上本子,站了起来,我知道了,你去发动车子吧。

顾明义回到车上,看着保安向西侧的楼栋走去,于是发动了车子。他等了几分钟,那边没有什么动静,保安也没有回来。他感到有些不对劲,通常保安在楼下通过步话系统跟车主取得联系就会返回保安室,但是这次迟迟不见他的身影,或许是有什么意外情况。他又等了一会儿,终于感到不耐烦了,打开车门从车里出来。这时,他看见保安回来了。他走到顾明义的车旁,叫过了,他家里人说车主出去了。

那让他们把钥匙拿下来,我来替他把车挪一挪。

保安看了他一会儿,耸了耸肩,他把车钥匙带在身上一起出去了。这会儿已经打电话通知他回来了,不过可能得花些时间。

那我现在就得在这儿等他回来?

目前来看只能这样。

顾明义再也无法抑制内心的怒火,猛然伸手拍了下车门,你们物业是吃干饭的?就是这么管理的?收费倒从不含糊,可是业主的权利呢?你们怎么维护?

保安上下打量一下他,你不就是要去打球吗?晚点就晚点,有什么大不了的?

这不是去做什么的问题,问题在于我的自由受到限制了。我为什么要晚一点,难道我什么时候出去还要由别人来决定吗?今天我是去踢球,要是哪天家中有病人急着去医院怎么办?

那就叫救护车,比你自己开车快多了,还有医疗设备,对病人更有利。你也不用跟我大呼小叫的,我只是一个保安,没办法解决你的问题。现实情况是这车得等车主回来才能挪得走,你再怎么嚷也是这个结果。说完话他一转身,丢下怒气冲冲的顾明义,回保安室去了。

顾明义在原地愣了一会儿,眼下的确是这个局面,尽管内心着急,却丝毫没有办法。眼看时间一分一秒地过去,刨除路上的时间,一场球总共才两个小时,就算现在赶过去也已经晚了,要等别人跑不动了再换他上场,总共能踢上球的时间也所剩无几,何况那辆车的主人迟迟没有现身,还不知道什么时候才回来,他决定不再姑息,把车子熄火,从车上下来,直奔物业办公室。

那是西侧一楼的一间车库改的办公室,里面光线昏暗,靠门口摆了一张破旧的皮质沙发,劣质的皮坐垫表面已经龟裂,露出里面白色的海绵。沙发前有一张茶几,放着两只玻璃已经发毛的杯子。再往里是两张面对面摆放的办公桌,桌子上压着玻璃,上面堆着一些杂物和账本,靠里的桌子上还有一台电脑,物业公司的包经理正坐在办公桌后面看着电脑。他看见有人进来,立刻在鼠标上按了两下,然后站起身迎了上来。是小顾啊,今天怎么有空到物业来啊,是来交这个季度的费用吗?欢迎欢迎啊。

包经理脸上堆着真假难辨的笑容,他身材矮小,看得出头发精心修剪过,从中间分开,两边各自有个相对的弧度,长度不超过耳朵,配上他一张尖瘦的长脸,长得就像一只草菇。顾明义也不客气,在沙发上坐下,裂开处发硬的皮质像是翻起的铁皮,硌着他的大腿。他把遇到的情况说了一遍,包经理在他身旁坐着,仔细地倾听,神色忧虑。等他说完,包经理立即接口,你提的问题很好,我们在管理上的松懈,给业主带来了困扰,这是值得我们反思的。我们要深刻检讨,加强思想上的认识,要以优质的服务来赢取业主的信任。他话锋一转,不过这个停车问题嘛,你也是知道的,现在家家户户都有能力买车,小区的停车位本来就少,这样一来就面临着僧多粥少的局面。自从本公司接手这个小区的管理,我的压力一直很大。业主之间一直有一种声音,认为眼下这些车位不该是固定的,而是应该采取先到先停的模式。经常有业主到我办公室来反映，甚至还大吵大闹，我每次都是耐心地做工作。我在几次业主大会上也是表了态的，我认为还是维持原来的管理模式比较好，贸然改变会引发更大的矛盾。你车位前面的这块空地的确不该停车，但是有车子进来我们也不好拦着不让进啊，毕竟人家也是小区的业主，让他们临时停放一下也能缓解矛盾，是不是？

这么说就我和8号的老张倒霉？这个空地车子一停，其他人都不影响，就影响我们两辆车的进出？先到先停？这个说法也没错，不过怎么个先到法？车先到还是人先到？我家的房子买的时候还是期房，这么些年过去了，还有多少业主是当年买期房的？不都是后来搬进来的吗？要说先到，有几个能比我更先？

包经理笑了笑，话是这么说，可车位毕竟不是房子，要是你的车位是买下来的产权车位，那自然没话说。可是这车位毕竟是租赁的，由物业公司负责租赁，这里的变化可就多了，租给谁不是租啊，租金都少不了。

顾明义想了想，我也不是不了解小区的情况，车子临时停放也没什么大问题，但前提是不要影响我们出行。随时能够喊到人就行了，或者把钥匙留下，我替他挪都没问题，但是像今天这样车堵上了人走了，还把钥匙带走了，这是什么行为？全然不顾别人，这么自私自利的行为要是任其发展以后怎么办？今天我是出去运动，要是家里有病人要送医院，或者要去赶飞机火车，耽误了时间算谁的责任？

当然了，这样的行为肯定是不对的。这样吧，我陪你一起去，问问车主到底什么时候回来。

两个人一同来到6号门楼下，包经理按了门铃。过了一会儿步话机响了，传来一个年轻女性的声音，谁啊？

包经理凑近铁门，我是物业的小包，你们家的车挡着人家了，想问下什么时候能挪走？

那个透过信息交换传来的声音显得很不耐烦，刚才保安不是来问过了吗？人出去了，已经打电话通知了，回来还得有段时间，一直来问有什么用，总得等人回来吧？

顾明义刚刚平复的情绪又激动起来，冲着铁门大声质问，你们还有理了？谁让你们把车停那儿的？那个地方是停车位吗？人出去了还把钥匙带走？这种自私自利的事情都做得出来，别人还不能催了？

楼上传下来的声音立即变得尖锐起来，你谁啊？关你什么事？

怎么不关我事？我的车子被挡住了。

你那么凶干吗？车子挡住你了我已经打电话通知他回来了，还要怎么样？

你们把车停那儿挡了别人的路，到现在连句对不起都没说过。打电话通知人回来就算是解决问题了？现在的人都是什么逻辑？我被耽误的时间怎么算？

包经理在一旁连连摆手，劝顾明义不要太激动，楼上的步话机一下子挂断了。包经理苦笑，叫你不要冲动，这下好了，她丈夫也不是个容易沟通的人。

顾明义惊讶地看着包经理，这还需要沟通？谁对谁错不是清清楚楚吗？我要是堵了别人自己又跑开了，回来只会想着怎么跟人家道歉以取得谅解。

包经理摇摇头，来吧，先回我办公室坐坐吧，你是真不了解现在的社会啊。

二十分钟后，顾明义还在物业办公室和包经理喝茶，门口突然冲进一个人来，他身材高大，挡住了光线，一时看不清面貌。这个人气势汹汹地质问，刚才谁骂我妻子了？

包经理赶忙站起来，这是6号502的小沈。谁也没有骂你妻子，你的车挡住人家了，你回来了就赶紧把车挪走吧。

那个人站在门口没有动，他直直地看着顾明义，挪车没问题，但是为什么要辱骂我的妻子？

顾明义也站了起来，没有人骂你的妻子。你的车堵住了我的出路，请赶紧把车挪走。

小沈依旧站在门口，我接到电话就立刻用最快的速度赶回来了，可是你为什么要骂我妻子？

顾明义沉下脸，你用什么速度赶回来是你自己的问题，因为你根本就不该把车停在那里。我再跟你说一遍，没有人骂你妻子，你不信可以问问包经理。

小沈把目光转向包经理，是这样吗？

包经理神情尴尬，的确没有。你的车挡着人家了，小顾也是着急了一点，辱骂谈不上，只是语气上有点冲。都是邻居，没有什么大不了的，你赶紧把车挪走，就什么事都没有了。

顾明义看了看包经理，对方则大声嚷起来，我就说我老婆在家里哭个不停，原来就是你惹的，想叫我挪车，门都没有，你就老老实实给我待着。

顾明义掏出手机，你这么胡搅蛮缠我只能报警了。

迟到的丈夫根本不在乎，你报吧，等警察来了再看看怎么教育你。

包经理在一旁劝解，都是邻居，这点小事用得着报警吗？坐下来好好聊会儿天不都解决了吗？

顾明义没有犹豫，拨打了报警电话。过了二十分钟，警车闪着红蓝相间的灯光开进小区，停在了物业办公室的门口，外面已经围了一群观众。一个面带倦容的中年警察下了车，拉长了一张神情严肃的四方脸，似乎是寒冬的半夜里被人从床上拖起来的神情，让人心生敬畏。他走进办公室，谁报的警？

顾明义回答，是我。

什么事？

是这样，我下午本来打算开车出去，但是发现出去的通道被这位先生的车辆堵住了。他把车停在这里，人外出了，还把钥匙带走了。我通过物业联系他的妻子，通知他回来把车挪走，现在他回来了，却不肯挪车。

警察转过头问，是这样吗？

我是把车停在那儿了，可是我们的小区那么小，停车位那么紧张，都被那些人长期占用，我不停在那儿能停在哪儿？我接到我妻子的电话就急着往回赶，可是到了家里才知道我妻子被他骂了，一个人在家里流泪，所以才不愿意挪车。

警察又问顾明义，你骂了他的妻子？

当然没有。我认为现在的主要问题是他的车子挡了我的出路，你应该让他先把车子挪走。

警察看了看他，从包里拿出一本小册子和一支笔，你的姓名，电话，还有身份证出示一下。

顾明义抗议，不是应该双方都出示证件吗？

一个一个来，你先出示。

顾明义从口袋里拿出钱包，找出身份证递给警察。四方脸接过去看了看，然后把身份证上的信息输入读卡器，盯着屏幕，过了一会儿抽出来还给他，还是个律师？既然懂法律为什么要骂人呢？

我没有骂任何人，物业经理当时也在场，他是人证。

警察看向了包经理，你当时也在？

包经理连忙点头，是的，我在。

当时他骂人家了吗？

这个，措辞上并没有，可能是语气上的问题。你知道的，楼上楼下对话，通过步话机，难免会有误会。

警察又问丈夫，你妻子一个人在家里哭？

当然，哭到现在。

四方脸对顾明义说，你看，现在有两个人的证词都对你不利，我看你还是先道歉取得别人的谅解才好。

顾明义吃了一惊，你说什么？我道歉？因为我根本没有做过的事情？现在的问题是他的车挡住了我的出路，我认为你该主要解决的是这个问题。

警察似乎笑了一声，顾明义没听清楚，他接着说，车辆在小区内的问题归物业公司管理，无论是交警队还是派出所都无权管辖。你还是个律师，这点都不明白吗？我只能提出建议，但是就目前的情况下，我认为在这位先生的妻子受到的侮辱得到慰藉之前，他不会把车开走，所以才建议你先道歉，以便让事情有缓解的余地。

顾明义朝包经理看过去，草菇赶紧摆动双手，我们物业更没有执法权了。于是他不得已转而问警察，方建兴是你们派出所的吧。

警察转动脑袋看了看边上的两个人，然后眯起眼睛问，你认识方所长？

他是我同学。

警察点点头，向门外挪了两步，难怪你这么坚持，要不我带你去见他？他刚调回刑警队。

顾明义听他语气不善，明白提到老同学可能适得其反了，也许他们在工作上本来就有矛盾。他看了看时间，已经过去了一个多小时，即便现在把车挪走，赶到球场也没法踢球了，于是说，我不会道歉的，今天我车也不开了，有本事就让他一直把车停在那里。

这么说你们已经自行协调好不需要我参与了？警察的态度变得温和起来，那就对了，邻里之间要和睦，有什么事大家各退一步就好,何必要闹得报警呢?来吧,在这张单子上签名吧。

顾明义接过单子,胡乱地签上了名字,他对包经理说,既然这事归物业管,那物业就要负起责来。我说了,今天踢不踢球是小事,下次要是真有什么紧急事件被耽误了,那就不是打报警电话能解决的了。他说完,扔下笔,直接出了物业办公室的大门,分开围观的人群,径直回到自己家里。

下午很空寂,一点声音都没有。顾明义在自己的房子里忽然觉得无所适从,他出不去,也不想工作,只能坐在沙发上发呆,对刚刚发生的一切感到愤怒而又无能为力。他是一个律师,在业界有着良好的口碑和业绩,但是这些却丝毫不能帮助他解决生活上的困扰,他对此尤感失望。并且他发现了一个早已存在的事实,公序良俗只是在某些讲理的地方才适用,而主宰现实生活的是另一种更原始的力量。

过了一会儿,他从沙发上站了起来,把球衣脱下来,放到洗衣机里洗了一遍,然后晾晒起来。跟着他又去洗了个澡,出来后坐在沙发上打开电视机,目不转睛地盯着屏幕。不久之后,顾明义听见钥匙转动门锁的声音,王晓静带着儿子回来了。他们进了房间,换好鞋子,儿子洗了手径直往自己的房间去了。王晓静把包放下,看了看顾明义,你球踢好了?

顾明义缓缓转过头,看了妻子一会儿,是的,我今天很累。

西伯利亚的寒流不时南下,天气越来越冷了,树叶纷纷掉落在地上,被西北风一吹,四处飘荡。顾明义看着自己家庭院里也是满地的落叶，植物都是光秃秃的，不可言喻的难看和萧瑟。他养了一缸色彩艳丽但是因为数量庞大而导致身价低廉的热带鱼，尽管为它们提供了恒温的电热器，但随着冬天的到来这些鱼还是纷纷去世，似乎在进行一场集体自杀。他多少有些困惑，不知为什么会出现这种状况，如果水温是恒定的，那么对这些鱼来说应该不存在季节转换，但事实却是这些鱼对冬季极为敏感，在寒流尚未到达之前就焦躁不安，急于为自己安排好后事。

不过顾明义并不打算花时间和精力去解开这些热带鱼之谜，因为它们是廉价的，生死不影响任何人，甚至都不影响它们自己，死了，捞出来扔掉就行了。真正的难题在于生活本身，生活就是一个大鱼缸，每个人都是鱼缸里的鱼，有些廉价，有些缺乏必要的道德，不一而足。和鱼缸里的鱼一样，生活中的人也对未来忧心忡忡，对每一天都抱有可怕的预感，而对过去的时间既庆幸又失落，完美的东西总是出现在过去。

顾明义上午接了一个电话，是方建兴打来的。方建兴在电话里直截了当地问，前两天你提我名字了？

顾明义一愣，是啊，你怎么知道？不过看上去没什么用。

方建兴在电话里嘿嘿笑了两声，我是警察嘛，有些事情不想知道也很难。老祝这个人嘛，嗯嗯，他总抱有在退休之前再提一级的不切实际的幻想。

顾明义对他们的内部事务没什么兴趣，听说你调回刑警队了，那要祝贺你了。

都是工作，哪儿都一样，没什么值得高兴的。

方建兴似乎毫不在意，但是顾明义却体会到他语气中流露出的不太明显的兴奋，你找我就是为了这事？

当然不是，我找你有更重要的事情。

什么事？

我给你接了个案子。

给我接案子？顾明义有些惊讶。

是的，我们手上有个嫌疑人，这个人不是一般人，在社会上有些知名度。

一条名贵些的热带鱼，顾明义想。他犯了什么事？

我们怀疑他和一起失踪案有关，因为他的身份比较特殊，所以我们希望律师提前介入。

顾明义明白了，对于一个有社会影响力的人，警方是怕万一出什么疏漏被抓住把柄成为攻击对象，因此前期想做得周全一点。可是我现在已经不接刑事案件了，要不我让我们事务所的其他人来处理？

方建兴语气坚决，我只信任你。这可是个好机会，这个嫌疑人有知名度，有知名度就有曝光率，你要是接了这个案子对你个人和你们事务所都有好处。

究竟是个什么案子？

我现在不能告诉你，如果你答应了，我就带你去见嫌疑人，到时候再给你讲案情。

顾明义犹豫了一下，那好吧，我下午去找你。

下午没有风，冬天无迹可寻。阳光很好，照在身上暖洋洋的，似乎是提前到了温暖的春天。顾明义交代了一下手中的事情，驱车前往看守所，方建兴已经在那里等着他了。办理了相关手续，方建兴带着他往里走，同时递给他一个文件夹，你先看看吧。

顾明义打开文件夹，一张表格出现在他眼前，表格的右上角贴着一张2寸的半身照，照片上是一个三十出头的年轻男性，一头短发，戴着一副黑框眼镜，眼神中流露出迷惘和冷漠的神情，也有可能只是光线造成的假象。顾明义认识他，这个年轻人因为他的父亲凭借不为人知的神秘背景在商业领域取得的巨大成功而拥有相当的知名度，不时出现在网络和传统媒体上，常常因为口无遮拦而挑动一波又一波的争端，是个不折不扣的焦点人物，表格上有他详细的个人信息。顾明义抬起头问方建兴，你们抓了他？因为什么？

方建兴沉默了一会儿，现在你也知道事情的敏感性了吧，我说了这对你是个机遇。是这样的，我们之前接到一起报案，是按照人口失踪报的，失踪的是一名年轻女性，她的父母来报的案。据说她和朋友一起去南方某个著名的岛屿旅游，之后就突然失去了联系，电话打不通，发信息也没有回应。等了一天一夜，放心不下就到派出所报了警。我们经过调查发现，这个女孩竟然是和他一同出游的，随后又发现他们之间的关系不同寻常，失踪的姑娘是他妻子的同学。于是我们就连夜赶到当地对他展开询问，但是他坚称对一切毫不知情，我们也感到很为难。

顾明义皱了皱眉头，像他这样的身份，家里不会没有雇用的律师团队吧?

当然有,但是怪就怪在这里,他拒绝了他的律师来见他,反而要求我们给他提供司法援助。

还有这种事?

我们也搞不明白他在耍什么花样。

来到会见室门口,顾明义停下脚步问方建兴,你们认为这个女孩子的失踪是由他导致的?或者说这是一起谋杀案?

方建兴不置可否地笑了笑,我们不清楚。不过他既然想要一个律师,也许他会把事情告诉你。

顾明义推开门,小房间的中央放了一张长方形的金属桌子,桌子两侧各放置了一把金属椅子。一头已经坐着一个人,低垂着头,看不见脸。他的两条胳臂呈倒三角形延伸到桌子底下,或许是戴着手铐。顾明义在另一张椅子上坐下,将手中的文件夹放在桌子上,深吸了一口气,陆先生你好,我是给你提供法律援助的律师,我姓顾。

陆凯缓缓抬起头来,他的脸色发白,眼睛比照片里看上去要大一些,也可能是在看守所的缘故。不过照片倒是如实反映了他的眼神,迷惘而又冷漠。他朝着顾明义微微一笑,你好,顾律师。

顾明义停了几秒钟,我有个问题想先问问你……

没等他说完,陆凯就打断了他,你是想问我为什么高薪聘请的律师不用而要选择法律援助,对吗?

是的,对于这点我很疑惑。顾明义点点头,这个人还很聪明，看来并非完全仰仗他父亲的庇护。

其实很简单，陆凯又笑了笑，神情阴郁，从他身上不自觉地散发出一种落寞感，我知道他们有各种方法很容易就能把我弄出去，就像是在下暗棋的时候你总是能看到对方的棋子，这有什么意思？我就是想看看我能不能通过未经干预的司法程序来摆脱目前的困境。

聪明的人往往还很危险，顾明义心里这样想。陆先生，法律是公平公正的，讲的是真凭实据，不会受到其他任何因素的干扰。我作为你指定的律师，需要知道全部的事实，你原原本本地告诉我，我才能帮助你脱离困境。

那么如果真是我杀了她呢？陆凯的嘴上仍旧是一丝无所谓的笑容。

顾明义想了想，那我会努力为你争取从轻处理。

看起来你的确是个好律师，他们没找错人。

现在你可以把事情的经过都告诉我了吗？

陆凯没有说话，眼光越过顾明义的肩膀，向上盯着某个角落。顾明义顺着他的目光扭头看去，在墙角处有一个圆形的探头，正对着这张桌子。他回过头来，你不用担心，根据法律规定，我和你是单独会见，不受警方控制。

陆凯表情冷漠，是吗？我可不信。不过我也不在乎，他们想监控就监控好了。

顾明义拿出笔和记录簿，翻开到某一页，你们是哪天到的岛上？

陆凯摇摇头，不，不，顾律师，你搞错了，我的事情我会跟你说的，但是我让他们找你来，是想先问你一些问题。

问我？你有问题问我？

是的，我有不少问题都想不明白，或许一个好律师能够给我答案。

好吧，顾明义合上本子，你想问什么？

陆凯看了看他，顾律师，听你的口音是本地人吧。

是的。

那么你对这个城市源源不断涌进来的外来人口是怎么看的？

这个嘛，顾明义皱了皱眉头，自由迁徙是人类的天性，要不然早期人类也不会从非洲走出来散播到各大洲，形成今天的世界了。

可是来的人多了，自然要占用属于这个城市原生人群的资源，你不反对吗？比如说教育资源，冒昧问一声你有孩子吧？

是的，我有个儿子，在上小学。

那就好，想必你能够理解，你的孩子需要和更多的孩子共享有限的资源，面临更激烈的竞争，考入名牌大学的机会大大降低，甚至遇到风险的几率也会相应提升，你就不感到焦虑吗？还有医疗资源，那些有实力的大医院一天二十四小时人满为患，即便是送急救的也要排队叫号。各科医生像在工厂流水线作业，一台手术刚刚完成，下一个又被自动传输带送到手术台上。医生连续开十几个小时的刀，柳叶刀卷刃了立即有新的递上来，哪个医生不行了就被拖下去休息，马上有另一个精神饱满、跃跃欲试、刚刚毕业但成绩糟糕的新手顶替上来,永远不会缺乏病人和医生。这是你想要的吗?当然还有交通资源等等。

那依你看应该怎么样呢?

按照我的看法,我们以前做得很不错,外来人员没有充足的理由不允许在这里长期逗留,必须到相关机构进行登记,说清楚到这里来的目的、逗留时间,还需要相应的证明或者担保,必要时甚至可以发放准入证件。

你是说类似于护照?

陆凯点点头,这么理解也没错。

顾明义翻了翻手中的资料,可是根据我了解的,尽管你拥有巨额财富,可对于这个城市来说你也是外来者,你这样的态度未免让人感到奇怪。

正因为我曾经是外来者,所以我才更明白外来者对原来秩序的冲击有多大,就像外来物种入侵对当地生物造成的伤害一样,有些是毁灭性的。一个从没有走出过大山的农村人,买了一张低价火车票,依靠顽强的意志力站了几天几夜,下了火车摇身一变就成为城市居民了?当他在这个城市受困于昂贵的生活成本时,他将不得不从事非法勾当,甚至侵害正常有序的家庭。一旦这种侵害发生了,你会发现除了承受身体和精神的双重伤害,所谓的经济赔偿只是一场梦。你唯一能做的也只是将他投入监牢,但一切都于事无补,侵害已经发生,家庭已经破碎,你从不为此担心吗?

家庭的破碎更可能来自内部,顾明义想。你的意思是挤上了公共汽车，就希望立即关门，不让别人再上来了？

这句话很有煽动性，但是请注意，顾律师，这句话忽略了一个基本事实，那就是公共汽车的空间不是无限的，如果不对上车的人员进行控制，最终只能导致车辆瘫痪，谁都走不了。

顾明义想了一会儿，然后说，我是学法律的，不是道德专家。但是从我个人的观点来看，我们各地区的发展不平衡，经济落后地区的人们向往经济发达地区，这是无可厚非的，限制他们自由流动是不公正的，每个人都应该有机会。山里人并不比城里人笨，差别正是因为他们没有获得公平的机会。假如按照你的方法，你永远不会知道我们错过了多少爱因斯坦和梵·高，所以我不能同意你的观点。

陆凯看了他一会儿，忽然笑了起来，略带一点嘲讽，让顾明义感到很不适应。顾律师，那你说说为什么欧美国家之间的往来只要一张飞机票，而对一些非洲地区则要进行严格的审查制度呢？

那是因为他们有着相似的文化和价值观。

恐怕你自己都不能认同这个说法吧。其实很简单，你所推崇的自由迁徙只能发生在文明程度和经济环境相似的国家间。一旦脱离了这两个条件，自由迁徙带来的只会是灾难。陆凯顿了顿，不过，看得出来顾律师你是个好人，现在我们可以谈论一些你感兴趣的事情了。

这么说，刚才的谈话算是一种测试？我们可以进入正题了？

陆凯咧开嘴，随你怎么认为。

好吧，顾明义在笔记本上记录了一些内容，你认为你为什么会在这里？

陆凯转动眼珠，顾律师你去过动物园吗？

当然去过。

那里什么动物最受欢迎？

顾明义想了想，我想是狮子、老虎，还有大象和河马之类的。

说得很对，这就是我在这里的原因。把一只家猫关在笼子里，没有几个人会去看，但是关一只老虎或狮子就不同了。人们惧怕这些动物的危险性，但是又迷恋它们的力量，因此，他们会在安全距离之外欣赏被束缚住的猛兽。

顾明义在笔记本上快速地记录，这么说，你认为自己是受害者？可我了解的情况并不是这样，你能谈谈跟你一起的那个女孩吗？你为什么要和你妻子的闺蜜搅在一起？

陆凯沉默了一会儿，双手垂在身前，脑袋尽量向后仰，像疲倦了在舒展筋骨，没意思，到头来你想知道的也是这些，我还以为你和他们多少会有些不同。一个男人有什么理由不和妻子的闺蜜搅在一起？如果那个闺蜜不反对的话。你难道没有幻想过妻子身边的女人？闺蜜、姐妹，甚至年龄相差不大、仪态撩人的长辈？不过我对你的印象还是挺不错的，我就跟你聊聊吧。那天我们到达蓝山岛已经是晚上了，我事先就已经订好了酒店，口碑很好，据说不少名人都在这里从事过不为人知的事情，隐私从没有泄露过。我们先在酒店的餐厅里用了晚餐，她要了一份香煎海鲈鱼，我点的是惠灵顿牛排，还要了一瓶新世界产的红酒，口感稍稍偏重。牛排还是很不错的，新鲜多汁，像是细嫩的少女。吃完饭我们就回到房间里，没有洗澡，直接就上了床。这个地方需要我描述细节吗？

顾明义皱了皱眉，我想不用，我认为这对案子本身没有什么帮助。

陆凯突然变得平静，语气沉稳，结束之后我觉得很疲倦，躺在橘黄色的被单上一动也不想动。但是她的兴致却很高，想要去海边走走。那天晚上海水很软，躺在沙滩和海水的边界，让冲上岸的海水按摩身体，一切都很美好，真希望时间就此停滞不动。我们躺在一半是沙子、一半是海水的分界线上，像是连接大陆和海洋的纽带。我们手拉着手，仰望着满天的星光。过了一会儿，她说要下海游泳。我有点担心，夜晚的海洋神秘莫测，所以就没有同意。我们返回了酒店，在洁白柔软的大床上再次释放了我们的激情。我从来没有这么尽兴过，让我感到说不出的疲倦，再加上旅途劳顿，很快就睡着了。当我凌晨醒来之后，发现身边空无一人。我起床，打开灯，整个房间都是空的。后来我发现枕头边有她换下来的衣服，我忽然明白她还是下海了。我赶紧到海滩上去找她，可是四下里漆黑一片，不见她的踪影。我对着大海喊叫，可是声音很快就消散在海面上，没有激起任何涟漪。我冒着危险下海游了一会儿，很快发现这是徒劳的，夜里什么都看不见，简直就是在大海捞针。我回到沙滩上坐了一夜，直到天亮，太阳从海平面上升起，依然没有她的踪影。我回到酒店，又等了两天,直到警察上门找到我。

顾明义在笔记本上飞快地记录,那你为什么不在第一时间报警?

那我们不是暴露了吗?万一她没事,又自己回来了,而我却报了警,我们怎么办?

你所担心的那些东西比一条人命更珍贵吗?

陆凯摇摇头,当然不,可我害怕失去这一切。

处在他那样的位置,一个情人和他所拥有的一切,哪个更重要?顾明义也不能回答,因此他不打算指责他什么。好吧,就这样,我看看要怎么帮你。

他站起身往外走,就在开门的一瞬间,陆凯喊他,顾律师。

顾明义回过头,什么事?

陆凯嘲讽似的冲他一笑,我真的很喜欢她,想跟她在一起。

顾明义点点头,我知道。他拍了拍门,会见室的门开了,他走了出去。方建兴立刻出现在他眼前,一脸急切,怎么样?他对你说了什么?

顾明义斜着眼睛看了看他,你们真没有监听我们的谈话?

方建兴模棱两可地笑了笑,根据规定,律师会见嫌疑人是受保护的,我们不能监听。

那我就无可奉告了,我要对我的当事人负责。

方建兴踌躇了一下,我是说,你相信他说的话吗?

顾明义晃了晃手中的录音笔和笔记簿,不,我不相信,这不像是真的。不过我不知道他为什么要这么说,他的故事里或许隐藏着一些信息，我得回家仔细分析一下。你们打算扣留他多长时间？

方建兴叹了口气，这就要看你了。理论上我们可以在没有确凿证据的情况下引用各种条例最长扣留他六七个月，不过你也知道那只是极端情况，而且不能用在像他这样身份的人身上。所以你得理解我们面临的压力，发挥你的特长，尽快找到突破口。

顾明义想了想，我会尽力的。

方建兴看着他，点点头。门口聚集了不少闻风而动的记者，你肯定不想被这群无孔不入的人盯上。我带你从后门出去吧。

顾明义离开看守所，天色已晚，车子开出去一段距离，顾明义透过后视镜看了一眼这座大门紧闭、四四方方的建筑，墙头上的高压线在逐渐昏暗的天空下让他感到压抑，但同时他生出了一个奇怪的念头，他认为陆凯是从心底里喜欢这样的地方的，这大概才是他现在待在里面的真实原因。

一场从近海海面生成的台风袭击了城市。顾明义开车回家，把车停到自己的车位上，然后熄了火，却没有关闭电源。他选了一首歌，按下确认键，车里立即响起了优美的旋律和温婉的歌声。他将座椅靠背往后调了一点，闭上眼睛。外面狂风大作，暴雨倾盆，天地间一片模糊，小区里的树木不时发出哗啦啦的声响，透过紧闭的玻璃窗，像有人在不停地抖动一只塑料袋。音乐声回荡在封闭的空间里，顾明义不时跟着哼唱几句，等到一首歌曲播完，他才睁开眼睛，从沉浸的回忆中醒了过来，难免对当下感到失望。他关上音响,也关闭了车子的电源,拎着公文包从车上下来,顶着迅猛的雨点,快速冲到自家门口,衣服已经淋湿了大半。他从口袋里掏出钥匙,打开总门,穿过楼梯间,借着楼道里的感应灯,打开了自家的房门。

屋子里灯光一片,王晓静正在厨房里做饭,声势不比外面的台风小。顾明义放下包,洗了手,在沙发上坐下,看了一会儿新闻。不多久,妻子从厨房里出来,招呼他和儿子一起吃饭。饭后,儿子回到自己的房间里继续写作业,王晓静把桌上的碗筷都收拾干净,到厨房里去善后。顾明义洗了澡,换好衣服,拿着公文包走进书房,开始写材料。他手上正代理一个商事纠纷案件,明天需要出庭,他要提前把证据列好。他从电脑里调出一份类似案件的文档,保留了原文的格式,将内容都清除掉,稍稍理了下思路,刚开始打了两行字,王晓静推门进来了。顾明义有些奇怪,妻子一般不会在他工作的时候打扰他。他停下手中的活,抬头看着她。

王晓静在写字台的对面坐下,把一张纸放在桌子上,这是你儿子的期末数学考卷,你看看吧。

顾明义接过来,卷子正中间两个红色的数字让人感到不快,怎么考得这么差?

这不是重点,重点是他现在需要去补课,光靠平时上课教的东西可不行。

顾明义皱了皱眉头,儿子已经报了英语和作文班,还有书法,再让他报数学,哪儿来那么多时间?

没有时间就挤点时间呗。

这样他一个礼拜都没有休息的时间，等他长大后怎么回忆童年时光？

王晓静冷笑了一声，回忆童年？那也是等他有了将来才有闲暇时光来回忆，现在不抓紧，将来何从谈起？

顾明义低头仔细看了看试卷，愈发感到生气，这都是些什么题目？船上有75头牛，34头羊，问船长几岁？这有关系吗？

这道题目是为了培养孩子的质疑精神。

简直是一派胡言，你要让他花时间去训练这样的题目？

妻子冷冷地看着他，这是必需的。

必需的？我看不出来这有什么必要。我们小时候就没学过这种题目，现在也不生活得好好的？这样的数学题对一个人有什么帮助？分明就是屠龙术嘛，你花费了大把的精力学会了怎么杀死一条脾气暴虐、难以驯服的龙，可最终发现能够杀的只有猪。

你说得对，可是问题在于现在人人都在学。在日后的竞争里，一个人只会杀猪，另一个人除了杀猪还会屠龙，哪个人更容易得到工作？多掌握一门没有用的技术也是一种竞争力。就像是你，你在法庭上基本用不到英语，可是没有英语合格证书你能顺利当上律师吗？

可现在不是在提倡给孩子减负吗？

王晓静沉默了一会儿，你平时真的要多关心一下孩子的教育问题。学校里是减负了，只教一加一等于二，可是以后升学考试却要考线性方程，你说这个负是减到谁头上了？

顾明义叹了口气，现在的孩子实在是太辛苦了，没有一点属于自己的时间，全都奉献给考卷了。

王晓静轻笑了一声，总会有属于自己的时间的。就像你，每天的时间总是不够，要工作到凌晨两三点，可即便这样，你回家前不是照样在门口游荡几分钟？

顾明义吃了一惊，一时间不知道该如何回答，妻子已经站起身走了出去，关上了书房的门。他不想再去细究妻子的话语，遗落在某个夜晚的片段或许更合适。他把心思重新转移到了工作上，对着空白的文档准备继续写材料，可是却发现被妻子这么一打岔，眼下脑袋里也是一片空白。他感觉思维就在某个地方沉了下去，懒洋洋的，就想这么一直沉浸在一片空白中。他对着电脑屏幕发了一会儿呆，感到不可思议。在公文包里翻了翻，找到了那天他和陆凯的谈话内容，从头到尾看了一遍，跟他当时的感觉一样，这不是真的，陆凯更像是在讲故事，是一场自以为是的电影里的某个片段。他不清楚陆凯为什么要这么干，这很危险，可能会让他自己深陷其中。按照正常的逻辑，发生了这种事情，他应该全力撇清自己，但是陆凯却偏偏带有一种挑衅的意味。即便这就是事情的全部真相，这样的叙述方式也只会让警方加深对他的怀疑，这于他有什么好处呢？唯一的可能就是，他喜欢将自己置于危险之中以抵御生活的平淡，不少自以为是的人都喜欢这么干。

只有对女人的看法是实在的，他想。陆凯并不避讳这一点，他对于人类用道德和舆论的力量来约束自身的生物性不屑一顾。

这或许是他的身份和背景带给他的优势,对于一个有名望的富家子弟,人们似乎更能够接受一点。但是对顾明义来说就不行,好像一个平凡人更应该受到规矩的束缚。他拿起手机,翻动社交软件,找到了薇安的名字。他一直遵守严格的自我限制,从不在和王晓静同处的时候跟薇安联络。但是今天晚上是个例外,似乎有什么东西变了,他抑制不住想要和另一个女人说说话。事实上他们从来没有真正碰过面,薇安是一家咨询公司的副总经理,一个哈尔滨女人。顾明义和这家公司打过交道,但是并没有见过她本人,他们只是由于工作需要加了好友,但业务结束之后他们的聊天却并没有中断。就跟绝大多数的异性之间聊天一样,时间久了,他们的话题开始趋于暧昧,在危险的边缘起起伏伏。薇安给他发过几张照片,她比他大两岁,身材小巧,脸蛋圆圆的,一头弯曲的长发,说不上多么惊艳,却还是很漂亮,有不少迷人的地方。与王晓静不同,薇安的褐色西装和白衬衫散发着一个职业女性成熟的魅力,并且经过顾明义长时间的想象而趋于完美。他曾多次想象过这样一个场景:他在一个晦暗、潮湿的早晨从一个陌生的地方一张陌生的床上醒来,外面下着雨,身边是薇安,光着脚穿着一双红色的高跟鞋躺在床上。朦胧微弱的光线在她柔和的身体曲线上笼罩了一层光晕,让她显得模糊不清,像是一张剪影。

你在吗?他发送给薇安一条消息,自己也有些紧张。

过了一会儿对方的消息回来了,今天晚上她不在吗?

顾明义想了想,她在。

那你怎么还发消息？这是你自己定下的规矩。

我想见你。

薇安沉默了一会儿，怎么了？为什么突然提这个要求？

没什么，我只是想一个人何必要为难自己。再过二十年，我们可能会为了不见面的决定而后悔，可是你知道，二十年后，多可怕。

你想怎么见呢？

你不是经常出差吗？我想或许哪次你出差的行程里可以增加一站，目的地是我家。最好是一个下雨天。

薇安给他发了一个微笑的表情，你家？你可以吗？

顾明义深吸了一口气，控制住自己的情绪，可以，过两天放假了，她会带儿子出去旅游，我不去。

他焦躁地等了一会儿，手机上来了消息提示，他点开看，但是我不可以，我也有自己的家庭。

顾明义感到失望，情绪慢慢冷却下来，要不我们先一起吃饭吧？

吃饭的事情可以考虑，不过等过些天再说吧，我这会儿有事，先不聊了，拜拜。

顾明义删除掉聊天记录，变得平静下来，眼睛盯着空白的文档，那些短暂消失的词汇和法律术语忽然都回来了。他立即进入工作状态，在电脑屏幕上开始构建案件的证据链，一发不可收拾，直到凌晨时分才写完，夜晚已经过去了大半。

放假了，王晓静给儿子报了各种耸人听闻的学习班。如果各家机构的宣传语真像他们所保证的那么成功，那么只要顾睿杰认真学习，他很有可能在成年之前就成为一个集科学、文学、艺术、体育于一身，历史上从来没有出现过的天才人物。不过顾明义没心情为儿子感到惋惜，这些学习班要从假期的后半期才开始，眼下他拥有更多的空闲时间。星期六的下午天气晴朗，没有风，阳光在空气中微微涌动，时机正好。顾明义出发前在厨房的窗口看了看，没有车辆挡住去路。自从上次的事件发生后，也许是物业公司真的担心出现一些无法控制的局面，在暗中加强了管理，现在基本上那块空地没有临时停放的车辆了。

属于自己的两个小时欢快时光。这是有一次踢完球，他和几个队友一起吃晚饭时有人说的。那天他们都喝了点酒，聊得挺愉快，忽然有个人说，现在一个星期踢一场球，对我来说这就是生活中最快乐的时光，我相信你们也是这样。这句话不知不觉地让所有人感到触动，气氛变得低沉起来，最后大家都喝多了。果然是这样，顾明义没到星期六就对天气状况忧心忡忡，生怕出现刮风下雨这种灾害性天气导致活动取消。不过今天一切都正常，他发动汽车，驶出了小区，一路上多少有些激动，想象着过一会儿自己会有什么样的表现，跟哪一位国际球星更接近，万一今天没有进球又该是怎么样的沮丧。

车子过了越江隧道，离球场不远了。车上的音响系统突然停止了，取而代之的是一阵电话铃声。他看了看车载屏幕，是王晓静打来的，顾明义接通了电话。电话里先是沉默了一阵，过了一会儿妻子的声音响了起来，房间里有一只壁虎。

顾明义眼睛看着前方的路况，脑子里一片空白，你说什么？

房间里有一只壁虎。

在哪儿？

刚才在电视柜下面，我打扫房间的时候发现的，一转眼不见了，可能是钻到床底下去了。

一只壁虎。顾明义脑袋里呈现出一只爬行动物，身体扁平，呈灰褐色，四肢张开吸附在墙壁上。尾巴细长，随时可能脱落，在地板上跳动。两只眼睛又黑又亮，三百六十度注视着周围的一切。红色湿润的舌头不时从宽大的嘴巴里吐出来舔舐无法闭合的眼睛。还可以入药，治疗风湿关节的疾病……我知道了，等我回来我来处理。

妻子又沉默了一会儿，我害怕。

壁虎没什么好怕的，它没有毒，也不具有攻击性，专门捕食昆虫，比驱虫剂的效果更好。你可以试着和它共处两个小时，况且你也看不见它。

正是因为看不见我才更害怕。

你究竟害怕它什么？

它会到处乱窜，根本不知道会在哪里出现，也许直接掉落在身上。还有它柔软的身体，冰凉的皮肤，两只贼兮兮的大眼睛，和一条随时可能脱落的尾巴，一想起来就让人恶心。

顾明义感到越来越渺茫，就像在法庭上面对一场即将失败的官司一样，虽然对方律师还没有做最后的总结发言，但是法官的判决已经毋庸置疑了。踢球是一项平凡的运动，什么时候都可以进行。而留下妻子在家独自面对一只可怕的爬行动物则是不可宽宥的行为。丈夫的首要责任就是保护家庭，家庭就是妻子和孩子。条理很清晰，没有什么好再辩驳的了。他逐渐放慢车速，引发身后的汽车喇叭不断地催促。那么我现在就回来吧。顾明义仍然有一丝没有完全泯灭的幻想。

好的。王晓静回答得很干脆，没有任何犹豫。

顾明义挂断了电话，在离球场不到一条马路的地方掉了个头，往回开去。再次穿过越江隧道，回到小区里。他停好了车，背着原封不动的运动包回到家里，往门口一站，它在哪儿？

王晓静坐在客厅的沙发上看着电视，茶几上放着一杯冒着热气的咖啡。她转过头平静地看了看丈夫，抬起手往卧室指了指，我把它关在房间里了。

顾明义放下包，直接往卧室里去。他扫视了一遍房间，没有发现壁虎的踪迹，于是大声对着客厅喊，我没有看到它。

妻子的声音隔着门传来，可能在床底下。

顾明义拿着手电，趴在地板上沿着床底的缝隙一点点寻找，终于在一个角落里发现了一些痕迹。他怒火中烧，从房间拿来了扫帚和簸箕，在床下捣鼓了一会儿，把壁虎赶进了簸箕，然后用扫帚遮盖在簸箕上，以防止这只爬行动物逃跑。他走出房间，对王晓静说，找到了。

你打算怎么处理它？

我把它放到天井里去。

王晓静看着他，你不打死它吗？

就因为你害怕它？

因为它可能还会钻到房间里来，所有的动物都有着不为人知的能力，我们怎么都防不住，只有彻底消灭才是唯一可行的方法。

不，顾明义想了想，带着残酷的微笑，它没伤害任何人，只是迷了路而已，不应该就这样丢了性命。尽管你害怕它，可是也不能否认它在生物链中的作用，我们没权力随便处置一条生命。况且放它走还有预料不到的好处，这只壁虎以后会记住不该进入不能进的地方，同时还能把经验扩散出去，让其他爬行动物也把人类的房间当成一个禁地。这比单纯打死它的效果要好多了，那样就起不到警告的效果了。

他不再理会妻子，走到天井里，用扫帚轻轻一拨，就好像壁虎真的存在一样，掉落在草丛里，摇摆起脑袋和尾巴，迅速消失在某个阴暗的角落里，和泥土混为一体。顾明义感到心情稍稍舒畅起来，他十分肯定自己做了一个相当明智的决定。

警方做了不少细致的工作，最大程度上防止了事件的发酵，但是仍然有些消息从各个角落里流传出来。传统媒体对陆凯的案情相对谨慎，只是推测了几种潜在的可能，网络上则谣言四起，将整件事情描绘得神乎其神。有的作者对某些细节言之凿凿，似乎事情发生时正在运用全能视角进行冷眼旁观。警方面对来自受害者家属、嫌疑人家属，以及媒体和舆论的压力，难免疲于应付。方建兴已经打了好几个电话给顾明义，催促他尽快和陆凯再次见面。实际上，自从上次见面之后，顾明义对陆凯也抱有某种程度的兴趣，他说不上是什么样的兴趣，只是觉得这个年轻人很有意思，在他身上存在着许多矛盾点，就像是一团搅在一起的线头，需要有足够的智慧和耐心才能抽丝剥茧，理清头绪。

这天上午，他再次前往看守所会见他的知名当事人。方建兴用警车将他直接送到看守所高墙里面，以避开日夜在外蹲守的媒体雇用人员。他显得有些焦虑，你了解我们的处境，现在真正是骑虎难下，无论出现什么样的结果对我们都不利。如果现在放了他，坊间的传言这肯定又是一起官商勾结加害平民的冤案。可是继续扣留，也缺乏足够的证据，你知道他父亲这边……我看他对你还是挺友好的，你现在是我们的最大希望了。

顾明义眯着眼睛看了看他，什么时候开始律师变成你们的希望了？你这么说是为了到时候把责任推给我吗？我可不背这个锅。

你看你说到哪儿去了，我们是同学，我还能害你吗？

顾明义冷笑了一声，同学最靠不住了，李斯和韩非还是同学，庞涓和孙膑也是同学，最后都怎么样了？现在舆论都盯着这个案子，我私下里受你委托，压力也很大，万一搞砸了，还会拖累我们事务所，责任可不是一般的大。

方建兴也不置可否地笑了笑，你现在想退出也来不及了，到时候消息一传出去，各路媒体记者还不争相报道你们事务所？

你看看，我刚才怎么说的？同学就是用来垫背的。

别这么说嘛，我们是一条船上的，把真相弄清楚，对大家都有好处。

两个人来到会见室门口，顾明义说，别忘了我跟你提的条件。

你放心吧，你们可以在里面畅所欲言，我完全信任你。

顾明义推开门走了进去，陆凯已经在里面坐着了。和第一次见面不同，这次他显得很热情，看见顾明义，主动站了起来，满面笑容，伸出戴着手铐的双手迎向顾明义，顾律师来啦，请坐，请坐。似乎已经把看守所当成了自己的家，而他就是不可动摇的当家人。

顾明义在桌子旁坐下，把公文包放在地上，陆先生你气色不错啊，在这里待得很开心吗？

陆凯笑着回答，这里很好啊，吃喝都不用发愁，每天的作息都有人替你安排好了，省得自己再动脑筋。里面也很清静，没有那些乱七八糟的事情来烦我，可以安心静养一段时间。

你能这样想就好，心态很重要。顾明义从包里拿出笔记本，我回家之后仔细研究了上次你跟我讲的情况，我认为那不是真的，一个正常人不会在深更半夜跑到深不可测的大海里去游泳，除非有什么非去不可的理由。只是我不知道你为什么要编造这样一个子虚乌有的情节，要知道这可能会对你相当不利，至少他们可以追究你干扰办案的责任。

陆凯抽动嘴角，显得相当不屑，如果他们愿意的话，就让他们追究好了。或许我只是患上了妄想症，这很正常，在这个社会里谁都可能患上这种精神疾病。他语气一转，又显得很认真的样子，我们上次的谈话很愉快，我很喜欢和你交流，这些天来我唯一期待的事情就是跟你再次聊天，我们开始今天的话题吧。

今天有什么话题？我来到这里是为了找到你女伴失踪的原因，不是来参加什么辩论大会的。

陆凯盯着他的眼睛，尽管你嘴上这么说，但是我看得出上次的话题你其实很感兴趣。虽然你并不愿意承认我是对的，可是我认为你在内心深处是赞同我的观点的。

顾明义摊了摊手，你要这么想我也没办法。

陆凯闭上眼睛，似乎在思索着什么，他深吸一口气，那么今天我们来谈谈科技问题吧。

顾明义感到奇怪，科技有什么问题？

科技最终会把我们领上灭绝的道路。

顾明义皱了皱眉头，这种论调自从工业革命开始就没有中断过，可是科技发展到现在也没有灭绝人类，无非是杞人忧天而已。

顾律师，你应该比我年龄大一些，但也不会大很多，总体上来说，我们还是属于同一时代的人吧。

的确如此。

我记得我们小时候上学，总是假设一个时间点，2000年，我们写作文的时候总是幻想到了2000年社会将会如何如何发达，现在这个点早就过去了，有不少东西的确实现了，可是我们变得更好了吗？

我认为我们的生活比从前那个时代要进步许多。

不是这样的，顾律师。人类发展科技，表面上看是为了解放人类自己，比如说洗衣机，有了洗衣机，我们可以不用那么累了，冬天也不用把手浸到冰冷的水里冻得通红，长满冻疮，这或许是一项伟大的发明。但是现在的情况是越来越多的机器代替工人在生产线上干活，效率更高，成本更低。你知道之前我每天都要签署多少份对由于使用了机器而富余出来的劳动力的解雇令？科技本来是为了帮助人类节约成本，可眼下却变成了人的竞争者。那些被解雇的人，不会因为机器带来的高效率而享受到更好的生活。他们的生活被压榨了，机器带来的效益跟他们无关，只归于少数人所有。你明白吗？对那些被解雇的人来说，科技带来的只有恶果。

我想你过于悲观了，这在目前是个问题，但是从长远来看，科技的发展给人类提供的帮助远大于造成的损失。等我们依靠技术的发展可以生产出足够多的粮食，就不会有人再挨饿。每个人的基本生活得到保障之后，可以把更多的时间投入自己的理想中去，尽最大的可能实现梦想，从而形成一个良性发展循环。比如说爱画画的就画画去，卖不出去也没关系；喜欢研究数学的就研究数学，这个时候由于物质上的丰富已经不存在什么论文考核小组了。你是教授也好，农民也好，每个人都能够获得相同的物质生活，不再需要社会给你分类，所有的研究只看有没有实际效果。当然还有感情问题，有朝一日我们解决了克隆的伦理问题，那这个世界上就不再有分离。你爱的人已经结婚了？没关系，克隆出一个就行了，各取所需。你看，所有的这些设想都要建立在科技发展的基础之上才行。

陆凯自顾自地笑了起来，声音慢慢变大，最后忍不住伏在冰冷的桌子上抽动身体，顾律师，没想到你这么天真，真不明白你是怎么在律师这个行当里生存的。你的想法很有意思，不过你所幻想的完美生活其实根本不堪一击，人的欲望是不可捉摸的，你以为合乎情理的事情对别人来说却未必是完美的。我就问你，你怎么能保证一个人能一直对另一个人保持情感上的新鲜和忠诚？别说是克隆人，就是母体本人，你也不能肯定一生都能够和她厮守在一起。等到有一天你厌倦了想要结束你们之间的关系，就会提出分手或离婚。要是这样不幸的事情发生在你的克隆人身上，那么这个因为情感需要而被克隆出来的人还有什么存在的意义？实行人道毁灭吗？当然了，关于人口大量增加所带来的生态问题我就不提了。有个作家不是一直引用印第安巫师的话吗？镜子和交媾都是污秽的，因为它们同样使人口增多。

顾明义板着脸，那依你说应该停止科技的发展？

陆凯突然变得严肃起来，似乎看守所的会见室变成了讲堂，他正在一个重要的学术会议上发表讲话，事实上，我们的祖先早就给出了答案。比如说老子一直提倡的小国寡民，大家都退回到最原始的农耕状态。

你认为那样好吗？小国寡民如何阻止他人的侵略？遇到自然灾害又如何抵御？

陆凯摇摇头，你的思想太狭隘，当然这也不能怪你，大多数人都是这样,所以无法理解老子的著作。他提倡的小国寡民不是指自己所在的国家,而是指天下。如果世界上的国家都处在这样的状态,那么就不会发生两次世界大战这样的人道主义灾难了。至于自然灾害,也许听起来残酷,不过没有比灾害更好的控制人口的手段了。眼下我们倒是能够抵抗一些灾害,可结果就是人口爆炸性增长。如果有一天人类真的掌握了控制自然的力量,那没有一个国家能够解决世界面临的人口问题。恐怕到那个时候才会引发最耸人听闻的灾难吧。

顾明义略带嘲讽地说,我实在没有想到你是这样一个反科技的环保人士。

陆凯摇摇头,神情忧虑,事实上在这个问题上古人比我们更有先见之明,中国两千多年来都没有推动所谓的工业革命。而在西方,天主教可能早就预见到了科技将会给人类带来难以承受的恶果,因此他们烧死了布鲁诺,迫使伽利略放弃自己的主张,只不过最后还是失败了。

顾明义感到很惊讶,你竟然认为中世纪欧洲教廷愚昧落后的观点是正确的?

陆凯微微一笑,胸有成竹,罗马教廷是上帝在世间的代理人,上帝会不知道究竟是太阳绕着地球转还是地球围着太阳转吗?对了,前不久有个人写了一部很轰动并且获得大奖的科幻小说,你知道吗?

是的,我看了。

那就好,其实作者的观点和老子或者中世纪的天主教不谋而合，人类的科技发展会引起宇宙中更高级生命的警惕，从而为自己招来灭顶之灾。因此有一种自保的方法就是将自己包裹起来，向外界表明自己不寻求发展的意愿，才能在宇宙中生存下来。

可这只是科幻小说，能当真吗？宇宙中究竟有没有外星人还难有定论。

陆凯叹了口气，超前的意识在当时总是不被了解，当有人提出机器可以在天上飞的时候是多么荒谬的一个想法，可是最终却被时间证实了。我知道你是一个从小受到正统教育的人，一时难以改变几十年来的思维方式。不过我对你很有信心，我认为你身上有正确理解事物本质的潜质，所以我才会跟你说这些。当然我也不期望你能够立刻接受，这需要时间。今天的话题就聊到这里吧，不过你真的愿意住在一个由那些冰冷的工程师创造的毫无生气的世界里吗？

顾明义耸了耸肩，我看不出有什么不好，只要住得舒适。接下来可以谈谈我关心的事情了？

陆凯多少显得有些失望，为什么对我们存在的巨大危机视而不见，却偏偏要关注这些细枝末节的问题呢？一个人不见了，有各种可能，结果不都是一样吗？自从人类出现以来，有多少个体莫名消失了，之前从没有人关心过。

这正是我们社会进步的证明，况且这也是为了帮助你自己。顾明义打开录音笔放在桌子上，同时翻开笔记簿，写下日期，然后看着陆凯。

陆凯似乎对顾明义的本末倒置感到很惋惜，他闭上眼睛，低沉着嗓子，开始回忆。那天晚上风平浪静，我们在酒店吃了晚饭就去酒店后面的海滩游泳。我们脱光衣服下了海，月色明亮，我们起先平躺在海面上，水面纹丝不动，大海像是死去了一样，我们漂浮在月光下的海面上，像是两具溺水的尸体。过了一会儿，她说想要潜到海面以下看看夜晚的海底是什么样的。我不同意，我想这么做或许很危险，海面之上和海面之下是两个完全不同的世界，我们从不曾看清夜色下海洋的真面目。但是她坚持要潜水，我们僵持了一会儿，她忽然开始哭泣。一开始我并不了解这是个征兆，只是以为她是在施展女人某种固有的手段。最后我同意了，因为我的确也想见见海底世界，躲藏在礁石里能将人咬成两段的鲨鱼，在珊瑚丛中来回放电的鳗鱼，以及随时可能置人死地的海蛇。我们潜了下去，在手电筒下什么都没看到。海水很浑浊，充满了漂浮的颗粒物。礁石之间一片死寂，连最微小的生物都没有。我们在错综复杂的珊瑚群中间找了一会儿，什么都没有发现，于是我决定浮出水面。但这时候我发现她有些不对劲，在水下抱着一块礁石不肯放手。我试图将她拖拽上来，但是她在水底下表现出了令人吃惊的力量，死死地抱住那块石头，似乎那是块等量的钻石。我们在水下待了很长时间，肺部已经充满了危险的气体，再不上浮就会有生命危险。我用力拖拽她的胳臂，但是她仍然不肯放手。最后我看到她的眼睛，在手电筒的照射之下，尽管是在海水里但是我仍然看出她在哭，表情忧伤而又绝望。我一下子就明白了，这是她早就做好的选择，我有些犹豫，但是最后还是一个人浮上了海面。等我换了口气再潜下去，她已经不见了。或许她在最后时刻松了手，被暗流带走了，可能出现在世界上的任何一个角落，因为世界上所有的海洋都是连在一起的。我只能独自上岸，带着她的衣服返回酒店，直到后来警察来找我，就这样。

顾明义沉思了一会儿，按你说的，那其实是一次自杀行为，可是她为什么要自杀呢？她那么年轻，还很漂亮，未来的前途有无限的可能，有什么必要走上这条路呢？

我不知道原因，只能提供几种猜测，或许她患上了什么难以治愈的疾病，感觉到生不如死。或许她有什么感情上的困扰，感到生不如死。也可能她只是厌倦了生活，感到生不如死，想试试死亡的味道，谁知道呢？

你刚才提到感情上的困扰，你是指和你的这段地下情吗？

是的，我想她对我有一种近乎疯狂的迷恋，但我就像是关在动物园里的猛兽，我们之间始终有一段无法突破的安全距离，她可能因此感到绝望，产生了自杀的念头。

还有什么要补充的吗？

陆凯想了想，没有了。

好吧，那今天就到这里，你可以回去了。

希望很快能再见到你。

顾明义吃了一惊，你怎么知道我还会来？

因为你还没找到你心里的答案，不是吗？

顾明义离开了会见室，方建兴立即迎了上来。他把会见经过跟方建兴复述了一遍，方建兴思索了一会儿，这次改成自杀了？

你相信他吗？

当然不了，这依然是一个故事。

说说看。

顾明义白了方建兴一眼，你这是在考察我的能力吗？按照陆凯描述的事情过程，可以得出一个结论，一个不会游泳的人绝对不会在夜晚下海，更不会潜到危机四伏的水下，所以他们两个人都会游泳是不争的事实。但是这就得到另一个相反的结果，一个会水的人绝不可能用这种方式把自己淹死的，人抵抗不了原始的求生本能，所有的自杀都要借助于无可挽回的外力才能成功，就好像一个人不能用手掐住自己的脖子而使自己窒息一样。因此这个女孩子要是会水，就不可能采用这种方式自杀。要是她不会水，就不会提议在这个时间段去潜水。我个人更倾向于他们下海是真的，因为在上一次他也提到了下海游泳，只不过不是潜水，但自杀很可能是他编造出来的情节。

方建兴摸着下巴点点头，可他为什么要接二连三地编造故事呢？这对他有什么好处？

顾明义想了一会儿，我觉得他似乎只是想找个人聊聊天，也许他平时的生活里找不到可以谈心的人。这是一个很奇怪的人，一个商人关注的焦点应该是利益，但他却关心那些因为科技发展而失去生活的工人。他对世界有自己的看法，这些看法在他的商人圈子里恐怕都只是天方夜谭。我想他是在利用这次机会向一个陌生人兜售他的观点。

这不是胡闹吗？人命关天的事情他不说，却谈这些不着边际的话题。

不管怎么说,多接触他,就可能离真相越近。

方建兴拍了拍他的肩膀,我可全靠你啦,要是没有你,他连这些话都不肯说,等事情搞清楚了我请你喝酒。

快要到家的时候,顾明义停了车。他打算到小区门口的拉面馆吃碗面,并不是因为感到饥饿,只是想念起拉面那种粗犷的味道。他是这家店的常客,隔三差五就要去光顾一番。尽管身为一个地地道道的南方人,顾明义却对面条有着难以释怀的感情。这家店有别于大街小巷里挂着统一招牌但内容却相去甚远的普通拉面馆,无论是汤底还是食材都非常接近于那座黄河穿城而过的城市的真实口感,甚至让顾明义感到是一种幸运,在家门口不远的地方就能尝到与几千里之外一般无二的味道。

这会儿已经过了饭点,小店里没什么人。老板和他熟识,是个五十多岁的中年人,看到他来了便跟他打了个招呼,请他坐下,然后问他,今天还是老样子?

顾明义放下包,点了点头,老板朝他笑了笑,马上就来。

过了一会儿,一碗热气腾腾的拉面上来了,顾明义按照习惯加了一点醋和两勺辣油,闷头吃了起来。但是没吃几口他手中的筷子就放慢了速度,最终停止了动作,双眼盯着门外的马路出神,似乎在思索着什么重要的线索。拉面馆老板看见他不吃面而是对着马路凝神沉思,就在他对面坐了下来,今天的面条不好吃吗?

顾明义一怔,思绪回到现实里,用筷子从汤底里挑了两根面条，是的，今天的面条好像不太一样，有点软烂，一点都不筋道。是不是面没有发好？

老板笑了笑，给他递过来一支烟，然后自己也点上一支，还没调整好，过两天就好了。

拉面的师傅换人了？

老板看着他，不是换人，是没人了。

顾明义不解，什么意思？

以前的师傅辞了，从上礼拜开始改用机器拉面了。没办法，现在人工的成本越来越高，还要交保险，用机器代替人能省不少钱。不过你放心吧，现在的机器还没调试好，等弄好了，味道一定会和之前的一模一样。机器比人可靠多了，人拉面是靠经验，机器拉面靠的是准确的数据，一旦数据确定了，味道一点都不会变。

哦。顾明义点了点头，老板起身到后厨去忙了。他看着眼前的面条却没有了食欲，他的脑袋里自动生成了一幅画面：整个店里只有老板一个人，拉面的、下面的、跑堂的、收银的、洗碗的、打扫的都是机器。店里顾客盈门，机器有条不紊地处理着每一件事。老板无所事事，坐在后台看着电脑屏幕上不断增长的营业额，张开大嘴无声地笑着。他觉得有些可怕，在未来冰冷的世界里，人和机器究竟谁才是主角呢？

赶在补习潮之前，王晓静带着顾睿杰出去旅游了。这是一项固定的安排，与儿子考试成绩的好坏没有关系。顾明义因为忙于事务所的工作而无法陪同他们，他时常因此而感到愧疚。他们乘飞机离开的第二天，他就发了个信息给薇安，这两天有机会一起吃饭吗？

薇安回答他，我今明两天出差，周四回来。

那就是后天，什么时候？

应该是下午吧。

我们一起吃晚饭吧。

等待的时候顾明义有点紧张，不知道是害怕薇安拒绝他还是答应他，无论哪个答案他觉得都是不完美的。过了一会儿，手机震动了，你可以出来吃晚饭吗？

可以，我妻子带着儿子出去旅游了。

薇安回答得很干脆，好的，我回来时联系你。

那就后天见。

顾明义放下手机，觉得心里空荡荡的，一切都这么简单，他曾无数次设想过的会面竟然就这么安排好了。他在结婚前交过不少异性朋友，但是跟王晓静结婚后就没有再进行过类似的试探。一方面是道德责任感的束缚，另一方面，随着年龄的增长他的精力越来越多地花费在工作和家庭上，留给自己的空闲时间变得稀缺。但是这次有些不同，薇安给了他一些过去的感觉，在他回忆里时常出现不可捉摸的情绪，就像是有时候头脑里忽然闪现出的一个点，让人沉浸其中，可是过后却怎么也找不到这个切入点。他不再去设想周四可能出现的场景，因为根据不确定原理后果是不可预料的，在一个混沌系统里，任何微小的因素都会导致结果有无数种变化。因此所有的猜测都是毫无意义的，只有让星期四自己给出答案才是唯一的真相。

星期四下午两点，薇安发来了消息，我要登机了，大概两个小时的行程。

顾明义问，要我去机场接你吗？

不用，你把饭店告诉我就行了，我直接过去。

那好吧，就把时间定在五点半，等你下了飞机就会收到饭店的信息。

在这两个小时里，顾明义花费了不少心思寻找饭店。这并不像想象的那么简单，第一次碰面，需要找一家既不能太简陋，也不能太奢华的饭店，要让双方都感觉到放松，而又不显得过于亲近。饭菜的口味要让人感到物有所值，同时也不能过于昂贵，以免让对方产生不必要的心理负担。环境尤其要讲究，太私密和太开放都不是理想的选择。这些都是顾明义结婚前积累的经验，但是过去那些他去过的饭店早就关门，或者另起炉灶了。他不得不根据网络上的推荐找到了一家合适的饭店，距离也不太远，等他把一切都安排好，薇安的飞机也正好落地。他把地址发了过去，不久就收到回复，你挺会挑地方，那家饭店不错。顾明义喜忧参半，一方面证明了自己的眼光，另一方面根据薇安的回复，不难推测那是她经常去的地方，她对那里很熟悉，问题是她经常跟谁去一个适合第一次碰面的地方呢？

他提前半个小时到了饭店，在预先订好的位置上坐下。这个位置很不错，靠着窗，可以观赏窗外穿城而过的江水，同时也能看到饭店门口，可以第一时间看到等待的对象。五点半刚过，顾明义就看到薇安了。尽管之前只是在照片上见过她，但他还是一眼就把她认出来了。薇安还是一身职业装，拖着一只行李箱，站在门口左顾右盼，并且向站在门口的接待员询问着什么。顾明义赶紧站起来，向她挥了挥手，薇安看见了，朝接待员点了点头，然后径直向他走来。顾明义接过她手中的箱子，将它安置在角落里，然后请薇安在对面的椅子上坐下，自己也跟着坐下。两个人面对面，同时笑了笑。顾明义暗中打量对方，本人和照片上略微有些不同，也不如他一直以来想象中的那么完美，这很正常，是他自己在想象中夸大了薇安的美貌。总体上来说还是一个称得上漂亮的女人，而且妆容得体，是精心化过的，看上去又不显得太突出，浑身散发着成熟的味道，稍稍欠缺的是身高矮了一些，可能在一米五左右，不过对于女人来说这并不算是缺陷。

对不起，我迟到了一会儿，路上有点堵车。

没关系，五点半刚到，这家店的钟快了一些。

薇安又是一笑，顾明义发现她笑起来的时候显得非常妩媚。你很会说话啊。我有点饿了，你点菜了吗？

顾明义拿起菜单，还没有，想看看你喜欢吃什么。

我先去洗手，你随便点吧，我不挑食。

顾明义看着菜单，琢磨了几个菜，叫来服务员赶紧上菜。不一会儿薇安从洗手间出来，顾明义问她，你喝点什么呢？

薇安看着他，你喝什么？

我喝酒。

那我也喝酒吧。

顾明义想了想，点了一瓶红酒。服务员很快拿来了两只红酒杯，将红酒打开，在他们的杯子里各自斟上一点。这时候菜陆陆续续上来了，顾明义毫无根据地认为薇安对他点的菜很满意，于是他举起酒杯，朝薇安晃了晃杯子里的红酒。薇安也回应地举起酒杯，两个人在半空中轻轻碰了一下，顾明义想说点什么，结果说出来的是：初次见面，请多关照。

薇安一下子笑了出来，两个人抿了一口酒，薇安说，这就是你的祝酒词？我能关照你什么？

比祝你健康要好一点。那太假了，一边喝酒一边祈祷健康，就好像是在饮鸩止渴。你们公司是我的客户，你又是公司的高管，所以请你多多关照总没错吧。

我们之间的业务不是已经完结了吗？

那只是暂时的，谁能保证你们以后没有其他法律方面的事情呢？

薇安意味深长地盯着他，那么多律师事务所，可不一定非要找你们。

顾明义再次举起酒杯，所以才要请你多多关照嘛。两个人又碰了碰杯，再说了，生意不成还有人情嘛。

薇安白了他一眼，谁跟你有人情。

顾明义心中一动，把杯子里的酒喝干了，人情人情，总是先有了人，再慢慢发展情。

薇安神情一正，你正经点。

顾明义把心思收回来一点，你这次出差结果怎么样？

薇安握着筷子轻轻拨弄着盘子里的菜，累死了，不过总算目标完成了。签了几个大单，一直到明年上半年应该都没问题了。

……

顾明义喝着酒，想象中的薇安又回来了。或许她本来就是他想象中的样子，是光线的折射让他一开始没有辨别出来。两个人说着话，很快就吃饱了，一瓶红酒也差不多见了底，薇安喝了大约四分之一。顾明义感到有些幸福，也许是由于酒精的缘故，他看了看时间，还早呢，要不我们再去别的地方坐会儿？

薇安用略带酒意的眼神看着他，不用去别的地方，我们出去走走吧，外面的江景很不错。

顾明义让服务员过来结账，服务员询问他想用什么方式付账，他把拿出来的信用卡又放了回去，现金。他对服务员说。

又是一个暖冬，外面温度适宜，不太冷。夜色朦胧，月亮蒙上了一层光晕，配合着正在发挥效力的酒精，是一个真正令人沉醉的夜晚。他们沿着江边的防汛墙走着，江水在月光下显得很平静，鳞光波动，微微有些起伏。顾明义拖着薇安的行李箱，你知道吗？这座防汛墙很有名，几十年前是人们恋爱约会的标志地点，所以也叫情人墙。

你不怀好意，叫情人墙，难道走过这里的都是情人吗？

顾明义犹豫了一会儿，用空余的那只手拉住了薇安的手，薇安挣脱了两下，顾明义紧紧握着没有松手，于是也就不再挣扎，任由他握着。她的手小巧，在夜晚的江风里显得冰凉、细腻。什么叫不怀好意，既然走到这里了，不是情人也是情人了，不然这名字不是浪费了？

所以说不能跟律师辩论，无论怎么说都是他有道理。我有点走累了，我们找个地方坐一会儿吧。

顾明义四下看了看，在防汛墙人行步道的另一边是一片黑暗的花园，花园里有些空着的双人椅。我们去那边吧。

他们在椅子上坐下，一时间都没有说话。过了一会儿，薇安把头靠在顾明义的肩上，他伸出一条胳臂，轻轻搂住薇安的肩膀，仿佛突然回到了二十年前，还是第一次约会的那种紧张不安，心脏怦怦跳着，口干舌燥，手臂僵硬，不知道是该用力好还是不用力好。他转过头去，另一只手托起薇安的下巴，两人在黑暗中互相凝视了一会儿，顾明义低下头去吻到了薇安的嘴唇上。她没有抗拒，让他的舌头顺利地冲了进来，一阵翻天覆地的搅动，两条舌头缠绕在一起，像是两条躁动不安的鱼。

分开之后，他把薇安搂在怀里，按捺不住激动的心情，如同一个中学生一样，你知道吗？我时常会幻想一个场景。

什么场景？

我在一个晦暗、潮湿的早晨从一个陌生的地方醒来，身边是你，光着脚穿着一双红色的高跟鞋躺在床上。朦胧微弱的光线在你柔和的身体曲线上笼罩了一层光晕，让我沉溺而又无法自拔。

薇安默不作声，过了一会儿，顾明义发现她在流泪，赶紧用手替她抹去眼泪，你怎么了？

我没什么，你不是个好人，你一直在引诱我。明天会是个阴天吗？

她的行李箱，顾明义终于明白她早就准备好了。他的心脏又怦怦跳了起来，深深吸了一口气，跟我回去吧。薇安没有说话，只是紧紧挽住了他的胳臂，像是一个流落街头无助的女人终于寻找到了依靠。

顾明义叫了一辆出租车，装上薇安的行李箱往家里开去。他们坐在车子的后排又忍不住拥吻了几次，快要到家的时候，顾明义的手机突然收到震动提示，他从口袋里拿出手机，打开一看，是王晓静发来的，你这会儿在干什么呢？顾明义忽然如遭重击，汗水瞬间浸湿了后背，似乎是一个秘密被无情暴露出来的丈夫。他愣了一会儿，然后想，这只是一个正常的问句，不应该被过度解读，毕竟这会儿她远在几千里之外，不可能知晓这里发生的一切，于是把手机又塞回了口袋。

你怎么了？谁找你？

没什么，一条不相干的信息。但是他不再像之前那样忘乎所以，变得有些警惕，那条信息就像随时会蹿出来的响尾蛇一样，让他沉浸在欢快中时总是不能安心，常常惊醒。

车子很快就到了顾明义的小区，他让司机在离小区门口稍远处停下，他对薇安说，我们小区很小，监控探头也不少，保安对每个业主都了如指掌，所以我们不能同时进去。我先下车，我把门牌号给你，你等会儿进来直接按我的门铃。

薇安在车里拉着他的袖子，我要等多久再去找你？

顾明义想了想，三分钟吧，不用很长时间。三分钟很快就过去了，只是秒针走三圈。

好吧。

顾明义把车费结了，然后双手捧着薇安的脸，门牌号码记住了吗？过三分钟下车，我在家里等着你。黑暗中薇安的眼睛闪闪发亮，她点了点头。顾明义打开车门下了车，在路灯下走过小区的大门。他吹着口哨，目不斜视，装作一切都很正常。回到家里，他立即走进厨房，从厨房的窗户盯着小区的大门，想到薇安拖着行李箱出现在小区门口的身影，心中难免又是一阵激动。

过了几分钟，薇安并没有走进小区。他有些焦急，沉住气又等了一会儿，进来了几个人，但是随即向别的方向散去，都不是薇安。顾明义的心开始沉落下去，他有了种不好的感觉，知道薇安不会再出现了。他不再站在厨房里，而是回到了客厅，打开电视，残存着一丝侥幸坐在沙发上边看边等。差不多过了一个多小时，他的手机收到了薇安的信息，我已经到家了。

他思索了片刻，回复了一条信息，我也到家了。随后他又点开了妻子发来的信息，回复：今天什么都不想干，坐在沙发上看电视，很无聊。跟着把信息发送出去，目不转睛地看着电视节目，思绪却在另一个地方。他感到很遗憾，只差三分钟的距离，让他多少觉得郁闷难平。但是同时，在另一方面，他发现自己忽然松了口气，生活还是照旧，因为某一个夜晚而发生不可知的变化的可能被终结了。就像是在混沌系统里那只要扇翅膀的蝴蝶，它的动作停止了，没有引发不可预计的后果，一切都还没变。

这天上午，顾明义又接到方建兴的电话，他在电话那头显得有点激动，可能过多的压力一直让他处于紧张状态，有眉目了，我们找到那个女孩了。

哦？是她本人吗？

是的，不过是尸体。

顾明义心中一沉，还是死了。怎么死的？

当地警方正在进行尸检。

那陆凯呢？他知道消息了吗？

这正是我找你的原因。陆凯已经知道了，他的情绪变得有些不稳定。

怎么不稳定？

方建兴停顿了一下，你还是自己来看看吧，你什么时候有空？

下午吧，我上午要出庭。

好的，那就一点钟。

一点刚过，顾明义出现在看守所里，他见到方建兴，有什么进展吗？

根据当地警方传过来的资料，尸体上有外伤，但是什么原因造成的还不好说，需要进一步检查。我想现在你去和他谈谈，可能会发现更多的线索。

顾明义思索了片刻，他怎么样了？

方建兴耸了耸肩，自从得知这个消息就像变了个人似的，你自己进去看吧。

顾明义打开会见室的门，走了进去。眼前的陆凯让他吃了一惊，完全没有前两次见面时的那种生气，头发乱糟糟的，眼神散乱，像是被戳穿伪装的魔术师，萎靡不振。他抬头对着顾明义看了一会儿，似乎很艰难才把他认了出来，语气沮丧，是顾律师？我正想找你呢。

顾明义在他对面坐下，我们总算把关系理顺了，一个看守所的在押嫌疑人，正应该找律师谈谈。

陆凯苦笑了一下，我有不少法律方面的问题想请教你，不过首先我想先问问你对法律的看法是怎么样的。

我的看法不重要，法律就是法律，是社会的底线。

陆凯摇摇头，可是我们的法律却很糟糕。

你这么看我们的法律？

虽然我不是法律专业人士，不过我也知道世界上有几种不同的法系，而我们的法律体系恰好是最糟糕的。

为什么这么说？

很简单，我们的法律只重结果，而不怎么在意起因。前阵子有个家伙，为了替母亲报仇，把十多年前参与打死他母亲的几个人都杀了，最终法院判处他死刑。

蓄意杀害他人当然要承担最严重的法律后果，这没有什么不对的。

陆凯看着他，不，你错了，这样的判决或许没错，但传递给社会的信息是不对的。法院判处他死刑，就是说报复杀人是不能接受的，这样的判决正是为了警示以后可能存在的效仿者。可是如果法院的判决能够放他一条生路，那么传递出来的信息就是打死别人的母亲的凶手是不对的，即使日后被人杀了也只能自认倒霉。这就警示了那些有可能要杀死别人的混蛋，使得可能的悲剧从源头得到遏制，这样不是更好吗？

顾明义出了一会儿神，可是法律条文很明确，蓄意杀人造成严重后果的必然要承担相应的法律责任。条文里可没说蓄意杀坏人就不用承担法律责任。

陆凯摊开了双手，这就是根源问题：法律条文。我们的判决是按照法律条文来的，而不是按照一个人的良心来的。而且法律条文要求我们做一些不可能做到的事情。比如说我注意到我们的法律在定义"防卫过当"的时候是这么要求的：对自动停止，或者已经实施终了的不法侵害的行为人实施的所谓"正当防卫"行为；不法侵害者已被制伏，或者已经丧失继续侵害能力时的所谓"正当防卫"行为。这听上去很正确，可是假设有人在对你实施侵害，你奋起反击，在反击的过程中你必须始终保持理智清醒的头脑，不能被恐惧和愤怒所主宰，还得要有专业的医学知识，知道施暴者在什么情况下已经丧失了继续实施侵害的能力而及时中止反击行为。这在条文里显得很容易，只是几行字而已，可是考虑过在现实情况中的可行性吗？施暴者被你打趴下了，你怎么判断这对方不是暂时停止休息一会儿呢？一旦等到他缓过神来就不会继续对你施加伤害呢？即便是一场规则清晰的拳击赛，经过严格训练互相遵循规则搏斗的选手也有可能因为受到沉重击打而无法控制自己的情绪，做出超出比赛规则的行为，又有多少普通人能在恐惧和愤怒之下保持足够的理智呢？还有，更荒唐的是交通法，机动车如果碰撞到了非机动车或行人，无论怎样总是要承担事故责任。这就很奇怪了，那些违法闯红灯的非机动车和行人呢？如果你没有撞到他，他就不必为违法付出代价，所以就可以顺理成章地继续闯下一个红灯。一旦你撞到他了，他立即变成受害者，你要承担相应的事故责任，赔偿受害者，而他却成了法律保护的对象并且从中获益。依然是只看后果不问原因，这样的法律如何能教导每个人都遵守规则呢？

在机动车面前，非机动车和行人都是弱势群体，和机动车相撞，往往会遭受更大的伤害，这是法律对弱势群体的保护。

既然如此不是更不应该违法吗？他们拿法律对他们的保护当作违法行为的挡箭牌，难道就没有人意识到没有他们之前的违法行为就不会引发后面的事故吗？

总体来说法律是公平公正的，保障了公民的自由。

陆凯轻轻哼了一声，自由？顾律师，两个人如果要离婚，只要有一方不同意，法院一般都不会立即判决，而是需要双方度过一段可能更痛苦的冷静期。这究竟是法律还是家长？一个成年人连离婚的自由都没有吗？非要征求另一方的同意，如果对方不同意就得等上两年，个人的自由意志体现在哪里？

家庭嘛，是社会的基石，保护家庭的实质也是保护社会。

陆凯的眼光越过顾明义的肩头，出神地看着房间的某个地方，他的双手反剪在背后，好像是被铐在椅子上的样子，我有个朋友，他富有、平和，是么好的一个人。有一天他开着价值百万元的汽车带着妻子和孩子出门，在路上因为谁也不知道的原因惹恼了一群开着摩托车的公路党。他们把他截停下来，当着他妻子和孩子的面把他从车里拽了出来，并且依仗着人数优势每人打了他一个耳光。我朋友身材矮小，没法反抗，何况车里还有老婆和孩子。后来警察来了，把他们都带到了派出所。由于他只是挨了几个耳光，构不成严重伤势，因此警察只是要求那些公路党向他道歉，同时赔偿他500元钱，一个耳光100元。陆凯忽然笑了出来，500元，根据受伤害的等级来决定刑罚的尺度，再合理不过了。可是一个人的尊严呢？我想出50000元购买一个人的尊严，可不可以呢？

顾明义沉默了一会儿，这是我们的现行法律，你改变不了。

陆凯看着他，那你呢？顾律师，你是律师，是专家，你就没有想过改变它吗？你知道我那个朋友后来怎么样了？我也不知道，因为他后来变得整天忧心忡忡，不再愿意出门了，我有很长时间都没有见过他了。这也难怪，他感到自己丈夫和父亲的身份受到了质疑，妻子和孩子，他谁也保护不了，躲在家里是他唯一的选择。

顾明义看了看时间，还是说说你自己吧。你从防卫过当谈到婚姻法，从结果量刑说到起因量刑，都是跟你得知的最新消息有关吧？

陆凯显得更沮丧，丧失了一直以来咄咄逼人的气势，多少有了一些供述的意味。他沉默了一会儿，我们那天晚上到了岛上，在酒店里吃了晚饭，然后我们回到房间里，在那张大床上尽情翻滚。结束之后我觉得很疲倦，躺在橘黄色的被单上一动也不想动。但是她的兴致却很高，她说想去游泳，趁着黑暗，脱光了在大海里欢快地穿梭，像是一条不知羞耻的美人鱼一样。我同意了，我们住的酒店有一片属于自己的海滩，可以从酒店的后门直接过去。我们来到海边，那天晚上没有月亮，根本看不见海水，只能听到波涛起伏的声响。我们在沙滩上脱掉衣服，拉着手向大海走去。最初涌上脚尖的海水清凉黏稠，像是踩在一锅浓汤里。海水慢慢升高，没过了我们的腰，然后是肩膀。我们在黑暗中畅快地游了起来，感到无拘无束。这时，海浪渐起，浪花一个高过一个，身体跟着不断沉浮，像是在游乐园里坐过山车。她有些害怕了，想往回游。我托着她的身体，细腻的皮肤，饱满的乳房，并不因为海水的浸泡而变质。我拉着她的手，把她往水下拖。她起先挣扎了一会儿，两条修长的白腿在水里拼命蹬踹，但是过了一会儿就没动静了。我放开手，她的手脚下垂，像一只虾一样在海里漂浮着，跟着起伏的海浪逐渐远去，直到消失不见。我一个人游了回来，收起海滩上的衣服，回到房间里，洗了个澡然后睡觉。过了几天警察来找我，然后把我带到了这里，就这么回事。

顾明义停下手中的笔，低头沉思，这么说你承认是你杀了她？为什么你一开始不对警察讲呢？

陆凯又笑了笑，我不信任他们，我说过我对你的印象挺好。

可是你杀人的动机是什么呢？

动机？陆凯显得很茫然，反正她迟早是要死的。她不死我怎么办？我难道要为了她离婚吗？这是不可能的事情。我能够离婚吗？你不知道我太太是谁吗？你不知道我爸爸是谁吗？我们能离婚吗？

顾明义冷冷地看着他，陆先生，请你不要激动，先坐下吧。

陆凯发现不知不觉中自己已经离开了金属的座椅，姿势艰难地弯腰站在那里，他突然又变得颓丧起来，跌回椅子上，我要承担什么样的后果？

我不知道，杀人是很严重的罪行，如何量刑要根据很多方面的因素，我会尽力替你争取合法权益。顾明义收拾起桌上的东西，另外，最好别再拒绝你家里为你高薪聘请的那些律师了，这么大的案子，需要一个团队才能处理。

顾明义留下神情委顿的陆凯，走出会见室，靠在看守所的墙上，思绪纷乱，想到了一些不相干的事情。过了一会儿，他才发觉有些奇怪，方建兴竟然没在外面等他。这时，从走廊那头传来了脚步声，一个人走了过来，看样子正是方建兴。他恢复以往的威严，检测报告出来了，事情已经搞清楚了。

什么结果？

意外身亡。身上的伤痕符合被海浪卷走之后在礁石上撞击的结果，也没有发现机械性窒息的痕迹，死者肺部充满海水，是溺水身亡，没有人为的伤痕。这小子可以放出去了。至于桃色新闻嘛，那只能让他家里人去处理了。

顾明义看着围墙上高高在上的一扇狭小的窗户，透过玻璃只能看到一小块暗灰色的天空，心中一片虚无。那我呢？你会对媒体提到我们事务所在这起案件中起到的作用吗？

方建兴看了看他，很抱歉，我们有规定，不能向媒体透露律师机构的名称，以免引起不必要的误会。不过对于你嘛，我本人当然还是发自内心地表示感谢。

一连下了几天的雨，空气变得有些湿冷。顾明义一时没有注意，出现了感冒的症状。按照他一贯的认知，感冒是一种难以治愈的疾病，目前没有任何针对性的有效药物，只能依靠自身的免疫力来消除病毒。医生给的药物主要都是镇静剂，一个人睡眠多了，自然就容易恢复体力，痊愈的时间为一个星期左右，吃不吃药都差不多，因此并不值得专门为此去医院。但是王晓静并不这么想，她告诫丈夫不要成为家里的传染源，尤其不要让儿子也感染到病毒。如果顾明义坚持不愿去医院就诊，她只能要求他想方设法在外面度过这一个星期的恢复期，以免伤害到法律意义和血缘关系上最亲近的人。

无奈之下，顾明义选择了妥协。一天上午，他向事务所请了半天假，驱车前往医院就诊。一路上他不断告诫自己，浪费时间去治疗一种无法治愈的疾病当然没有意义，但是如果是考虑到这个举动能让妻子和儿子感到安慰，那么这一切还是值得的，是他作为丈夫和父亲的不可推卸的责任和义务。

这是一家大型综合医院，顾明义选择这家医院不仅仅是离家近，还因为这家医院规模大，方便停车。但是到了这里他发现自己想错了，医院的规模和人流量成正比。距离医院还有一条街，等候进入医院的车辆已经在马路上排起了长龙，一些穿着制服的保安人员正在来回奔走，指挥车辆按部就班地进入等候区。顾明义没有优先进场的权利和办法，只能在马路上排队。过了半个多小时，他终于把车开到了医院里面。他在医院里绕了大半圈，好不容易找到一个高难度的车位，又像考驾照一样连续试了几次，才把车倒进车位。等到下了车已经出了几身汗，感冒症状竟减轻了一大半。

走进门诊大厅，尽管多少有些心理准备，但是里面密密麻麻的人群还是让他感到惊讶。操着不同方言的人在这个空间聚集，各种罕见、难以治愈的疾病也在这里交集，似乎这里正在举办一次世界病例博览会。顾明义站在黑压压的人群中有些茫然，在听闻了那些闻所未闻、给病人和家属带来莫大痛苦的疾病名称后，他为自己的无知感到惭愧，为自己因为感冒而来挤占医疗资源心生歉意。这时，有人拍了拍他的肩膀。他回过头去，是一个三十多岁的男人。戴着一副眼镜，穿了一件像是制服的西装，脖子里还吊着一块牌子。他显得热情友好，面带微笑，先生，请问您是来看病的吗？

是的。

冒昧地问一下，您觉得哪里不舒服？

顾明义狐疑地看了看他，脑中冒出新闻报道里关于医托的信息，我只是感冒，不过这里人太多了。

的确如此，这正是本公司着力要解决的问题。

什么意思？

是这样，本公司一直致力于解决各大医院日益增长的病患数量与医疗资源不足之间的矛盾。经过长时间的科研开发，本公司已经生产出了第一批治疗机器人，一些常见的、普通的病症您完全不用浪费宝贵的时间排队就诊，交给我们的机器人就行了。

顾明义感到吃惊，机器人医生？

对，完全正确。年轻人带领着他穿过人群，来到墙边，那里有一台仪器，看上去像是自动提款机。他们走到机器前面，年轻人介绍，就是这个。

这个能治病？

像您这样的病症完全没问题。

这怎么使用？

很简单，您先把您的社保卡插进去，然后根据提示回答问题，再把您的手指伸进这个孔里，机器会自动给您验血，几分钟后就会出诊断结果，您拿着药方去拿药就行了。

顾明义上上下下打量了一番这台貌不惊人的机器，然后问，你们这不是非法行医吗？

年轻人赶忙解释，不，您完全误会了，这是我们投入市场的实验机型，已经取得了相关部门和医院方面的许可，不然这些机器也不会放在医院里，不信您请看。他把胸卡举起来往顾明义眼前凑，顾明义拿起来看了几眼，上面有这个人照片和几个模糊不清的图章，然后又还给了他。他又看了看大厅里不断增加的人群，心想其实他只要一张诊断书，向王晓静证明他来过医院了，至于药物他自己就可以在药店里买到。于是他对年轻人说，我可以试一试效果。

年轻人很高兴，您请。这将是一次革命。试想，这些机器推广到社会上，将极大减轻医疗机构的压力，普通的疾病可以在家里实现诊断和治疗，节约了多少成本？而量产后的机器价格并不昂贵，工薪阶层完全能够接受，甚至还可以使用医保支付……

顾明义打断了他，这东西怎么操作？

年轻人停止了对未来的展望，请将您的社保卡插在这个口子里。对，就这样，跟取款机没什么区别。

顾明义将卡片插了进去，没多久显示屏上出现了他的信息，下面还有几个选项。他根据年轻人的提示，选择了就诊这一栏。跟着屏幕上出现一行字：请描述您的病情。顾明义看着推销员，他多少有些得意地笑了笑，说话就行，声控的。

顾明义对着屏幕说，感冒。等了一会儿，机器并没有什么反应。

年轻人说，对不起，这里太吵了，您得大声一点。

顾明义对着屏幕几乎是喊叫起来，感冒。周围的人不知道发生了什么事，都转过头来看他。好在这次机器有了反应，屏幕上又出现了问题，是否出现咳嗽症状？问题的下方有是和否两个选项。他刚要继续喊，年轻人说，这次不用，触摸屏。

顾明义按了否定键。机器又问，是否出现发热？他又按了否定键。跟着又问了一些医生通常都会问询的问题，顾明义一一回答了。接着屏幕上突然出现了一个问题，您的婚姻状况。顾明义一愣，转过头来问推销员，这跟我结婚不结婚有什么关系？

机器需要全面了解您的情况，假设有些病人患上易传染的疾病，还要提醒病人注意隔离治疗，以免传染给家人。

顾明义觉得也有些道理，按了肯定键。机器又问，请选择您的月收入：1万元以下；1万—2万元；2万—3万元；10万元以上。他感到惊讶，这是什么意思？

是这样，我们设计治疗机器人的时候考虑它应该根据患者不同的经济状况来配药。您知道，有些进口药虽然有良好的效果，但是价格昂贵，不是所有病人都愿意负担。现实就是这样，有些人不得不承担身体上的痛苦来缓解经济上的压力。

顾明义犹豫了一会儿，还是做出了选择。机器紧接着又问，您是否有固定的房产？位于哪个城市的哪个区域？他不禁笑了起来，这还是打算让我卖房筹款治疗吗？

这次连推销员也无法解释，其实这些非必要问题都可以跳过，跟您的病情没有太大关系。他赶紧上来一阵操作，然后说，好了，现在请您把手指伸进这个小孔，机器会采集您的血样标本进行分析，并作出诊断。

顾明义将信将疑地将手指伸进屏幕边上的一个小孔，只觉得手指尖上一痛，一块消毒用酒精棉花自动贴到了伤口。他把手指收了回来，这样就好了？

是的，请耐心等待几分钟。

果然不用多久，机器开始打印诊断结果，一连打了好几页纸。顾明义拿到手上一看，根据他提供的一滴血，这台机器为他做出了全面分析，包括他的血常规、骨密度、前列腺等一系列指标，并且在那些不合格的指标后面还给出了建议。在报告的最后才得出结论，他患的是普通感冒，并且开具了一张有效治疗感冒的药方。顾明义看着那一堆纸，从机器里拿回了自己的社保卡，你们这是在看病还是做体检？事无巨细不也是一种浪费吗？

年轻人笑着说，这取决于您看待这台机器的眼光。您现在身处医院，觉得这么做没必要。可是这台机器以后是要推广到家庭的，当您远离医院的时候，有这样一台机器为您做全面分析，您是不是会觉得更安心一点？

顾明义低头看着药方，指着其中一种药，可据我所知这个药不是治疗痔疮的吗？

那说明您有患上痔疮的风险，有备无患。

简直是胡扯，你们究竟是干什么的？这些机器有没有取得卫生部门的授权？我是个律师，我要对此进行追责。

推销员的热情突然消失了，眼神变得冰冷而且凶狠，你的治疗已经结束了，费用已从你的社保卡里扣除。现在人很多，请你不要耽误下一个就诊的病人，拿着你的诊断书快走开。

顾明义开车出了医院，越想越觉得可疑。这或许是一场骗局，根本不存在什么治疗机器人。他想起一些报道上曾说某些医药公司出于不可告人的目的，以健康体检的名义骗取受害者的 DNA 信息，用于医学研究。他出了一身冷汗，自己会不会就是这样一个蒙在鼓里的受害者？稀里糊涂地被采取了血样，从而成为基因试验品？这时，他听见车子发出了一声响，明显感受到了震动。他踩下刹车，发现右侧的反光镜已经折叠起来。他打开车门，马路上已经有不少人在围观。在他车子的后方，一辆电动车倒在了马路上，还有一名中年妇女摔在边上。顾明义转到车身的右侧观察了一下，除了折叠起来的反光镜，后门还有一道明显的白色划痕，使车辆的底漆都露了出来。他拿出手机，拨打了报警电话。然后走到倒地的电动车边上，阿姨，你怎么样？受伤了吗？要不要叫救护车？

电动车主坐在地上一言不发，眼睛盯着那辆电动车。顾明义问了几遍还是没有反应，或许是创伤应激症，一时还反应不过来，目前只能等待警察来处理。过了十分钟左右，一辆警用摩托车闪着警灯驶来，在事故现场停下，一个年轻的警察下了车，解开头盔，什么情况？

顾明义说我正在开着车，只听见一声响，等我停下来察看，发现她已经倒在地上了。

警察弯下腰去看了看，然后问，你感觉怎么样？受伤了吗？要去医院吗？

中年妇女这时才有了反应，缓缓摇了摇头，不用去医院。

你能站起来吗？

中年妇女双手撑在地上试了试，慢慢站起来，警察和顾明义各自扶着她的一条胳臂，将她搀扶起来。等她站稳了，警察放开她，又到顾明义车子边上看了看，然后走回来，对顾明义说，你的两证出示一下。顾明义跑到车子里，把证照拿了出来，回到电动车边上，递给警察。警察打开看了看，把信息输入便携式信息录入机，又比对了一下照片，把证件还给顾明义，从随身携带的包里拿出一本调解协议书，指了指中年妇女，你主责。又对着顾明义说，你次责。

顾明义赶紧说，等等，我不认可这样的责任认定。

警察停下手中的笔，你有什么意见？

顾明义指着自己的车子说，我正常行驶，没有变道也没有偏离方向。她从旁边的车道向我靠过来被我的反光镜带到，我是完全无法预测的。另外这两条都是机动车道，全天禁止非机动车行驶，为什么我要承担次责呢？

警察看着他，那你的意思呢？

很明显，她是全责，我是无责方。

交通警察笑了笑，非机动车和行人是弱势群体，是受保护的一方。你开着汽车上路，就要对别人负责。

她违反规定，把电动车骑到机动车道上来，她都对自己的生命安全不负责，反而要我为她负责？就好像一个糖尿病人主动吃甜食，难道还要求售卖甜食的人对他的健康负责吗？

警察强调，行人和非机动车都是弱势群体。

顾明义很愤怒，如果法律是公正的，那根本就不存在弱势群体，每个人都受法律保护，弱势在哪儿呢？你独自跑到荒野地带，遇到吃人的猛兽，那才是弱势，因为野外奉行的是另一种规则。而在人类文明里，行人在绿灯时通过横道线，所有的车辆都要停下来等候，这时候横道线里的行人是强势者，哪里来的弱势？如果闯红灯被车撞了，那是因为他脱离了法律的保护，怎么能够按照后果来定论弱势还是强势呢？

年轻的交通警察饶有兴致地看着他，你能说会道，对法律有独到见解,怎么不去当律师?

我就是律师。

那太好了。我来告诉你,按照交通法,这场事故就要分主次责,如果你不同意,可以提起行政复议。要是行政复议的结果还不能让你满意,也可以走司法程序,你是律师,我想这个你比我清楚。但是我还是要提醒你一句,根据现行的交通法规,机动车要在确保安全的前提下行驶。所以不管你有天大的理由,只要事故发生了,你就没有能够确保安全。警察向他这边靠拢了一点,压低声音,从某种程度上来说,我其实是在帮你。这是我们的现行法律,你改变不了。

顾明义不说话了,他情绪稍稍平稳了一点,知道警察说的是事实,这个警察虽然年轻,看起来处理业务还是很精通的。他估计自己的车损在1500元左右,别的不说,如果判定对方全责,对方就要赔偿自己的全部损失。但是一个马路上骑电动车的中年妇女,怎么保证她心甘情愿地履行赔偿义务呢?当然可以起诉对方,可是为了这一点钱走司法程序要浪费多少时间和人力,他很清楚自己的律师费远高于车辆的损失。如果分了主次责,保险公司就可以介入,对方要获得保险公司的赔偿,就要先配合他完成车辆的整修,何况赔偿的费用完全由保险公司负担。好吧,那就这么定责吧。

警察笑了笑,总算想通了。他在责任认定书上填写完毕,交给双方签字确认。中年妇女小声地问警察,我车上还有衣服和平板电脑都坏了,能赔吗?

警察一脸严肃，跟车辆有关的物品才能够赔偿。你找他的保险公司定损，保险公司说能赔就能赔，我不负责这些。

顾明义对她的要求暗自好笑，保险公司冷酷而又精明，想从他们这里套钱简直是与虎谋皮。他和中年妇女都在认定书上签了字，双方交换了联系方式，顾明义联系了保险公司，约定了第二天上午去汽修厂定损。维修费用跟他的预计差不多，重新喷漆也就1000多元，他的车子也快到年限了，即便不出事故他也打算不久之后进行置换。现在只要等到这桩事情了结，他就赶紧把车卖掉，新车他早就看好了，只是王晓静一直不满意，认为他看中的那辆车太大，她驾驶起来会不习惯。不过现在顾明义下定决心，无论妻子同不同意，他都要买下那辆越野车。

星期六的中午，天气晴好。顾明义准备下午去踢球，正在收拾装备，往运动包里塞球衣和球裤。这时，电话响了，他拿起一看，是事故中被他带倒的那个受害者。他接起电话，对方告诉他定损已经好了，下午就可以去保险公司办理手续了。顾明义想了想，保险公司不太远，去办个手续也很快，不会影响踢球。这件事情越早了结他就离新车更近一步，于是他答应对方，约定下午一点钟在保险公司碰面。

一点钟顾明义准时出现在保险公司，那个中年妇女已经等在业务大厅里了。顾明义跟她打了声招呼，阿姨，身体没事吧。

没有，没有。没什么大碍。

你的资料都带齐了吗？

她举了举手中拎着的塑料袋，都在这里了。

那我们去办理理赔吧。

他们在一个柜台前坐下,把保险单号和材料都交给了坐在柜台后的一位年轻姑娘。她接过材料,在电脑上飞速地查询,然后对顾明义说,你的定损1500元,是吗?

是的。

然后她转向受害者,你定损下来是9700元?你开的是什么车?

顾明义吃了一惊,多少钱?

年轻姑娘看了他一眼,9700元。然后又转向中年妇女,你开的是什么车?

她似乎多少有些羞怯,电动车。

年轻姑娘疑惑地看了看他们两个,又埋头到电脑上了。顾明义感到愤怒,那些破损的衣服和平板电脑,这个看似老实的受害者一定是和定损员达成了私下交易,将这些物品都算了进去,而他自己却成了一起骗保案的共谋者。保险公司尽管精明,却难保雇员不出现意外。不过他没有任何证据来证实自己的猜测,只能在一边默默地看着。过了一会儿,年轻姑娘从电脑屏幕后闪出脑袋,拿出了一份材料交给双方签字,并且问,一共是11200元,等资料审核好了就可以进行赔付,钱打到你们谁的银行卡里?

顾明义问,不能分开打吗?

年轻姑娘很果断,不行,只能打到一张银行卡里。

顾明义看着中年妇女,这么办吧,赔偿的钱打到你的卡里,你现在就给我1500元。

受害者很犹豫，我的赔偿款还没拿到，就要先付1500元？要不等我拿到赔偿款再给你吧。

顾明义笑了笑，阿姨，到时候我上哪儿去找你呢？

那万一上面审核不通过，我钱又给你了，我也找不到你啊。

顾明义看了看她，阿姨，你毫发无损地摔了一跤，就能获得10000元的赔偿，还是由于你违反了交通法规，这种好事天下难寻，你还想一点风险都不担，未免太便宜了吧。你要是不同意我就不签字了，你想想，到时候你要上法院起诉我，那就未必能够拿到9700元了。

中年妇女的脸红白相间，你是律师，我当然是相信你的。钱我现在就给你，你给我一张收据。

虽然并不爽快，但是想到事故处理好就可以开始购置新车，顾明义在去往球场的路上还是有些欣喜。这次很顺利，终于没有发生任何影响他踢球的外力。等他赶到球场，其他人已经到了，换好了球衣，正在做热身活动，看到他来了，招呼他赶紧换衣服，还抱怨有好一阵没见他来了，有几回明明说好来的，最终又不见人影。顾明义笑了笑，也没多说话，从包里翻出球衣慢慢换上。他很高兴，终于又可以在球场上奔跑了。

等到他换好了衣服，突然发现找不到球鞋。他把包里的东西都掏了出来，就是没有鞋子。他仔细地回想一下，他是在整理踢球装备的时候接到电话，他放好球衣球裤就忘了去拿鞋子。顾明义本来应该感到后悔和愤怒，但是他忽然觉得很无助，浑身像是泄了气的足球，提不起一点力道来。天气温暖，不冷也不热，空气仿佛是静止了一般,纹丝不动。他坐在看台上抬头看着天,碧蓝的天空里镶嵌着几朵白云,好像是一幅画。周围很安静,他甚至能听见阳光在他耳边流动时发出的嗡嗡声。只有球场上不时传来几声喊叫,以及远处某个工地偶尔传来的沉闷声响会划破宁静,却让整个下午显得更平和。

顾明义想生活还是完美的,他什么都拥有了,只是细节有些折磨人。就好像是一个外表完好无损的人,内部器官却发生了潜移默化的病变,正在消融。那些发生的事情、丢失的人,消耗了他过多的精力,多少都让他感到力不从心,他不禁怀念起了过去那些还在健康时期的美好时光来。

2020 年 1 月 2 日

旅客

　　现在，客船离开码头已经有一段时间了，原本波澜不惊的海上突然起了风，一团浓厚、暧昧、来历不明的雾气从海面深处翻滚着袭来，铺天盖地迅速遮蔽了太阳的光芒，在浑浊的海水和灰白色的乌云之间蔓延开来，包围并吞噬了整条船。带着腥味的海风散落在破旧斑驳的客船上的每个角落，吹乱了我的头发和忽然浮上心头的不安。

　　海面上翻起了浪花，一波紧接着一波，逐渐变得狂野起来。我一个人站在空荡荡的甲板上，四周迅速涌起的浓雾将我团团包围，再要眺望海岸边孤独矗立着的灯塔已经变得困难重重，于是我决定回到安全、封闭、不受风雨侵扰的船舱里去。风力明显开始增强，海浪倒卷起来扑向船头，又从两边的甲板滑落回大海。船身随着汹涌的波涛上下起伏，我紧紧抓住甲板上的栏杆，凭着记忆往后摸索，寻找船舱的入口。最先几颗雨点打在我肩头的时候，我终于摸索到了船舱门上冰冷、锈迹斑斑的把手，那些剥落的涂层锋利的边缘在我手上轻轻割开一条伤口，刺痛感在一片混沌的世界里显得过分清晰。进入舱内，周围一片寂静，无孔不入的雾气早已侵占了整个空间，灰蒙蒙的看不清任何东西。没有广播，也没有通告，所有的人仿佛突然都消失了，滂沱的大雨刮在舷窗上发出的沙沙声占据了整个世界。我吃了一惊，觉得似乎船已经失去了方向，在狂风暴雨的海面上起伏不定，孤独地随波逐流。

强烈的颠簸折磨着我过于丰富的胃，中午的食物在身体里来回翻腾，我感到身体已经失去了平衡的能力，大脑的晕眩迫使我闭上眼睛。我开始设想这条船在海上下沉后的景象：散乱的衣物、残破的甲板、空荡荡的救生圈飘零在水面上，没有幸存者，也没有搜救队。这条船和这些船上的旅客就像从未存在过一样，迅速、神秘、毫无保留地从这个世界消失了。

我扶着一排排座椅摸索着往后走，凭借仅存的记忆寻找自己固定的座位，但是所有的努力都是徒劳的，到处弥漫的浓雾让记忆失去了依靠。我很想大声呼喊，却无法发出半点声响，我突然怀疑船上所有的人这一刻都被某种情绪笼罩住了，跟我一样张开了嘴却发不出声音。汗水从我的后背往下流淌，浸湿了衣服，呼吸变得短促而又吃力，双手不自觉地举到胸前，我感觉就要排出肺叶里仅存的一点稀薄的空气的时候，忽然轮船拉响了汽笛，长笛声沉闷而又嘶哑，如同绝望的嚎叫声，在心脏上扯开一条幽深的裂口。与此同时，所有的压力伴随着汽笛声骤然消失，我长长地舒了口气，身体像虚脱般无法动弹。

随着那声长笛，浓雾渐渐散去，风浪开始平息，雨势也逐渐减小,轮船不再疯狂地颠簸打转,周围的景象慢慢清晰起来,我发现自己其实正站在我的座位边上,船舱内保持着原来的样子,似乎什么都没有发生过,白字和安琪双目紧闭歪着身子互相靠着倚在柔软有弹性的座位上正在熟睡,从两人变化不断的表情上几乎可以断定他们是在做着一个互相关联的梦。这个梦是如此跌宕起伏,以至于无论是让人窒息的浓雾还是刺耳的汽笛声都没能惊醒他们。

　　这是一次仓促的、毫无计划的旅行,我们乘坐一艘老态龙钟的客船,前往东部群岛中一个默默无闻的小岛。船上只有寥寥几个乘客,除了白字、安琪和我,其余两三个人从矮小的身材和黝黑的肤色上不难看出都是常年经受具有腐蚀性海风侵袭和毒辣日光炙烤过的海岛居民,他们整个旅程基本上都是低着头坐着默默地想着心事,对身边的一切都明显缺乏兴趣。白字是我多年以前的朋友,一个一无是处的诗人,我已经很久没有见过他了,几乎和我认识他的时间一样长。安琪是白字的同伴,前些日子在白字消失了几乎超出时间的范围之后又突然意外地出现在我面前向我推销他的旅行计划的时候我认识了她。而现在对于我来说安琪究竟是一个女人还是两个女人却是一个难以解答的谜,如同来去匆匆无影无踪的浓雾一样让人无法琢磨。有时候她似乎是白字的情人,但有时候她却对白字表现出近乎残酷的冷漠。有时候她是白字的老师,尖锐地指出他语句中的谬误,有时候又是白字忠实的读者,对他毫无头绪的诗句大加赞扬。安琪时而柔顺驯良,时而又坚决果敢，她像一个魔术师一样不断变幻着自己的性格，每次在我眼中出现的安琪都是完全不同的、全新的一个人。

我在白字身边小心翼翼地坐下，但是仍然无法避免地惊扰了他的美梦，他和安琪带着那种令人不安的默契一同醒了过来。白字似乎对于我打断他的梦颇为不满，皱起眉头质问我：你不好好休息，在船上走来走去做什么，万一掉到海里是很危险的。

刚才起了一阵浓雾，还有风浪，下起了暴雨，船只在大海里颠簸、打转，每个人都迷失了，情况很危急。我心有余悸，一时之间不知道该怎样形容刚刚发生的那次灾难。

白字转过头，透过模糊斑驳的舷窗向外张望了一会儿。舷窗很脏，或许是由于常年被海水侵蚀，玻璃已经发毛并且变得晦暗，还沾着一些灰色的污物。是下了小雨，有些风，不过这很正常，海上经常会没来由地刮点风，下几滴雨，没有什么危急的。他沉着地思考了一会儿，然后转向安琪，和刚才我们做梦的时候遇到的那场风暴相比简直就不值一提，那可是一场真正的风暴，卷起的浪涛足有十几层楼那么高，船只在风浪里变成了过山车，一个浪头一个浪头地翻越过去……

安琪顺从地点点头，显露出对那场梦无限向往的神情，那真是太美了，我从没有过这种经历，不过太可惜了，梦在最高潮的地方被打断了。说完，她将令人心悸的目光转向我，我吃了一惊，马上低下了头。

随便打断别人的梦是很不礼貌的行为，白字的语气已经相当严厉，更何况理由竟然是夸大了的现实威胁，这样的人在以前是要被扔到海里去喂鱼的。

我感到腿脚一阵发软，忽然对刚才那场突如其来的风暴和浓雾究竟有没有真实地发生过产生了怀疑。刚才的确有一阵雾，也许不是那么浓，也下了雨，刮了风，不过那可能只是掠过海面的一阵微风，轻盈飘荡，顺便带来些雨丝，它还让人无法呼吸……

好了，白字粗暴地打断了我的话，那只是你的想象，我看你是需要休息，你不累吗？坐船出海通常都是很劳累的事情，你应该坐下来打个瞌睡，你说是吗？最后一句话他问的是安琪。

安琪用冰冷忧郁的眼光扫描了我的思想，立即判断出我的状况，并且用不容置疑的语气得出结论，需要休息，而且是刻不容缓的。

船上有三排座位，被两条走廊隔开，靠边的两排座位各有一头顶着舷窗，进出只有一个方向。我们坐在靠右的一排座椅上，这排座椅有六个用蓝白相间的帆布套着的软座，除了我们没有别的旅客。白字和安琪分别占据了第二和第三个座椅，而我的座位紧挨着安琪，我越过两个人并排交叉的双腿，走到我的座位前，突然发现我身边的座位（从左往右的第五张座椅）显得非常凌乱，座位上帆布套扭曲的痕迹与我座位上痕迹显示出一种遥相呼应并且紧密相连的迹象，暗示了坐在这个位子上的人和我之间无限纠结的可能。我看了看最右边靠着舷窗的那个座位，帆布套显得非常整洁，丝毫看不出有人坐过的迹象。这整排座位只有我们三个人，但是却有四个位子被坐过，船上其他的几个旅客都坐在离我们较远的地方，没有可能像我一样挤过白字和安琪难以分开的双腿到我边上的位子坐上一坐再离开。

这个位子有人坐过。我指着那个显得触目惊心的痕迹，迟疑地对白字和安琪说。

经过短暂的清醒，白字的眼皮又变得沉重，而安琪已经进入梦乡，看上去他们两个人对做梦有种难以理解的痴迷和执着。他不耐烦地对我说，船上的座位有人坐过很正常，有什么好奇怪的。

可是这一整排只有我们三个人，刚才我去甲板的时候有人来过吗？

我不知道，我在做梦，也许这里本来就有人坐，只是你不记得了。白字打了个长长的哈欠，转过头，脑袋一沉，靠上安琪，共同开始做梦。

没有风，雨也停了，透过舷窗往外望去，大海成了一潭死水，慢吞吞前进的船只也没能让浑浊发黄的海水掀起半点涟漪，灰白色的乌云已经死了，一切都静止了。我突然怀疑我们并不是航行在海上，船只是在一个盛满浓汤的碗里转圈。客船不知道还要开多久才能到达目的地，白字和安琪已经睡熟，我觉得心里很烦躁，一闭上眼睛就想到身边那个莫名的坐痕，它的出现折磨得我无法安心。这个座位应该是冯蕾的，不过她不在船上。冯蕾是我的妻子，眼下正在和我办理离婚方面的相关事宜，现在我开始不由自主地想起了她，我已经记不起来我们为什么要离婚，或许跟另一个人有关，或许只是她的心血来潮。不管怎么说我们的处境都很糟糕，这也是我答应白宇进行这趟毫无意义的旅行的原因。

窗外出现了一只海鸟，它从我们出发后就一直跟着这艘破船，我在甲板上的时候就见过它。从船上扔到海里的都是些不能食用的垃圾，包括泡沫塑料、废电池、旧报纸、碎玻璃、日光灯泡、烟蒂、电脑芯片，对于一只海鸟来说没有什么用。它有几次飞得离船身很近，我透过肮脏的玻璃艰难地打量它，它孤独衰老，毛色灰白，很容易把它当成死去的乌云的一部分，似乎正在挨饿，飞得有气无力，随时都有掉进海里去的可能，这片死气沉沉的海域所有的精髓都体现在了这只鸟身上。它在空中盘旋了一会儿，忽然振动翅膀飞向云霄，在乌云堆里努力拍打翅膀，用力向上挣扎了几下，然后直挺挺地像一支离弦的箭一样一头栽向水面，在波澜不惊的海面上激起巨大的浪花，浪花扑向客船，砸碎了舷窗，溅得我浑身湿津津的……

临近黄昏时分，船终于抵达目的地了，我从睡梦中醒来，白宇意味深长地看了我一眼，用略带嘲笑的口吻问道，怎么样，做了个好梦吧。

我一身的冷汗，感到无比疲倦，船停了吗？

早就靠岸了，我们看你正在享受美梦，所以就没有打扰你。安琪的声音柔软，但神情冷漠，似乎还在为我曾经惊醒过他们的梦而耿耿于怀。

果然船舱里空荡荡的只剩我们三个人，我起身提起行李，那我们赶紧下船吧。

白字心不在焉地答应着我,却并没有离开座位,而是伸长了脖子焦急地环顾四周,似乎是在找什么人或东西。

你在看什么?

我在找冯蕾,她不见了。我们一起来的,应该一起下船。

汗水从我的后背往下流淌,又一次浸湿了衣服,呼吸变得短促而又吃力,我的手不自觉地举到胸前,感觉就要排出肺叶里的最后一点空气,眼前一片模糊。你是说冯蕾也跟我们一起来了吗?我的声音让我自己也吃了一惊,那似乎是另一个完全陌生的人发出来的。

白字惊讶地看着我,当然和我们一起来的,我们不是说好四个人一起旅行吗?你怎么忘了,你没看到你身旁那个座位有人坐过吗?不是冯蕾,我们三个人怎么会坐四个位子。

我转过头看着安琪,她脸上挂着一丝难以捉摸的笑容向我点点头,是你坚持要带冯蕾一起来的,你觉得这次旅行也许能挽回你们濒临死亡的婚姻。

你的脑子越来越糊涂了,难怪冯蕾要和你离婚,我记得船行驶到十七分之八的距离的时候,你还问过我为什么边上的座位有人坐过,我告诉你那是冯蕾的位子,你怎么做了个梦醒过来又忘了?白字非常伤感地摇了摇头,看来做梦并不适合你。

离婚这个词再次让痛苦从我心里升华,它瞬间抽空了我原本就很模糊的记忆,我茫然地看着白字和安琪,那她人呢?

冯蕾也许已经下船了,安琪沉思了一会儿,果断地作出了判断,刚才停靠码头的时候船舱里非常混乱,人人都争先恐后地下船,似乎这船马上就要沉了一样,冯蕾就是这个时候和我们失散的。我看我们也下船吧,反正这是个孤岛,人不会在孤岛上平白无故地消失的。她说完最后一句话的时候又瞟了我一眼,我顿时感到一阵莫名其妙的慌乱。

人很多吗?我记得船上除了我们就只有两三个乘客……

白字冷笑了一声,你记得?你记得什么?你连冯蕾有没有跟我们一起来都记不得,你的记忆能相信吗?

我感到很羞愧,这种情况下再讨论我的记忆力显然是不合时宜的,只能同意,那好吧,我们走吧。

很明显,这几乎是一座荒岛,从码头上眺望整座岛,只能看见一堆光秃秃的岩石被一片死气沉沉的大海包围着,有一条椭圆狭窄的环岛公路将整座岛贯通。我实在看不出这个地方就是白字兴高采烈口若悬河向我暗示的度假天堂。但是他和安琪的兴致显然非常高,不断发出各种不存在的赞叹,似乎他们所看到的与我看到的完全不同,他们已经被眼前的这些景象所陶醉,沉浸在兴奋中,丝毫没有要寻找冯蕾的迹象。

我看我们还是先找到冯蕾吧。

安琪的脸色立刻阴沉下来,显得很生气,没有人会在孤岛上失踪的,你如此着急是无法找到她的。眼下我们应该先找个住处,然后再制定一个详尽的计划来寻找你的妻子。

这是唯一正确也是唯一可能找到冯蕾的方法,我们先要找到自己的住所才能出去找人，否则连自己都可能丢失。白字率先赞同了安琪的意见。

在离码头不远的地方有个公共汽车站，我们站在车牌下等着或许永远不会出现的汽车，我小心翼翼地问白字，你看冯蕾会去哪里？

白字沉思了一会儿，你对诗了解多少？

我完全不懂，那全是废话。

白字轻蔑地看了我一眼，如果你了解诗，就不会不了解现在的处境。

现在是什么处境？

这个岛上的公路是环形的，正暗示了我们眼下的困境，我们不能知道我们想要找寻的究竟是在我们的前面，还是在我们的身后，这就像诗一样，没有开头，也没有结尾，开头就是结尾，结尾也是另一个开头。

那就是说我们不可能找到冯蕾。

没有什么是不可能的，根据不确定原理，我们永远无法预知后果，关于冯蕾，其实她现在极有可能已经……

公共汽车突然从公路的拐角处出现，疯狂地撞向我们，在离开我们不到十米的距离才似乎突然发现了我们然后猛然刹车，发出长长的、刺耳的、令人发颤的尖啸声，勉强停在了我们的面前，白字仿如完全忘记了我们正在进行的谈话，挽着安琪，神情冷淡地说，上车。

汽车停在岛上唯一的小镇，我们下了车，小镇沿海而建，跟海水隔着一片怪石嶙峋、凶险异常的滩头，震耳欲聋的海浪不时地扑上滩头，让人不免心惊胆战。一条青石板铺成的街道将镇子分成两半，街道和海岸线成垂直的丁字形。街上几乎没有什么人，有几间商店，也都半掩着门，整个镇子都冷冷清清的，也使得我们三个陌生人的到来显得非常突出。

白宇和安琪从下了船就被某种怪异的情绪感染了，他们对这个荒岛表现出了与岛屿本身格格不入的兴趣，似乎岛上有什么令人振奋、深深隐藏的秘密正等着他们去发掘。他们快步走在我的前面，就像完全忘了我的存在，渐渐与我拉开距离，只是偶尔才会停下来，转过身来指责我迟缓的速度拖了他们的后腿。我跟在他们身后向小镇的深处走去，青石板逐渐变成台阶，两边的砖木结构的房屋看上去都摇摇欲坠，裸露在外的木头桩子有些已经腐烂，用手轻轻一搓，便露出粉状的木质纤维。

一路上都没有什么人，两边的屋子都是房门紧闭，白宇和安琪已经将我落下很远的距离，远到似乎跟我完全没有关系的境地，我几乎是一个人走在这条巷子里。这时，我看见有个人从巷子的另一头向我走来，起先只是个模糊的身影，但是等她走到我能看清楚的距离时，我已经惊讶得不能自已。我停住脚步，侧过身靠在冰冷湿滑的墙上才能勉强站立。那个女人穿着一件粉红色的衣服，头上戴着顶大得有些突兀的遮阳帽，不但遮住了没有露面的太阳，连她自己的脸也一起遮住了，她径直从我身前走过，仿如根本没有注意到我的存在。她和我交叉走过，毫不停留继续向前。我看着那熟悉的背影，慌乱而又犹豫，突然伸手拉住了她的胳膊。那个女人猛然站住，回过头死死地盯着我，我吃了一惊，对自己的唐突也深感不解。透过她脸上又大又深的墨镜我什么也看不到，我们在无人的小巷里默默地对峙了一会儿，忽然远处传来白字和安琪的欢呼声，我放开手，终于把含在嘴里的那两个字咽了下去。那个女人回过头，就像什么都没发生一样，接着往前走去。我闭上眼睛，倚在墙上大口喘着粗气，心脏毫无节奏地起伏，满嘴的苦涩，感觉整个人都虚脱了，过了很长时间才将呼吸调整均匀，抬起发软的双腿，继续向白字和安琪的方向走去。他们站在一间院子前，院子的门是开着的，事实上院子根本就没有门，只是在起伏不平的不规则的围墙上留有一个勉强呈现四方形的门洞，灰白的墙上歪歪扭扭用红笔写着"内有住宿"四个刺眼的字。白字和安琪看着我，长长地舒了口气，就是这里了。

院落非常小，墙脚处稀稀拉拉长着些野草，还长有一棵瘦骨嶙峋的银杏树，树干弯曲、矮小，已经枯萎，没有树叶，只剩下光秃秃又短又粗的树枝伸向灰色的天空。四周堆满了杂物，仅仅留下一条空隙让人行走。我们穿过院子，白字推开了一扇低矮的门，破烂的木门发出的嘎嘎吱吱声响直刺到记忆深处。房间里光线很暗，站在外面什么都看不清，我刚要进去，白字对我说，你先在外面等一等，我和安琪进去问问情况。说完，他拉着安琪钻进房间，顺手带上了房门。我只能站在院子里，不一会儿房间里就传出争执的声音，但是听不清楚内容，可以分辨出白字的声音短暂而又急促，安琪的则是尖锐而又高亢，另外有一个声音沉着而又嘶哑，争吵断断续续地持续了一会儿后开始变得激烈起来，三个人的声音同时交叉贯穿，再也分不出谁是谁了。我实在忍不住，正想推开门进去，所有的声音忽然都停止了。白字吃力地打开门，一脸疲惫地擦了擦额头上的汗水，总算谈妥了，这老家伙连半分钱都不肯便宜。

我走进房间才看清房间里有个老人，他坐在柜台后面看不出身材高矮，但是一张脸由于常年被海风严重侵蚀显得沟壑丛生，也看不出年龄，从五十岁到八十岁都有可能。他向我展示了一个短暂而又可疑的笑容，然后拿出两把钥匙交给白字，用沙哑的声音说，二楼一间，三楼一间。

楼梯都是木制的，陡峭而又狭窄，每次只能一个人通过，由于年久失修，楼梯不时发出不堪重负的声响，我很担心这些木板随时都可能因为承受不了我身体的重量而断裂。白字把三楼的钥匙给了我，我奋力爬上三楼，楼梯的尽头左右各有一扇门，我试着用钥匙转动了一下右边房间的锁孔，门很轻易地开了。这其实是间阁楼，我头上是个三角形的屋顶，沿着两边低下去，在靠近墙壁的地方已经直不起腰，一边的墙上有扇小窗户，我张望了一下，什么都看不到，外面灰白色的似乎是另一堵墙。阁楼里只有一张床摆放在正中央的位置，床头边上是一只矮小的柜子，柜子上摆放着一部红色的电话机，但是没有电话线。正对着床的是一个电视柜，上面有一台电视机，我打开电视，出现了一片雪花，我一连换了好几个频道，都是白花花的一片，也许这个岛上根本就收不到电视信号。

我放下行李，在床上坐下，忽然觉得这是个圈套。从白宇疯狂撺掇我到这个地方来开始，一切都是安排好了的，客船遇到的风浪，神秘的坐痕，不知所终的冯蕾，奇怪的梦境，白宇轻车熟路地找到了这个隐藏在巷子深处的旅店，还有他和安琪在房间里与老板不明原因的争吵，说明他们并非第一次来这个岛，也许他们和旅店老板的关系非同寻常。现在想起来，多年未见的白宇突然找到我并不是没有原因的，一切都像迷雾似的笼罩在这个荒岛上，我想我最正确的选择应该是立刻拿上行李，乘坐下一班船离开这里。

一阵急促的敲门声骤然响起，我打开房门，白宇走进屋来，他四下打量着我的房间，然后目不转睛地盯着我，似乎已经完全看穿了我，房间不错，隔着屋顶就能听到雨声。

我感到我的语调很不自然，不怎么好，隔音很差，楼下一有动静就能听见，晚上也许会睡不好。

白宇神情淡漠地笑了笑，睡不好？不会的，只有做了亏心事的人才会睡不好。这么说你已经全知道了？

我吃了一惊，知道什么？

你不是说楼下的动静你全听得见吗？刚才电视开得这么响，你没听到？

这里的电视都收不到信号。

白宇怀疑地看着我，电视很清晰，跟在陆地上没什么两样。

我不想再继续争辩，电视上说什么？

我们回不去了，今天晚上台风将会光临这里，所有的航线全部停航，直到台风的影响消失。

我的脑子里一片空白，如同没有信号的电视机画面，这样也好，我们可以多待几天，反正回去也没什么事。

你能这样想很好，我和安琪还有旅店老板都很担心你一心想要回去。现在我们下楼去吃晚饭吧，老板为表示对我们的欢迎，准备了一桌丰盛的菜肴。

晚饭是一条不知名的烧煳了的鱼，一碟味道苦涩的野菜，和一大盆难以下咽过期了的米饭，白字和安琪吃得津津有味，还时不时地给我夹菜，对我的胃口表达出了过分的关注。

我放下筷子，我想我们还是考虑一下该如何寻找冯蕾。

白字和安琪也停止了进食，现在着急已经来不及了，台风就要来了，反正谁也离不开这个岛，我们慢慢打听，总能找到她的。

很显然，没有白字和安琪的带领，这个岛对我来说困难重重，我只能听从他们的建议。让人无法忍受的晚餐结束之后，老板默默收拾着桌上的碗筷，忽然忧心忡忡地叹了口气，晚上台风就会到了，这个季节还有台风，是个坏兆头，上次这个季节刮台风的时候……他的声音低沉了下去，转身进了厨房，我偷偷看了白字和安琪一眼，他们似乎什么也没听见，白字闭起双眼满足地剔着牙齿，安琪则低着头抚弄着她涂在指甲上的神秘、艳丽的图案。

老板意味深长的话在我心里留下长长的阴影，让我情绪无比低落。我起身回自己的房间，爬过狭窄陡峭的楼梯上到三楼，刚走到门前,忽然听到房间里传来一阵沉闷的电话铃声,我赶紧打开房门开了灯,没有电话线的红色电话机依然很安静,但是我仍然听到电话铃声坚持响着。于是我走出门,迟疑地走到对面房间,把耳朵贴在对面那间房间紧闭的房门上,铃声是从里面传出来的,由于隔着门,听上去显得有些不真实,我吃了一惊,从没想到过对面那间房竟然是有人的,不过电话响了很长时间并没有人接听,也许是房客外出了。我赶紧逃回自己的房间,锁上门,暗自揣测那个不在的房客究竟是个什么人。

荒凉的夜晚漫长而又无趣,四周黑漆漆的,日光灯透出窗外的微弱光线很快就湮没在无边无际的黑暗中,显得无力而又孤独。台风如约袭击了小岛,狂风裹挟着暴雨呼啸着扫过屋顶,掩盖了其他所有的声响,我很担心这幢木结构的摇摇欲坠的楼房是否能挨过这次风暴。我下楼去找白字和安琪,出门的时候我小心翼翼地看了一眼对面的房间,房门依然紧闭,也没有灯光从缝隙中渗出来,一个人在这样一个夜晚究竟会去哪儿呢?

整个旅馆阴暗的格局让人很容易联想到一株面目狰狞的老树,二楼和三楼并不在同一个平面上,之间形成一个呈九十度的直角,就如同分向两边枯萎的树杈,拥抱了来势汹汹的风暴。二楼只有一间房间,我敲了敲门,门没有锁,在我的敲击下缓缓开启了。屋里只有安琪一个人,她用一种奇怪的姿势斜躺在床上,似乎洗过澡了,房间里散发着肥皂的味道。安琪穿着一件白色的睡衣,衣服很短,刚刚越过重要部位就戛然而止了。房间很小,我一走进去就直接到了床边，我艰难地将目光从安琪身上移开，转过头打量他们的房间，除了方位不同，这间屋子的布局跟我的那间完全一样。白宇不在吗？

安琪在床上随意地翻了个身，停留在床的边缘，用手支撑着头，他出去了。

我倒吸了口气，这个时候这种天气他出去干什么？

他去打听冯蕾的消息了，你不是很着急想找到她吗？安琪嘲讽地对我说。

那，有消息了吗？

安琪神色凝重地看了我一眼，你难道没发现白宇最近不安、烦躁、疯狂、忧伤，徘徊在痛苦的边缘？

痛苦？为了什么？我一点都看不出来。

安琪突然提高了语调，简直是大声喊叫起来，因为他正在创作一首诗，一首包罗了古往今来所有内容的诗，正是这首诗让他痛苦不堪。

我犹豫了一下，那……他完成了吗？

没有，安琪恶狠狠地盯着我，正是因为你，他完不成这首诗了，本来今天晚上台风达到高潮的时刻正是他的诗结尾的时候，我们等待这场台风已经很久了。而现在，他却替你寻找你的妻子去了，过了今晚他再也不能写完这首诗了。

汗水从我的后背往下流淌，又一次浸湿了衣服，呼吸变得短促而又吃力，我的手不自觉地举到胸前，感觉就要排出肺叶里的最后一点空气，也许……还会有下一次台风，那时……有可能……反正我们也回不去。

　　我心虚的话彻底激起了安琪的怒火，不会再有下一次了，她身体前倾脸往上仰下巴突出在身体的最前沿，上半身坐在折叠起来扭曲的双腿上向我喊叫，然后从床上跃起向我扑了过来，那双冰冷白皙的散发着淡淡的沐浴露香味的胳膊扼住了我的脖子，我逐渐感到呼吸困难精神恍惚，最后失去重心双腿一软和安琪一同摔倒在了柔软洁白的床垫上，再也站不起来。

　　风暴有愈演愈烈的趋势，我已经失去了时间，躺在床上翻来覆去睡不着。黑暗笼罩了一切，我凝神倾听，忽然楼梯上响起了脚步声，夹杂在风雨声中时隐时现、难以肯定。上楼的人似乎小心谨慎，生怕惊醒了其他人，但是轻微的声响在风雨飘摇的深夜里却引起我内心的共鸣，仿如每一步都不是踩在嘎吱作响的木板上，而是深深踩在了我摇摇欲坠的心里。脚步声越来越近，终于在楼梯的尽头停住，来人停顿了一会儿，接着是钥匙转动锁孔的声响，金属摩擦的声响在黑夜里显得巨大而又刺耳。门没有被打开，外面的人握着把手开始摇动弱不禁风的门，随着时间的推移幅度越来越大，木制的门板逐渐显示出即将散架的迹象，强烈的晃动激起的灰尘四散开来，房间里充满呛人的细小颗粒。我在黑暗中屏住呼吸，瞪大眼睛咬紧牙关徒劳地等待着外面的人最后一击破门而入。然而，所有的动作都停止了，过了一会儿，隔着房门传来一声重重的关门声，我长出了口气，双手松开已经被汗水湿透的被子，对面的房客终于回来了，虽然我很想去看一看那里究竟住着什么人，但是显然我已经失去了全部的勇气，我闭上眼睛，昏昏沉沉地睡了。

第二天早晨，我醒来之后觉得浑身乏力，晚上我不停地做梦，梦的内容让我疲惫不堪。肆虐一夜的台风似乎也累了，虽然天上还是乌云滚滚，不过风和雨都小了许多。我走出门，看了一眼对面房间，房门依然紧锁着，什么动静都没有，也许房客又出去了。我下了楼，白字和安琪看上去精神奕奕，他们正在吃早饭，我看了一眼安琪，她神情漠然，仿佛什么事都没发生过，倒是白字看到我显得很高兴，你的精神不错，昨天肯定睡得很好。

不，不太好，我摇了摇头。昨天做了很多的梦，都是些让人不堪重负的梦。

哦？白字显然对梦境有着让人难以理解的兴致，不管是别人的还是他自己的，说说看，你都做了些什么样的梦。

我又看了一眼安琪，低下头说，我梦见我到了一个地方，那个地方的男女见了面就脱下裤子开始交媾，不分场合地点时间年龄，这是他们两性之间交流的唯一方式，我费了很大力气才从那个梦中脱离出来。

唔，白字若有所思地说，你的梦值得深思，也许和我的梦结合起来，冯蕾的下落就有线索了。

你也做梦了？

是的，我做了不少梦，总共加起来至少有三斤多。

我又向安琪望了一眼，她仍然旁若无人地吃着早饭，似乎根本就没有听见我们的谈话，听说你昨天晚上去寻找冯蕾了。

是的，为了搜寻她的线索，我整整做了一个晚上的梦。

我吃了一惊，你通过做梦来寻找冯蕾？

白字冷笑着看着我，有时候，梦是最接近真相的地方。

你找到些什么线索？

本来我的梦也是毫无头绪，不过刚才听了你的梦，我几乎能断定冯蕾就在这个岛上，我们迟早会遇到她的。

我想了一想，对他说，对不起，破坏了你写诗的计划。

白字看了看我，嘲弄地对我笑了笑，诗？我早就不写什么诗了。

我刚想说什么，安琪突然站了起来打断我们的谈话，我们要出发了，再过会儿可能又要下大雨，我们就赶不上看岛上的风景了。

走出旅店的时候，我问坐在柜台后面的老板，我对面的房间住着的是什么人？

老头张大了嘴巴，他惊讶地将目光转向白字，然后又回到我身上，你对面的房间是间空房，从这座房子盖起来的时候就没有人住过，眼下，整个店里只有你们三个客人。

从旅店出来我的头脑就变得乱糟糟的，每次我准备集中精力去思考一件事的时候，脑海中不同时段不同地点不同内容的记忆都会交织在一起涌现出来，让我根本无从分辨。对面的房间究竟有没有人？这个问题让我心力交瘁，那间诡异的房间如同这个貌似平静的小岛一样危机四伏，让我感到不寒而栗。

白宇和安琪正站在公共汽车站牌下面神态亲密地说话，他们似乎跟我刻意保持着一段距离，远远地避开我。我向他们走过去，隐约听到一些支离破碎的谈话：

……终会被发现的……

……没有办法……

……船什么时候才开……

……在海滩上……

我一靠近，他们立即停止了谈话，白宇看看我，今天天气还不错。

是的，不过风有点大，还下着小雨。

台风也许已经走了，不过也可能绕个圈子再回来，这要看它的心情。

我迟疑了一会儿，我们究竟怎么才能找到冯蕾？

白宇沉思了一会儿，你对诗了解多少？

我完全不懂，那全是废话。

白宇轻蔑地看了我一眼，如果你了解诗，就不会不了解现在的处境。

现在是什么处境？

这个岛上的公路是环形的，正暗示了我们眼下的困境，我们不能知道我们想要找寻的究竟是在我们的前面，还是在我们的身后，这就像诗一样，没有开头，也没有结尾，开头就是结尾，结尾也是另一个开头。

那就是说我们不可能找到冯蕾。

没有什么是不可能的，根据不确定原理，我们永远无法预知后果，关于冯蕾，其实她现在极有可能已经……

公共汽车突然从公路的拐角处出现，疯狂地撞向我们，在离开我们不到十米的距离才似乎发现我们然后猛然刹车，发出长长的刺耳的令人发颤的尖啸声，勉强停在了我们的面前，白字仿如完全忘记了我们正在进行的谈话，挽着安琪，神情冷淡地说，上车。

汽车在环岛公路的某个地方停了下来，我们下了车，那里有条小路，据说可以直通灯塔，是这个岛上的制高点，在灯塔上能够俯瞰这个岛的全貌，岛上的所有秘密也都能一览无余。花岗岩铺成的路很窄，被暴雨抽打了一夜更显得陡峭而又湿滑，我紧紧抓住路边钻出的柔弱的野草，艰难地往上攀爬，白字和安琪却显得非常轻松，一会儿就将我甩在身后，不见了踪影。我手心里全是汗水，偷眼往边上望去，离开台阶的一米远就是悬崖，下面怪石嶙峋，怒涛疯狂拍打着石头发出轰响，溅起的水花有十几米。我转过头，不敢再向下边看，几乎是趴在台阶上往上挪。

路的尽头是一座白色的灯塔，塔身被红色涂料分成三段，锈迹斑斑的铁门在大风中来回晃动，年久失修的栏杆也是摇摇欲坠，很显然，这座灯塔已经废弃很长时间了。我抬头向上看去，白字和安琪已经站在塔顶，我也只能顺着旋转的楼梯爬了上去。

塔顶的风吹得人几乎睁不开眼睛，从高处望下去这座荒岛更显得死气沉沉，岛上几乎没有树木，只是在沿岸的峭壁上，偶尔长着几株类似金合欢的孤独的植物。一条椭圆形的公路围绕了光秃秃的小岛，路上偶尔有汽车的影子在缓缓移动。

你的脸色看上去不太好。

我有恐高症。

那你更应该看看这里开阔的风景，所有的恐高症都是由于多疑和心胸狭窄引起的。安琪似乎被这些景象深深吸引住了。

我有点头晕，还是不看了。

看那儿。白宇忽然兴奋地喊了起来。

我们顺着他手指的方向看过去，那是一片大大小小的石头堆砌成的海滩，现在滩上似乎有一些人影，在海滩上方的公路上还停着一辆车，车顶闪着蓝光，也许是救护车或者警车。我睁大了眼睛，却只看到些模糊的影像。

海滩上有具尸体。白宇一边眺望，一边向我们描述，仿佛他是在潜水艇里用潜望镜在观察。

我吃了一惊，不可能，在这么远的地方根本看不清。

我也看见了，是一具女尸。安琪也情绪高涨起来。

我用力向下望去，却仍然只是看到几个模糊的身影在移动，根本看不清具体的细节。

唔，白宇继续他的观察，的确是个女人，没穿衣服，一头长发又黑又亮，发梢处微微卷曲，皮肤如同牛奶般白皙光滑，身高有一米六，瓜子脸，眼睛很大，睫毛弯弯的，面色红润，左耳下有颗痣，嘴很小，但是嘴唇很厚，并且微微向上翘起。身材纤瘦，双腿细长，膝盖向左侧呈弯曲状，阴部像一片湿漉漉的浓郁的黑森林。双手张开在身体的两侧向上举起，乳房滚圆结实，即使仰天躺着也仍然挺立着，非常完美。只是脖子上有一道暧昧的、错综复杂的痕迹，颜色很淡，不留心极有可能会忽略掉。也许是昨天的台风把她冲上岸的。

我咬紧牙齿，觉得心里空荡荡的，随时都会摔下去。安琪忽然回过头，似乎因验证了她的论断而感到欢愉，我早跟你说过，在这个孤岛上没有人会失踪的。你知道她是谁吗？

我立刻感到呼吸困难，眼前发黑，一头栽了下去。

醒来的时候我已经躺在旅馆的房间里，白字和安琪都不在。我脑袋晕沉沉的，感到口干舌燥，我从床上起来想喝水，但是房间里什么都没有。我的两条腿还是不住地打战，我打开门，准备下楼去找点水，对面的房门依然紧闭着。我犹豫了一会儿，从口袋里拿出钥匙，插在锁孔里轻轻一转，门无声无息地开了。

我控制住呼吸，走进房间，里面的布置和我的房间一模一样，我在床边坐下，床上放着一顶大得有些突兀的遮阳帽，一副又黑又深的墨镜和一件叠得整整齐齐的粉红色的衣服。我伸手反复抚摸着衣服柔软丝滑的面料，眼泪终于禁不住从眼睛里流淌下来。

白字不知何时已经站在房间的门口，他没有进来，隔着门对我说，事情已经很清楚了，海滩上的尸体就是冯蕾，警察过会儿就会来找你。

我没有抬头,你怎么知道是冯蕾?

白字冷笑了一声,这个结局在我做梦的时候就已经预见到了。

她是怎么死的?

当然是溺水,不过是你杀了她。

我?我怎么会杀了我妻子?

因为她马上要跟你离婚,也许跟另一个人……白字满怀暧昧地看了我一眼,充满嘲讽,这种事,总是有很多理由的。

这不可能,我一路上都和你们在一起,根本没有机会杀死我的妻子。

你当然有机会,白字的语气变得严肃、尖利,甚至带有一些愤怒,在船上的时候你和冯蕾都在甲板上,但是后来只有你一个人回到船舱里来。

你怎么知道,你当时和安琪一起在做梦。

非常正确,白字摸了摸他的下巴,意味深长地说,我们梦到的就是这件事。你回来跟我们说发生了一起风暴,无非是想暗示我们冯蕾是在那次风暴中不慎掉入大海的。

事情有可能就是这样的。

不,完全没有可能,冯蕾如果是失足掉进海里的,她的这些东西怎么会出现在房间里,难道是她知道自己要掉进海里,才把这些衣物脱下来交给你?事实上是你扼住她白皙柔弱的脖子,双手用力,让她呼吸困难,脸色因缺氧而变得苍白,汗水从后背往下流淌,浸湿了内衣,呼吸变得短促而又吃力,两只手不自觉地举到胸前，感觉就要排出肺叶里仅存的一点稀薄的空气。等她晕过去之后再脱掉她的衣服把她扔进海里，最后再把她的衣服、帽子和眼镜都藏到这个房间里来，尸体脖子上的那道痕迹就是证明，而她在抵抗的时候用指甲划破了你的手，你却说这是被船上的已经生锈的金属门把手所刮伤的。上次刮台风的时候你就来过这里，旅店的老板认出了你，因此你早就知道这是个没有人住的房间。

我痛苦地闭上双眼，泪水已经流满了我的脸颊，警察不会相信你这些梦话的。

嘿嘿，白字冷笑了几声，走进房间，来到我的身旁，弯下腰，尽量压低，用略微冷酷的声音跟我说，有时候，梦境是最接近真相的地方。

回程的船上只有我和安琪，白字留在了岛上，他由于向警察坦白自己在做梦的时候谋杀了冯蕾而被逮捕。事实上，白字很有可能患上了某种严重的精神疾病。根据安琪不容置疑的判断，白字显然是在一次诗歌创作中精神崩溃的，他似乎是打算创作一首包含了古往今来所有内容的诗而最终导致他患上了严重的妄想症和精神分裂。

回到大陆后我很快和安琪举行了婚礼。关于冯蕾，我早已和她离婚，也许她作为旅客真的跟随我们参加了这次旅行，现在正待在岛上的某个地方也未可知。

2010 年 9 月 12 日

春天的邻居

现在是春天,气温大概在 20 摄氏度,体感微凉。下了一整夜的细雨,空气阴暗绵软。我坐在椅子上假装在看一本书,一部分原因是孟欣正在电话里和别人大声抱怨,她因为一件自己无法决定的事情而大发雷霆,怎么能够这样呢?其实这样做一点用处都没有。她的声音在房间里来回飘荡,声音入侵大脑的速度比视觉快得多,我的思维总是被她的话语带到另一个方向,而不能集中在眼前这本书上。与此同时,还有一件别的事情,它令我担忧的程度远远高于孟欣的电话。

茶杯还冒着热气,我拿起杯子,吹开密密麻麻漂浮在水面上的茶叶末子,喝了一口,入口苦涩,一些颗粒不可避免地进入嘴巴里,粘在舌头上,像是吃了一口渣子。我放下杯子,又把目光转移到书上,但是依然无法集中注意力,总是想到一些乱七八糟的事情。这时,头顶上的天花板忽然传来"咚"的一声响,声音空洞而又悠长,我的心脏不由自主地紧了一下。接着,声音开始变得密集而有节奏,一下一下就像敲在心里的鼓一样。我努力低头盯着书看，孟欣挂断了电话，怒气冲冲地问我，是不是三楼？

我抬起头看着她，不一定吧，隔着一层楼也能听得见？

孟欣挑衅似的瞪着我，你不要看人家长得漂亮就包庇她。二楼老陈夫妻两个都快八十了，还能在房间里弄出这么大声响？只有三楼的小孩才会这么干。

我脑中随即映现出张玫高大丰满的身影和秀气的脸庞，我把书放下，你胡说什么呢？其实每天也就这么一小会儿时间，忍一下就过去了，用得着这么大反应吗？

你能忍我不能忍，我要上去找她。孟欣瘦小的身躯因为蓬勃的怒气而显得充盈，天天这么闹，谁受得了？

小孩子难免的嘛。

孟欣提高了声调，家长也不管？

她一个人带孩子本来就不容易，何况是现在这种时候，大家都包容一点。

就是因为现在这样才不能忍受，待在家里还要闹心吗？

孟欣转身向门口走，我放下书站了起来，你等等。她在门口停下，转过脸来看着我，人家平时对我们挺好的，上次面粉紧缺，我们没赶上买，还是她分了一半给我们，你现在这样上去合适吗？

孟欣之前停止了的动作又开始继续，从玄关拿出鞋子套在脚上，这是两回事，面粉的事我很感谢她，但是这不能成为每天骚扰邻居的理由。

我打算放弃了，好吧，你要去也可以，不过你想过之后怎么办？

她再次停了下来，什么意思？

我走到她跟前，你看啊，你上去找她，只会有两种结果；第一，人家听从了你的意见，及时改正，这当然最好；但是还存在另一种可能性，她不听你的，继续我行我素，你要想好这时候你怎么办？你有什么确保自己的诉求得到满足的后续措施吗？如果没有，那除了自取其辱之外毫无意义，你说是不是？

孟欣面无表情，但是用一种怪异的眼神盯着我看了好一会儿，然后嘴巴里冒出三个字，打开门就上楼了。我把门关上，回到椅子上，支起耳朵听楼道上的动静，但是什么也没有听见。过了一会儿，有钥匙开门的声音，孟欣回来了，她进门弯下腰脱鞋，我问她，楼上是什么情况？

她站起来，小孩子在上网课，体育课，跳得满头大汗，我请他在垫子上跳。

我犹豫了一会儿，没吵架吧？

孟欣白了我一眼，吵架？为什么要吵架。

没吵架就好，不要影响了邻里之间友善和睦的关系。

孟欣没再理我，直接进了厨房。我坐在椅子上，稍稍放心了一些。这时，手机上忽然收到一条消息，我打开一看，你就这样放任她上门来欺负我？

我刚刚宽慰的心又收紧了起来，声音确实有点吵。

过了一会儿手机又响了，你自己怎么不上来？

我看了一眼孟欣，她正在厨房里操作午饭，把锅碗瓢盆弄得一阵乱响,然后赶紧把消息删除了。

吃过午饭,我继续坐在椅子上看书。孟欣不再打电话,似乎已经认命,转而开始用吸尘器收拾房间,机器发出的持续声响让我感到头昏脑涨,我依然一个字都看不进去。我把书放到茶几上,正想让她安静一点,她却已经自动停止了清洁工作,站在房间中央,低着头看手机,吸尘器柄斜靠在她身上,像是从腋下生出的一条多余的腿。孟欣把手机放回口袋,抬头对我说,前两天买的西瓜到了,你到大门口去拿一下。

我从椅子上站了起来,孟欣又说,你从天井的门出去,不要经过我刚刚清理过的地方。然后她又启动了吸尘器,弯着腰来回扫荡,专心致志地做起了肉眼无法看见的灰尘清除工作。我打开阳台上的门,穿过狭小的天井,外面是一处健身通道的尽头,再过去就是一条差不多十米宽、在清澈与浑浊之间摇摆不定的小河。我在防汛堤边站了一会儿,看着淡咖啡色的河水在阴郁而又潮湿的空气里裹挟着杂质缓缓流淌,散发出一点腥臭的味道。现在正是涨潮的时候,河水自东向西逆流而上。水面上漂过一些带着绿色树叶的断枝,微小的漩涡同时出现在多个地方,夹杂着一些气泡,很快又消失不见了。这时,我看见从下游先是漂过来几只用塑料做的碗,然后是一些盘子,跟着又是两只纸杯,最后竟然是一具人体模特。他平躺在水面上,棕色的头发卷曲着,身体大半部分处在水下,双手举在胸前,左手稍稍高于右手,表情俊美而又无动于衷,睁着一双冷漠而且不会闭合的黑眼睛,随着水流微微起伏，正在凝视天空。我从河岸上看着，就像是在俯视一出支离破碎的生活场景。我想，这具模特当时可能正在吃饭，也许是和别的什么人一起，但是却被突然发生的事情打断了，跟着被某种神秘而又不可抗拒的力量抛进了河里，就这样葬送了平静的生活，从此随波逐流。

这些垃圾缓慢而又坚定地经过我的身前，继续往上游出发。河道在不远处拐了一个弯，很快就从视线里消失了。我决定忘掉这件事，继续沿着通道往前走。一楼的天井格局都一样，从门前走过几乎很难分辨究竟是哪一家，只有待在院子里的人才能彰显出不同。不过这会儿所有的天井都空无一人，只有一家除外。那是老姜家的院子，由于我住在边缘地带，老姜是我在这个庞大而又复杂的迷宫般的家属住宅区里认识的为数不多的几个人之一。我经过他家院子的时候，看见他正站在天井里和什么人说话，两个人面对面站着，似乎在讨论一件什么重要的事。老姜一条腿笔直，另一条腿弯曲，双手撑在一把沾满泥土的锄头上，他院子里原先依着栅栏所种的植物都已经被清空，泥土被挖开，堆在两边高高耸起，长条形的壕沟像是展露在地表的疤痕。

我问他，老姜，你这是在干什么？

老姜看到了我，显得很高兴，立即招手让我进去，你来得正好，我们正在探讨一个问题，这位是丰老师，住在737号里，他是教历史的，你是教生物的，这问题只有你才能回答。

我看了一眼丰老师，大概五十出头，头发都已经白了一大半，一张圆脸，戴着一副眼镜，笑眯眯的神色可亲。我伸出手，你好，丰老师，我姓齐。

丰老师立即也伸出手，齐老师，你好，叫我老丰就好了，不用客气。

我把手缩回来，又看着老姜，指了指挖开的泥土，你这是在干什么？

老姜看了一下四周，我打算种地啊。

种地？

是啊，老姜神神秘秘地笑了笑，你也知道眼下这种状况，听说要维持到十二月份。而且最近总是发生一些奇怪的事情，所以总要做点后手准备。

我很好奇，发生了什么奇怪的事？

老姜煞有介事地压低了声音，据说有个小区里有个人用电蚊拍拍虫子的时候不小心把自己给电死了。

我吃惊地看着他，有这种事？

老姜点点头，最离奇的是据目击者说，在一连串的火花闪爆之后此人连尸骨都找不到。

这怎么可能呢？这得多高的电压才能做到？

老姜若有所思，在物理学上的确很难解释，但是也不排除他当时可能把电蚊拍搭在高压线上进行充电，现在这种时候什么事情都是合理的。要是从统计学的角度看那就更不值一提了，几十亿人当中有一个人消失并不算什么特别的事，就像除掉一只苍蝇一样。

我半信半疑，还有什么事？

还有就是一个人自杀跳楼，从一楼跳到四楼，摔死了。

胡说八道。

这有什么不可能的？既然从四楼跳到一楼会摔死，那反过来也一样。你学过物理吗？作用力与反作用力。当然和这件事不一定有关系，但有一点你要知道，因为缺乏参照物，在广袤无垠的宇宙空间里是没有上下左右之分的。

可这是在地球上。

地球不在宇宙之中吗？你凭什么认为地球的法则独立于宇宙？假如地球在宇宙中都没有上下左右，那么地球上的人哪儿来的上下之分呢？

我决定中止这个话题，你把地挖开了打算种什么？

老姜放开锄头，拉着我在狭小的天井里转了一圈，你看，这里要种土豆，这里是番茄，那边是要种韭菜，最后那块种扁豆。

我点点头，好吧，期待你丰收。你刚才说你们在讨论什么问题，需要我参与？

老姜说，对了，这应该是你的专业领域。老丰，你把问题再说一遍。

打过招呼之后就没有说话的丰老师朝我笑了笑，是这样啊，我刚才和姜老师正在探讨一个问题，是关于进化的。

进化？

是的，我认为进化学说存在不少问题，老姜不同意。

存在什么问题呢？

老丰说，我觉得有些事情用进化论解释不通。

我有了些兴趣，哦？比如说呢？

你知道夏威夷有一种虾虎鱼，它们倾向于从海洋里洄游到出生地繁殖后代。在它们洄游的旅途中，需要翻越一些障碍。这些体型微小的鱼类沿着湍急的溪流逆流而上，靠着强有力的吸附式嘴巴攀登一些高达几十米的光滑岩石，这个过程中只有一小部分的鱼能够最终越过障碍，绝大部分的鱼会被溪流无情地冲走，就在洄游的半路上被自然淘汰掉了，无法完成生物最重要的使命，在这个世界上白走了一遭，你不觉得这很有问题吗？

我愣了一会儿，这有什么奇怪？这最正常不过了，物竞天择，只有最顽强的生命才能生存下来，把最好的基因传承下去，这个物种才会越来越强大，不至于在进化的过程中走上灭绝的道路。

老丰摇摇头，不，你自己都没注意到这其中的逻辑缺陷。

我很诧异，我有什么缺陷？

你看啊，如果这是世界上出现的第一批虾虎鱼，那么这个说法很正确。可是显然不是，这些鱼进行洄游，是因为它们出生并长大了，这就说明产下它们的亲鱼都是安全爬到产卵地的。按照进化论的说法，这些鱼都是最强壮的，是经过选择的，弱的都已经被淘汰了，对不对？那么现在洄游的这批虾虎鱼的后代就应该继承了强大亲鱼的基因，应该也能轻松地回到出生地，为什么还会和父辈一样出现大量被淘汰的状况呢？假如它们洄游的路途上主要是因为天敌而导致数量减少，那还说得过去，因为天敌说不定也在进化，可是它们的主要障碍是石头，石头也会进化吗？简单点说就是每一代虾虎鱼面对的是同样的石壁,为什么还是只有少数能回到起点呢?基因怎么传承的?不是应该越来越强吗?

我说,的确,这是个好问题。从生物学的角度来说,世界总体上呈现,出现过而又消失,很难解释别的,存在一些不可能,在过去的几十亿年里……可是我现在时间不够,我其实是出来有事,我得去小区门口一趟。

老丰似乎很宽容,带着从容的微笑,齐老师,不必着急,你可以回去好好想一想,然后再回答我,相信我们很快会再见的。

我匆匆往外走,模糊地感到他温和的笑容背后隐藏的寒冷,再见。

住宅区是一个标准的长方形结构,中间有一条笔直的主干道,从大门口一直通到另一端的围墙,大约有一公里长,两旁停满了车子,把小区分成对称的两半。主干道向两旁分出若干支线,盘绕在一栋栋的建筑楼房和被浓密植物包裹的花园里,就像是气管分散到两边肺叶的分岔。离开了偏僻的河道,我走上了主干道。周围很安静,几乎没有什么声响,偶尔瞥见几个身影,也是匆匆忙忙地消失了。我花了十几分钟,走到小区门口,通往马路的铁门关着,在靠近门卫室的地上堆了不少东西。我过去一件件翻找,从头到尾梳理了一遍,的确有几箱西瓜,但是并没有找到写着我家门牌号的包裹。我又重新检查了一遍,依然没有。我拿出电话,想打给孟欣问问是不是她的信息有误,西瓜还远在新疆或者海南,并没有送达。但是当我打开手机,却发现有个叫雯洁的小区业主想添加我为好友。我通过了她的请求，很快她就发来消息，我是458号的业主，我买了和你同款的西瓜，但是我刚才没看清，错把你家的西瓜拿回来了。

我放心下来，回复她，没关系，要不我上你家来取吧。

雯洁说，这不行，我不能让一个陌生男人登门。我丈夫已经两个多月不在家了，他被困在外地，生活艰难。我只能独自一个人在家，我不能在这个时候做出让他感到忧虑的事情，尽管他可能并不在乎。他这两个月来在外地的生活无人知晓，也许正和其他什么人鬼混，更何况他早就放弃了这个家，对我的一切都不闻不问，我只能依靠自己。也有别的男人趁机想帮助我，给予我物质和精神上的一切需求，他们都是和你一样的热心邻居。但是我不能这么干，我要坚持我的生活准则，无论如何艰难都要坚持下去，静待这一切过去。

我问，那西瓜呢？

啊，对，西瓜。反正我们买的西瓜都一样，不如你就把我那箱西瓜拿走吧。

我想了想也对，那也行，的确都一样。对方回复了一个笑脸，就没有声息了。

装着西瓜的箱子很沉重，我用双手捧着，依然感到很吃力。虽然雨早就停了，但是天气阴沉，仿佛雨水随时会卷土重来。小区里很安静，只能听见一些鸟躲藏在枝叶茂密的树丛中发出空灵的叫声。人们尽量把自己关在屋子里，仿佛空气里流淌着危险。然而我走在主干道上，却有一种被无数扇窗户后面的眼睛注视的感觉，让我的步伐一下子也变得不自然起来。沿着主路走到尽头，我刚松了一口气，却发现有个人站在我停在一旁的车子前，他一动不动，背对着我，双手放在身前，像是站在引擎盖前观望车内的秘密。

我抱着西瓜走到他身后，你看什么呢？

那个人回过头看我，然后抖了抖身子，我注意到他把裤子的拉链拉好，面无表情地对我说，我在尿尿。

可这是我的车子。

他点点头，哦，知道了。

我感到愤怒，可是你对着我的车撒尿。

那又怎么样？

怎么样？我的车被你弄脏了，况且这是一种对我的严重侮辱。

那个人把裤子系好，然后转过身对着我，你看，我走到这儿，突然感到内急，我家在小区门口那头，如果要走回去上厕所得花不少时间。医生告诫过我，憋尿会对膀胱本身、上尿路中肾输尿管、泌尿生殖道中前列腺、精囊、输精管、附睾造成不可估量的危害，可以导致输尿管反流、肾积水、上尿路感染，也可以引起前列腺充血水肿、前列腺炎、精囊炎，逆行感染引起输精管炎和附睾炎。这么多害处，想想都害怕。作为一个正常人，你应该不会希望另外一个无辜的人经历病痛吧，何况我们还是邻居。至于你的车，也许是会脏一点，可这有什么关系呢？你的车停在这儿多久了？能开出去吗？你能说它是干净的吗？只不过是更脏了一点而已，本质上并没有什么差别。再说了，如果你和绝大多数安分守己的居民一样待在家里足不出户，那就不会看见，你又怎么知道有人对着你的车撒尿，你怎么知道之前没有其他人这么干过呢？也许已经是这辆车遭遇的第六泡尿了，你没看见的找谁去呢？

我一时竟然感到无从反驳，只见他从衣服口袋里掏出一个红色的袖章缠绕在手臂上，忽然变得严肃起来，说起来你拿的是什么？

我立即感到心虚起来，双臂稍稍往上抬了抬，是食品。

他伸过头来，看了看，是西瓜，虽然没有明令禁止，但这不属于必需品。不过嘛，他像一只狐狸一样转动眼珠，也没什么大不了的，邻居之间还是需要有温情的。然后挥了挥手，你回去吧。

谢谢。我松了一口气，抱着西瓜离开车子，继续朝家里走去。到了家里，放下西瓜，我感觉两条手臂已经不能控制了，总是忍不住要往上抬起。孟欣躺在沙发上午睡，我弯下腰凑到她跟前，对着她的脸轻声说了两句话。她呼吸沉稳，在睡梦中竖起了眉头，像是在发怒。我回到椅子上，继续看那本一直没有看进去的书。

晚饭过后，孟欣在厨房里收拾残余，我坐在沙发上看着电视。主持人兴高采烈、声嘶力竭，宣布了一项又一项的胜利，台下的观众鼓起掌来节奏整齐，礼貌而又不失严肃，显然经过精心策划。我甚至有点糊涂，不知道电视里说的这个地方究竟是在哪里。这时，我的手机忽然有了动静，我拿起一看，是那个叫雯洁的女人发来的，你的西瓜吃了吗？

我又看了一眼还在厨房忙碌的孟欣，还没有吃呢，准备明天。

那太好了，你把西瓜给我送回来吧。

我很奇怪，怎么了？我们不是已经完成交换了吗？

我把西瓜切开了，发现质量不好，果肉几乎都是白色的，看上去更接近冬瓜。我想这其实是你的瓜，而我自己的西瓜质量应该是好的，至少不会比你的更差，所以我决定把我的西瓜要回来。

我都被你搞糊涂了，你错拿了我的西瓜，然后提议用你的跟我换，现在发现瓜不好又要换回去？

是啊，如果瓜好那就算了，现在瓜不好，换回来不是很正常吗？

你凭什么认为我会跟你换？

当然是凭这订货单啊，你的是你的，我的是我的，从法律关系上说就是这样的。

可是我们已经达成交换协议了，这也是一种约定，从法律上说是有效的。

不，你不要混淆事实。

什么事实？

事实就是你购买的属于你的西瓜此刻正躺在我的案板上，而我购买的西瓜目前被你非法占有。

所以之前的约定就是无效的？

你这人怎么这样纠缠不清？我不是跟你说了嘛，如果西瓜质量好，那当然有效，可是现在你买的瓜质量不好。我只是想要回我自己的西瓜，难道要让我用质量好的西瓜换取你像冬瓜一样的西瓜，你也知道我目前孤立无援的处境，好不容易买到了西瓜，你就忍心让我把它用来烧汤吗？

假如我先打开西瓜，发现质量不好，要跟你换，你会同意吗？

请你尊重事实。

什么事实？

事实就是你刚才告诉我还没有切开西瓜，那就不要做无谓的假设。现在装西瓜的箱子是贴着你家的地址，那就是你的西瓜，你也可以拿回去扔掉，但是我的西瓜必须还给我。你再要这样胡搅蛮缠我就要去投诉你了。

现在我倒是知道了一个事实，就是你丈夫为什么不着家。发完这条信息，我把手机放到一边，不再去看它了。

孟欣从厨房间出来，看到我坐在沙发上，眼睛看着窗外黑乎乎的夜色，你在生气？和谁？

我收回目光，看着电视机，所有人，都发疯了。

第二天上午，天气放晴了，阳光挥洒在院子里，气温比昨天提升好几摄氏度，微风适宜。我跟孟欣说要到河边散散步，然后走出天井。各家的天井里都开出一些不知名的野花，杂乱而又鲜艳，蝴蝶在花丛中飞来飞去，仿佛和平常一样，什么都没有改变，依然是一个忙绿的春天。我没有过多停留，径直朝着老姜家的院子走去。他正一个人独坐在院子中央，四周是被他刨开的泥土，光秃秃的，和别人家的盎然生机相比显得荒凉而又冷漠。

我走进院子，你怎么一个人坐在这里？

老姜抬头看看我，大名人来了啊。

我愣了愣，什么意思？

他朝着我笑，你现在出名了。

出什么名？

你是不是抢了458号一个女人的西瓜？

我吃了一惊，没有的事，不过你怎么知道？

老姜拿出手机，你自己看。

我接过手机，看见是发在业主群里的一篇文章，题目是《独居女人饱受欺辱，恶棍邻居偷梁换柱》，内容描述了这个叫雯洁的女人一箱优质西瓜被我用劣质西瓜调换并且拒不认错的事实。我把手机还给老姜，这个女人颠三倒四，明明是她错拿了我的西瓜，并且说把她那箱给我，回去后发现西瓜质量欠佳，又要找我换回来，你说我怎么能答应？

老姜沉思了一会儿说，从哲学的角度来说，究竟什么才是事物的从属关系倒是很难说。

什么意思？

你知道一个哲学问题吗？假设我造了一条船并给它命名"沉默号"，之后我把船上的一颗螺丝拧下来，换上另一颗螺丝，那么这条船还是不是原先的"沉默号"了呢？

当然应该是的。

那再假如我把"沉默号"上的所有零件都换掉，那这条船还是不是"沉默号"呢？

这个嘛……

再极端一些，我把"沉默号"上所有换下来的零件又拼接成了一条船，那么究竟哪条船才是"沉默号"呢？

也许两条都是吧。

你看，要搞清楚从属关系也不是很容易，只要稍稍出现一点点变化，关系就很难再厘清。

照你这么说还是我的不对了？

老姜看着我，像看一个笨蛋一样，你还觉得自己没错？得罪一个女人就是你的错误，还是一个弄丢了丈夫的独居女人。

我不想再跟他谈论这件事，指着他挖开的泥土，你怎么还不回填呢？

老姜摊开双手，还没种下去怎么填？

那你赶紧种啊，趁着现在是春天。

可是没有种子。

种子呢？

在来的路上被卡住了，不知道什么时候才能到。

那你现在挖开干吗？

他冲我神秘地一笑，我得做好准备工作，现在的事谁也说不清，也许哪天就连院子都不能进了。

我没再理他,抬头看着外面。老姜说,你在等老丰?

不,没有。

他昨天提给你的问题你找到答案了?

那是一个愚蠢的问题,根本不需要答案。

但是你却想了一个晚上。

远处出现一个人影,但是很模糊,我踮起脚仍然看不清楚,我连想都没想过。

老姜也站到我身边,往外看了一眼,是老丰,他走路的姿势我认得。

我把脚跟放回地面,低着头在老姜的院子里踱了两圈,老丰从门口进来了,热情地打招呼,两位都在啊。

我装作刚看到他的样子,丰老师,是运气。

老丰一愣,什么运气?

是这样,虾虎鱼在攀爬的过程中其实存在路线问题,也就是说在这些光滑的石壁上只有少数几条路线是可供通行的,那些虾虎鱼虽然继承了先祖的基因有足够的力量能向上攀爬,但是却只有少部分鱼继承了父辈的运气,找到了正确的道路,因此才会每年都出现大量虾虎鱼被淘汰的现象。

老丰点点头,对这个答案显得漠不关心,原来是运气,我倒是没想到,运气在生存中的确很重要。但是我昨天夜里又想到一个问题,今天特地来请教你的。

我心一沉,什么问题?

你说斑马的条纹是起什么作用的?

这个嘛，斑马的条纹目前还没有明确的研究结果，不过大致有两种作用，黑白相间的条纹能够在非洲炙热的阳光下产生温差，从而导致气流快速流动，降低感染寄生虫的几率。当然最主要的作用还是在于防御天敌，有研究表明狮子只能看见黑白两色，一匹斑马固然很显眼，但是一群斑马混在一起，狮子就会因为难以锁定目标而捕猎失败。

那么我再请问牛羚的角作用是什么？

那就简单了，牛羚的角是用来防御捕食者的，当然雄性的角还用来争夺交配权。

老丰笑着说，所以问题就很明显了，斑马和牛羚体型相当，生活在同一片土地上，环境一致，面对的威胁也是一样的，可是它们却分别采取了两种不同的防御模式，这究竟是为什么？假如斑马的条纹和牛羚的角都是防卫手段，按照趋同进化的原则，为什么牛羚身上不出现黑白条纹，而是单一色彩的皮肤呢？而斑马的脑袋上又为什么不长角呢？如果两个物种互相拥有了对方的优势，不是大大提高了它们的生存几率吗？既然进化能让种群变得更强，为什么不朝着这个方向进化呢？

这个，我的确是教生物，但是在大学里，我的导师是鸟类专家，而我热爱足球，总有什么原因的，斑马不是马，牛羚也不是牛，它们不交配。也许鬣狗不这么看，不过花豹也有斑点，我的论文是研究蛇类吞噬食物除了饱腹感之外究竟会不会产生口感满足。我突然想起来什么，对老姜说，我记得家里好像还有点萝卜种子，我去找找看，有的话你就先种上。

我再次匆忙离开老姜的院子,留下他们两个人在一堆壕沟之间窃窃私语。

吃晚饭的时候孟欣好像有什么心事,闷着头吃饭,有时又停下来发呆。有几次我以为她就要开口对我说什么,但是最后还是忍住了。整个晚饭期间她只跟我说了一句话,盐快用光了。

我说,好像没看到有团购盐的,明天问问有没有邻居能支援一袋的,实在不行就用酱油,其实所有的菜都可以酱烧。

孟欣没回答我,把碗筷收拾到厨房里去了。我坐到沙发上,看了一会儿电视,所有的节目都像是昨天或者前天的重播,没有意思。我不再看电视,转而翻看起手机。孟欣从厨房出来,走到沙发旁,我把手机关了,我去倒垃圾。

她说,今天不用,垃圾不多,明天一起倒吧。

我犹豫了一下,还是去倒了好,垃圾放在家里不好,会分解成许多有害物质。

孟欣盯着我看了一会儿,似乎在确认我的话里有多少可信的成分。我避开她的目光,但是她没有继续追问,坐到沙发上去看电视。

我从正门出去,夜色明亮,空气中有一股清香的味道。头顶上星空闪耀,恍如隔世。我穿过蜿蜒在楼房和花园之间的小径,来到主干道上。两旁昏黄的路灯各自照亮若干区域,将道路若隐若现地呈现在眼前,而路的尽头小区的大门显得遥远而又模糊。一些看不见的昆虫隐匿在黑暗中鸣叫,蝙蝠突然出现在头顶,瞬间又消失在夜色之中。对它们来说并没有什么不同,只是一个普通的春天,它们简单的幸福难免令人感到忧伤。

垃圾箱设置在主干道的中间,我把一丁点垃圾扔进垃圾桶里,忽然看见一个人影正朝着我的方向走过来,我马上转身往回走。这时,呼喊声也随即从背后传了过来。我继续往前走,同时加快了脚步。身后的人也跟着加快了脚步,甚至是小跑起来。这样一来我立即落入了下风,因为显而易见的原因我不能也跟着跑起来。那个人很快追到我身后,一只手搭在我的肩膀上,大口喘着气,齐老师,我叫你都听不到,害得我一路跑过来。

我转过身,丰老师,不好意思,夜色太深,我没听见。

老丰一只手捂在胸口,弯着腰,肥胖的身躯缩成了一团,过了好一会儿才平静下来,老了,发福了,不像年轻那会儿了,最近更加没有运动了。

我等他喘匀了气,然后说,生物体都有恒定的能量,如果斑马把能量花在皮肤上,它就没有多余的能量再长出角来。同样牛羚也是,要么选择角,要么选择条纹,不可兼得。无论是角还是条纹,两者都足够确保物种生存下去,只要没有外在力量强行进行干预的话,它们用不着两者都要,这就是答案。

老丰笑着说,这已经不重要了。

我还有事。

不着急,眼下这种情况能有什么急事呢?我还有个问题。

你的问题我回答不了。

但是你至少得知道问题是什么。老丰收起笑容,自顾自往下说，太平洋鲑鱼要洄游到出生地产卵，这跟虾虎鱼一样。但是不一样的是它们要经历更多的折磨，一路上除了有地势上的天堑，还要面对众多的捕食者，比如海豹、灰狼、郊狼、黑熊、棕熊、各种水鸟甚至是北极狐，最后能到达出生地的可谓九死一生。当它们完成交配之后就会死去，身体变成养分喂养整条河流和森林，现在的问题是它们究竟为什么要这么干呢？

什么意思？

鲑鱼在海洋里成长，为什么没有进化出在海洋里产卵的能力呢？有千千万万种鱼类，从最小的到最大的都是在出生在海洋里，为什么鲑鱼就不行呢？它们一路长途跋涉似乎只是为了给其他动物当作食物，这种行为对它们自己到底有什么好处？

我看着他，我不知道，可是你究竟是历史老师还是生物学家？

历史也一样，一开始刘邦的生死只在项羽的一念之间，最后却翻盘了；朱元璋在鄱阳湖明明实力不如陈友谅，竟然打赢了；拿破仑的军事能力高于惠灵顿，但是败在了滑铁卢。都是毫无道理的事情。

你到底想说什么？

老丰侧身在光影里，脸部轮廓模糊不清，但是眼睛却在星光下闪闪发亮，让人感到不寒而栗，他靠近我，几乎是面对面，表情庄严而又肃穆，我发现，所有的一切都只不过是被编排好的剧本，都是有一只看不见的手在操纵。你以为你在遵循有序而不可逆的自然规律，其实我们只不过是作家笔下的什么人物，命运跟随他本人的喜好而随时改变，就像现在一样。他突然在黑暗中无声地大笑起来，张开黑洞一般的大嘴，露出白森森的牙齿，用一种超出人类能够接收的频率震得我耳膜生疼。我拔腿奔跑了起来，跑了一会儿我回头看了一眼，老丰像是一个剪影，还站在路灯下向我挥手致意。

为了躲开满脑子荒唐想法的老丰，我钻进了主干道一旁的花园里。树影婆娑，月光透过树叶的空隙斑驳地洒落在起伏不平的泥土上，微风吹过，发出簌簌声响，地面也开始晃动起来。我在春夜掠过的光影下耐心等待了一会儿，意识到我已经来晚了，可能是因为被老丰纠缠的那一会儿工夫耽搁了时间，我想我还是回家。我刚想走，忽然听见在花园的深处传来一个女人的声音，那我怎么办？

我吃了一惊，站在原处不敢移动，屏息凝神倾听，过了一会儿一个男人压低了声音说，现在还不是时候。

我感到心脏几乎都要跳出来了，意识到正在发生什么事。女人语气急促而又愤怒，那孩子呢？你意识不到我一个人带着有多难？到现在还是只能跟我姓张。

男人说，我跟你说过不要孩子的，可你不听。我不喜欢孩子，这些小家伙胡作非为，刁蛮邪恶，自私懒惰，行事莽撞，毫无缘由地大喊大叫，把秩序搞得一塌糊涂，还不用担负责任，长大以后或许会成为一个恶棍，甚至是罪犯。更可怕的是，一个潜在的繁殖者，会将这种痛苦一直传递下去。你对他们付出所有，最终只能换取离你而去的结局，虚度了光阴，所以我不能要孩子。

传来一阵呜咽声，女人似乎在低声哭泣，而我们还是楼上楼下的邻居。

男人转而开始安慰她，其实事情也没有那么糟糕，孩子当然也有不少好处，他们充满活力，总是四处探索个不停，他们带给你希望，那是一种奢侈的东西，哪怕是虚假的。他们还能陪伴你的人生，让你有回忆，不至于在孤独中绝望地死去。不过这一切都要等过了现在再说，你知道现在的情况，糟得不能再糟，我们必须等待……

声音渐渐低沉下去，然后是一阵几乎细不可闻的声响和踩踏落叶的响动。过了很久，声音渐渐平息，黑暗中似乎只有女人一个人的脚步声逐渐远离。我一动都不敢动，又等了很久才挪动了一下僵硬的腿，四处张望了一下周围空无一人。我慢慢走出花园，紧张而又忧虑。走了一段距离之后，腿上的血液重新流通，步子也变得轻快许多。我忽然看见路边趴着一只橘黄色的猫，蜷缩着身子倚在一棵香樟树的树根下。这时，从对面传来一束刺眼的光亮，直直地对着我。我抬起手遮挡了一下，一个六七岁的男孩踩着踏板车来到我跟前，他的车子上安装了一只大功率的手电筒，用来在夜间照明。他也发现了那只猫，从踏板车上下来，站到我身边，弯着腰观察那只猫。你说它的耳朵里怎么会有毛？

我朝猫的耳朵看去，有一丛白色的毛从它的耳朵里长出来。猫耳朵里的毛能帮助它收集声音，提高听力。

男孩若有所思地看着猫，突然向前走去，一把掐住猫的脖子，将它提了起来。他的气力出乎意料的大，猫在半空中四脚乱蹬但是仍未能摆脱他幼小的手掌。男孩跟着伸出另一只手去拔它耳朵里的白色毛发，猫发出痛苦的叫声不停地晃动身体。

我吃了一惊，一步上前握住男孩的手腕，你做什么呢？赶快放手。

他的手在我的紧握之下松开，猫落在地上，一边哀嚎着一边跑进树丛中不见了。我依旧握住男孩的手，你是哪家的小孩？

他瞪视着我，紧闭着嘴不肯说话。我在手上稍稍加了点力道，他脸上表现出疼痛的神情，挣扎了一会儿，终于说，611号。

我松了点力道，但是没有放开他，另一只手拉着他的踏板车，带着往他家里走。小男孩一路抗拒，我半拖半拽，终于把他带到611号门前，我摁了门铃，里面走出一个三十多岁中等身材的男人，他看看我和他儿子，怎么回事？

我把他儿子的手腕放开，你好，这是你儿子吧。我刚才在路上看到他正在虐待一只猫，给猫拔毛，我制止了他，把他送回来。

男人转头严厉地看着他儿子，是这么回事吗？

男孩低下头，不敢作声。男人又抬起他的手腕看了看，给我进去。男孩耷拉着脑袋拉着踏板车进到房间里去了。男孩父亲对我说，给你添麻烦了。

没事，小孩子都顽皮，教育教育就好了。

男人从口袋里摸出一包烟，抽出两根，递了一根给我，自己也叼上一根，然后都点着了，他深吸一口气，吐出一个烟圈，你说说看，现在的小孩子多难教，家里人都护着，骂都骂不得，更不用说揍了。

我说，现状如此嘛，现在的孩子都金贵，不比我们小时候。

他在家里还算有点怕我，其他人的话一概不听。

对孩子还是应该要树立一个权威的，这样才能引导他正确成长，要不然坏习性养成了，改都不好改，将来走上社会就要吃亏了。

父亲苦笑了一下，谁说不是呢？现在家长难当啊，不像我们小时候那么单纯，父母的权威很重，可是眼下小孩信息来源多样化，互相之间还会比较，要是别人家长都不采取严格教育措施，只有他自己受到这样的待遇，难免会心理失衡，对他的成长也不好。

的确如此。

这么说你也同意？

同意什么？

就是要在孩子面前保持住权威。

那是当然的。

很好。男人把手中的烟头扔到地上，用脚踩灭，然后挥拳向我打来。我猝不及防，脸上重重挨了一拳，你干什么？

他不说话，紧跟着又是第二拳。我在慌忙的抵抗中，瞥见窗帘后露出那张孩子气的脸，正在看着我，露出天真的笑容。

河岸边上黑漆漆一片，只有一些窗户灯光的倒影星星点点映在河面上，随着水流起伏。我脸上挨揍的部分又热又胀，皮肤紧绷，感觉就像是一只快要被吹破的气球。我沿着河道走着，沮丧而又懊恼，一个糟糕透顶的夜晚，一切都像是梦幻，本来都不该发生。这时，突然有个黑影从天井里窜了出来，拦在我面前。我吓了一跳，借着微弱的光线仔细分辨，是老姜，他一脸的惊骇，目光呆滞。老姜，你半夜三更窜出来干什么？

老姜看了我好一会儿，似乎没有把我认出来，也可能他是沉浸在恐惧当中，根本不是在看我。又发生了不可理解的事情。

你整天一惊一乍的，到底发生了什么？

他似乎终于把我认出来了，一把抓住我的手，你的脸怎么了？

一只猫，一个缺乏教育的孩子，还有一个包庇儿子的父亲……这关你什么事，你说你的事情。

你知道吗？不再是一个人了，昨天晚上，听说有的地方一整幢楼的人都消失不见了。

我皱起了眉头，你听谁说的？这怎么可能呢？一整幢楼。

我也不知道，但是你仔细想想，按照社会学的角度来说，这也不是没有可能，目前的形势如果继续下去，最终不就是发展成那样吗？

我愣了愣，的确如此，我也感到有点害怕起来，我要回去了。

老姜还拉着我不放，万一是真的怎么办？

我一只手拨开他的手，把胳臂往回抽，我怎么知道？那也是没有办法的事情，自求多福吧。

我推开老姜，一口气跑回家里。从天井的入口进去，把门关好锁上。然后回到阳台里，把阳台的门也锁上，稍稍安心了一点。这时我才发现房间里光线暗淡，只有卫生间里透出一些光线，才使得房间里不至于完全黑暗。孟欣不在沙发上，我在客厅里绕了一圈，都没有看见我妻子，不知道去了哪里。我正想进到卧室里，却猛然发现厨房间的门口站着一个人。我吃了一惊，她向我缓缓走来，在浴室透出的光线中站住。孟欣穿着一件轻薄透明的吊带衫，在光线里显得孤独而又无助。她继续向我走来，扑在我身上，用力亲吻我的脸。而我则感到心不在焉，谨慎地回应着她。

孟欣用冰凉的手指轻抚我肿起的部位，你的脸怎么了？

没什么，我刚才在黑暗中撞到了树上。

她把头伏在我的肩上，我轻轻搂着她。过了一会儿，她说，据说这种状况可能会维持到12月，我们不如生个孩子吧。

我一下子推开她，你胡说什么？什么孩子？

孟欣在离开我不到半米的地方，用冰冷而又愤怒的眼神死死地盯着我。我有些心虚，你知道的，我不喜欢孩子。

她依然那样看着我。

我不喜欢孩子，这些小家伙胡作非为，刁蛮邪恶，自私懒惰，行事莽撞，毫无缘由地大喊大叫，把秩序搞得一塌糊涂，还不用担负责任，长大以后或许会成为一个恶棍，甚至是罪犯。更可怕的是，一个潜在的繁殖者，会将这种痛苦一直传递下去。你对他们付出所有，最终只能换取离你而去的结局，虚度了光阴，所以我不能要孩子。

　　孟欣不说话，保持着姿势一动不动，她眼睛里的光芒变得黯淡，在慢慢消失。我上前再次搂抱住她，当然事情也没有那么糟糕，孩子也有不少好处，他们充满活力，总是四处探索个不停，他们带给你希望，那是一种奢侈的东西，哪怕是虚假的。他们还能陪伴你的人生，让你有回忆，不至于在孤独中绝望地死去。不过这一切都要等过了现在再说，你知道现在的情况，糟得不能再糟，我们必须等待……

　　孟欣在我的肩头哭泣，我们只能在黑暗中互相支撑。在众多沉默无语的邻居环绕中，那具逆流而上被放逐的人体模特大概正在沿着河水洄游到青藏高原的发源地，而春天的夜晚就像老姜挖开的泥土，显得寂静而又荒凉。

2022 年 5 月 26 日
于长东居

雪落在哈尔滨

电话铃响起的时候，我正在房间里修理一张椅子。那是一张旋转座椅，针织靠背的边缘处有一条起固定作用的橡皮脱落出来了，如果不把它按回原处，很有可能使得整块靠背从椅子的外架上剥离。但是这个活不太好干，尽管橡皮本身并未断裂，只是从原来的嵌缝里耷拉出来，我却很难把它塞回原处。上面嵌进去了，下面就不够长，总是感觉缺了几厘米。我正忙得满头大汗，这时电话在客厅里响了起来。我放下手中的活，走到客厅的茶几前，电话一直在响，屏幕上显示的来电者让我颇感意外。

放下电话后，我看见秀秀正在厨房里忙活着晚饭。我走进厨房，秀秀弯着腰在水槽里摆弄着一条死鱼。她拿着一把剪子，想从鱼鳃处将鱼的脑袋铰下来。不过鱼皮很坚韧，剪子一时无法铰动。秀秀放开鱼头，两只手握住剪子用力，死鱼的脑袋随着剪子的发力而左右乱晃，两只瞪着的灰白眼珠四处扫描，像是在进行绝望的挣扎。我说，我不在家吃饭了。

秀秀没有放弃，仍然憋足了劲铰着鱼头，从嘴巴里艰难地蹦出几个字，谁来的电话？

我犹豫了一下，是曲奇。

鱼皮终于被铰出了一道小口子，接下来就可以顺着开口的地方切入，轻松一点。秀秀将鱼和剪子都扔进了水槽里，双手撑着水槽的边缘，大口喘着气，像是剧烈运动后的体力透支，过了一会儿才平静下来，他出来了？

是的，说是前天出来的。

她再次拿起剪刀和鱼，背对着我继续自己的工作，他找你干什么？

不知道，他没具体说，也许是想找我聊一聊吧。

我站在厨房门口等了一会儿，秀秀似乎已经忘了这件事，忙着手里的活计，过了一会儿才说，哦，那你去吧，早点回来。

我点了点头，知道了。然后回到房间里换衣服。等到出了门，走在街灯亮起的马路上，空气里散发着食物的香味，我才想起秀秀跟我说话时始终没回过头看过我，我猜她其实并不想让我去见曲奇。

我们在一家小饭馆里见了面，我到的时候他已经坐在里面了，这很符合曲奇的风格。我在他对面坐下，我们互相打量了一番，曲奇先笑了，显露出寂寞和沧桑来，你还是老样子。

我说，你也没什么变，把头发理一理，胡子刮一刮，就跟以前一样了。

他从口袋里摸出香烟，递给我一支，我说我已经戒了。他似乎愣了一下，然后把烟塞进自己的嘴里，用打火机点燃，这次在里面待了这么久，就算外表没变，人也肯定不一样了。我们先不说这些了，你没来的时候我已经把菜都点了，你要是不喜欢可以再点别的。

我从桌上拿起筷子，不用，我的口味你很清楚。

我们喝了一会儿酒，我问他，这次你是因为什么进去的？

曲奇想了想，夹了一筷子菜送到嘴里，咽下去之后说，之前香港那边有宗生意，别人请我去帮忙。本来事情进行得很顺利，但是由于我以前的记录问题，其实我并没有获得去香港的许可。所以我就自己伪造了一份，没想到回来的时候被边检查了出来，就连着把香港的那桩生意也牵了出来。

我没有说话，那件事情我曾经在新闻上看到过，他们盗窃了一家香港的著名金铺，涉案金额巨大，我只是没想到曲奇会和这个案子扯上了关系，他之前从来没有干过这么大的案子。当然我知道他的专长是开各种类型的智能锁和保险柜，其他的事情一概不管，事后分三成所得，这也是他最终能够出狱的原因。

曲奇拿起杯子喝了一口酒，听说秀秀和你在一起了？

我心中一紧，随即"嗯"了一声，自从接到他的电话之后这个问题就一直在我的心里萦绕，我很难猜测他会有什么样的反应，尽管我们的关系不一般，但是正是这一点或许会让他更加难以承受，没想到他就这么平平淡淡地问了出来。我多少有些尴尬，不知道接下来该说什么好，是不是该说话。曲奇一手端着酒杯，目光斜向下，出神地看着地上铺着的米黄色塑料地板，似乎陷入了沉思，过了好一会儿他才举起杯子又喝了口酒，声音阴沉而又嘶哑，哦，那也挺好的，我进去之后她一直在照顾我的母亲，我非常感谢她，只能怪我自己……他说到一半好像又想到了什么，停下不说了。

我等了一会儿，决定不再继续这个话题，既然已经出来了，将来有什么打算？

曲奇抬起头若有所思地看了我一眼，将来的事情将来再说，眼下我倒是有件事，想找你帮个忙，这也是今天约你出来的原因。

我赶紧说，你说吧，什么事？

从前虽然钱来得快，但是去得也快，没剩下什么。这会儿刚出来，手头有点紧了。

是需要钱吗？要多少？

曲奇的嘴角轻轻抽动了两下，我不是来找你借钱的，你那点钱要养活你和秀秀两个人已经够吃紧的了。我打算把我的那辆车卖掉，先弄点钱安顿下来，再慢慢找条生路。

可是卖车你该找中介啊，我对这方面一窍不通。

当初我那辆车上的是外地牌照，在这里不好卖，必须回原籍地才能交易。中介我已经找到了，但是需要把车子开过去。路程有点远，我一个人开怕顶不下来，想来想去，也没有什么朋友了，只能找你帮忙陪我走一趟。

是在哪儿？

哈尔滨。

哈尔滨？我吃了一惊，头脑中浮现出那座遥远的城市被冰雪覆盖的掠影。

曲奇又往嘴里塞了一块肉片，我知道有点远，要不然我也就自己去了。

你打算什么时候动身？

最快的话后天。

我定了定神，好，我跟你去。

曲奇眯着眼睛看着我，你考虑清楚再决定吧，要出趟远门也不容易。何况现在你不是一个人了，你回去和秀秀商量商量吧。

我笑了笑，不用，这事我自己做主就行了。

曲奇举起酒杯伸向我，我也拿起起杯子和他碰了碰，沉闷的撞击声让人心头一紧，那就这么说定了，他对我说。

吃完饭回到家里，秀秀已经睡下了。我洗完澡，感到酒劲还没有散去，于是掀开被子，一只手扼住秀秀的脖子，另一只手脱掉她的内裤。她起初有些抗拒，似乎是被弄醒了很不高兴。但是我死死地摁住了她的手，压在她身上让她无法动弹，搂紧她瘦弱的身躯拼命发泄了一顿。完事之后我放开她，翻过身仰面躺在床上，瞪着眼睛看着黑暗的房间。过了一会儿，秀秀问我，曲奇跟你说了什么，让你这么兴奋？

我想了想，他想让我陪他去趟哈尔滨。

哈尔滨？这么远，他要去哈尔滨做什么？

他说他想把车子卖了先换点钱，然后再考虑重新开始生活。

他的车上的是哈尔滨的牌照,所以必须去跑一趟。

那么他干吗要你跟他一块去?

路程太长,一个人开车又累又闷。两个人的话可以换换手,聊聊天,轻松一点。

可是马上要入冬了,北方风雪大,你又没什么经验,会不会太危险了?

我把手伸过去,寻找到她结实的乳房,轻轻抚摸,没事,我们慢一点开,最多三天也就到了,回来的时候就可以坐火车了。

黑暗中秀秀沉默了一会儿,忽然说,我不想让你跟他一起去,你忘了他连累你被警察叫去问话的事情了吗?

我躺在床上,感受到了一种从内心里生出来的疲惫感。回想起那天晚上,下着蒙蒙细雨,夜色特别浓,散发着生锈的气味。我正坐在沙发上一边喝啤酒一边看电视,曲奇忽然来找我,我和他一起坐在沙发上喝酒。那天他显得很不同,一改平时沉稳的性格,似乎有什么压抑不住的兴奋在他身体里燃烧,他滔滔不绝地和我说了许多不相干的话,眼神闪烁不定,就像是一头狮子第一次捕获猎物时那种残忍的光亮。我一度以为是他和秀秀决定要结婚了,但是那天晚上他一句也没提秀秀。他喝了两瓶啤酒之后就告辞了,直到后来警察找上门来,把我的家里翻了个底朝天,并把我带去了派出所,我才知道那天晚上他干了什么。他跑到我这儿来分享他成功的喜悦,我却被警察当成是他销赃的同案犯旁敲侧击地盘问了很久,寻找我言语中的破绽。不过我从来没有参与过那些不光彩的行动,警察最后也实在查不出什么,只能把我放了。不过这件事我并不怪曲奇，他什么都没跟我说，只是想找个朋友分享一下他不可告人的快感。但是他知道分寸，要是跟我说了就会让我陷入出卖朋友或者知情不报的两难境地，从某种角度来说他又保护了我。

你说话呀。秀秀在被子下用膝盖顶了顶我的腿。

那只是一场误会，警察后来搞清楚了不就没事了？更何况我已经答应他了。

你必须反悔，我不同意你去。

那怎么行，答应的事情怎么能反悔？我突然感到烦躁起来，对即将展开的几千公里的路程生出一种莫名的担忧。

你不想去就让我去跟他说。

你别说傻话了。

房间里安静了一会儿，我以为她已经睡着了，但是她忽然像是对着天花板在自言自语，可他是个罪犯。

你还在恨他？这句话让我自己也深感惊讶，并且从内心弥漫出一种刺痛感。

秀秀猛然从床上坐起来，对着黑暗的房间大声喊，他是个罪犯。

我掀开被子跳了起来，在窗帘缝隙漏进的微弱光线中反手就给了她一个耳光，声音清脆响亮，倒是有点像酒杯碰撞发出的声响。秀秀抓住我的手，用力地咬了一口，我感到痛彻心扉。赶紧把手拽了回来，感觉到已经被咬出了血。我在床头柜抽了一张纸巾，按压在咬痕上。秀秀已经躺下了，裹着被子背对着我。我本来还想再给她一点教训，但是想到刚才那一记重重的耳光，心情稍微平复了一点。我躺了下来，隐约听见她在被子里的哭泣声。我没有理她，翻过身也背对着她，慢慢睡着了。

第二天，秀秀一如往常，家里该做的事情一件都没有落下，只是没有跟我说话。吃饭的时候我看见她一边的脸有些红肿，多少也感到有些歉疚。我问她脸上还疼不疼，她直接站起来把碗收进厨房了。一整天我们都没有交流，到了晚上，我在卧室里开始收拾行李，秀秀进来拿过几次东西，还是没有理我。一直到我快把东西整理好了，她忽然走进房间，从衣橱里拿出几件内衣，扔在我的行李上，又走了出去。我把衣服塞进行李箱，也出了门，看见她坐在沙发上看电视。我紧挨着她坐下，她往边上挪了挪。我又靠了过去，顺势搂住她的肩膀。这次秀秀没有再躲闪，僵直地坐着看电视，但是仍然一言不发。事实上经过这一整天我也已经萌生了退意，哈尔滨过于遥远，尤其是要和曲奇单独相处好几天，我们还是当初那样心无芥蒂的朋友吗？我心里无限向往和秀秀平静而又安宁地待在家里，只不过说出去的话实在不好反悔。我后来仔细想了想，我当时那么爽快地就答应了他，除去酒精的作用，可能还是因为曲奇提到了我和秀秀的事情，我出于一种道德上的天然负罪感立即答应了，不过曲奇究竟是有意利用了我的心理还是无意为之，我就不知道了。

晚上睡觉时，我试图伸手过去撩拨她，但是被她打开了，她翻过身，像昨天一样，背对着我睡着了。我瞪着眼睛在黑暗中胡思乱想了一会儿，很快就做了一个梦。我梦见我和曲奇到了哈尔滨，但是却被一场前所未见的大雪困住了。漫天的飞雪把一切都掩盖住了，我们站在空无一人的街道上，所有的建筑都是一模一样的，没有门牌号码也没有招牌，一切都像是镜像的反射，宛如一个巨大的迷宫。我们顶着风雪漫无目的地往前走，在一个拐角处看见了一个人影，我感觉那是秀秀。于是踩着厚重的积雪艰难地奔跑起来，可是等到了那里人影早就消失了。我回过头来，发现曲奇也不见了，一座空城里只剩下我一个人。我想大声呼喊，但是怎么也发不出声音，一阵莫名的恐惧涌来，一着急，我就醒了过来。

　　天已经亮了，秀秀还在睡觉。我看看床头柜上的闹钟，离约定的时间不远了。我轻手轻脚从床上起来，穿好衣服，走进卫生间里洗漱完毕。看看时间刚刚好，便回到卧室里拿行李箱。这时，我听见秀秀躺在床上说，你自己小心点。声音几乎细不可闻。

　　我走过去，弯下腰，在她还微微肿胀的脸上亲吻了一下，我办完事很快就回来了。她又翻过身去睡了。

　　我出了门，在小区门口等了一会儿，曲奇开着他的车过来了。那是一辆早就停产的大众汽车，而且由于长期缺乏有效的保养，车子开动的时候像是在浑身发颤。看到这辆车的时候我开始变得更担心了，不知道这样的车子是不是能够挺过这漫长的距离。即便是到了目的地，这样的车况也不知道能卖多少钱。根据我的判断，直接让它报废似乎是更为合理的选择。

车子在我面前停下，曲奇下了车，打开后备厢，我把行李箱扔了进去，然后我们回到车里。曲奇问我，你可以导航吗？

我从口袋里掏出手机，可以啊，你给我一个具体地址吧。

曲奇看了一眼我的手机，这手机壳是秀秀给你买的吧？

是的，你怎么知道？

曲奇没有回答，先不用具体地址，你就模糊定位，我们先开到哈尔滨，到时候我联系中介。

我在地图上随便找了一个哈尔滨的地址，我们就开着车出发了。这辆车子的状况实在不容乐观，一旦时速超过80公里，发动机便会产生震动，握着方向盘就能感觉得到。仪表盘上经常亮起一些符号，过一会儿又熄灭，很难让人相信这是机器恢复了正常而不是仪表盘本身坏了。我时刻处于紧张状态，不知道什么时候这辆车就会在高速公路上抛锚，甚至是散了架也有可能。但是曲奇却毫不在意，似乎对车况已经习以为常。他和我说起一些以前的事情，既为了安抚我的情绪，也可以打发无聊的时光。不过他没有再跟我提过关于秀秀的话题，我无端猜测他其实很清楚秀秀对他的态度，所以尽量避免在我面前提起她。

有一个晚上，曲奇握着方向盘，眼睛直视着前方的车流，我潜到一幢别墅里，这种房子门窗很多，要进去一点都不困难。我在地下室里找到一个保险箱，这个箱子的锁有点意思，花了我不少时间才把它打开。可是打开之后我发现里面藏的既不是现金，也不是珠宝首饰，你能猜到里面是什么吗？

他似乎料定我是不可能猜到结果，所以根本没有等我回答直接说了下去，是牙齿，有好几颗。

我也很奇怪，牙齿？难道他自己掉落的牙齿舍不得扔，当作舍利子收藏起来？

曲奇摇摇头，虽然我不是牙医，但是我还是能分辨出这些牙齿并不是一个人的。起初我还以为这个人有怪癖，可能把贵金属打造成牙齿的样子收藏起来，但是我把这些牙齿拿到手上看过，都是货真价实的高度钙化组织。这些牙齿有些颜色深黄，有些洁白，大小形状各不相同，不可能是同一个人的；而且每一枚牙齿上都绑了一根线，线的下方有一块小小的吊牌，这一点倒是和珠宝店里展示的首饰相似，只是这些吊牌上面写的不是成分和价格，而是日期。我看了一下，从最早的到最近的，跨度有十几年。

那后来呢？

后来我把这些牙齿放回原处，关上保险箱，从原路出来了。我回到室外，再次从夜色中观察这幢别墅诡异的剪影，感到不寒而栗，也许是我运气好。他说着话转过头意味深长地看了我一眼，一个人在陌生的地方总会有预料不到的危险。

我心中一悸，想了想说，你还是找份稳定点的工作吧，还有很长的日子要过，你真打算一直这么干下去？

曲奇沉默了一会儿，然后深吸了一口气，像是要下定了什么决心，先把眼下的事情办完，到时候再好好打算吧。

到了黄昏时分，我们把车开出高速公路，在一座小城市里找了一家旅馆住下。吃过晚饭，我们又在房间里喝了一会儿酒。曲奇的话不多，似乎有什么心事。过了一会儿他忽然问我，秀秀是不是不同意让你跟我一起来？

我一怔，没有的事，她怎么会不同意呢？

他认真地看着我，也许你真该听她的，现在回去也不晚。

有一瞬间我很想马上答应，但是朝他笑了笑，你说什么呢，走了一半再回去？你别多想，秀秀真的没有意见。

曲奇躺在床上看着肮脏斑驳的天花板，到处都是已经残破的蜘蛛网，像是在感叹，又像是在咀嚼，那就好，那就好啊。

你到底怎么了？

没事，睡觉吧。他拉过被子盖在了身上，翻过身去面向着墙壁，不一会儿就鼾声四起。

我坐在床上，莫名其妙地感到不安。这时，秀秀发来了消息，问我们的行程怎么样了。我告诉她我们在一家旅馆里休息，明天要继续赶路。她没多说什么，只是让我路上小心，然后道了晚安，也许还在生我的气。我放下手机却翻来覆去睡不着，不知怎么的就想起一桩陈年往事来，我对自己竟然能记得那样一件小事感到吃惊的同时，又对自己突然回忆起许多年前微不足道的事情这件事本身所隐含的喻义感到忧虑，一直持续到后半夜才沉睡过去。

第二天下午，在一个休息站吃了午饭后，由于昨天晚上我没有睡好，这会儿感到有些困倦。曲奇接过了方向盘，继续赶路。天气不太好，云层浓厚，黑压压的，不知道裹挟而来的是雨水还是雪花。我坐在副驾驶上，听着收音机里传来的歌曲声，忽然之间感到一种前所未有的茫然，对所有的事情都失去了兴趣。无论是在前方等待我们的哈尔滨，还是留在家里的秀秀，好像都是那么遥不可及。我疲倦而又沮丧，就像是在重复一部看过几百次的电影，每一个桥段都无法再掀起波澜；又或者是一杯淡而无味的白开水不能激起一个并不口渴的人的任何欲望那样。我裹紧了衣服，对曲奇说，你慢点开，我睡一会儿。

曲奇盯着道路前方，你睡吧。

几个小时后我从昏睡中醒了过来，已经身处一座繁华的城市。我四下张望，城市里高楼林立，车流滚滚，一片嘈杂。我们正行驶在一条蜿蜒的马路上，右手边能看见冰冷的海水和人烟稀少的沙滩。曲奇看我醒了，便对我说，我们到了。

我不太相信，哈尔滨靠海吗？

这里是青岛。

青岛？从青岛能到哈尔滨？

我们要先接个人，我跟你说过我找了中介。

我疑惑地看着他，你去哈尔滨卖车，却找了一个青岛的中介？

我在网上找的，曲奇把车靠边停下，然后对我说，你先坐到后排吧，我们接上他让他来安排。

我下了车，换到后排座椅，感觉到事情变得有些古怪。曲奇打了个电话，听着电话里的声音，不时应答几声。然后挂断电话，继续开车。离开沿海公路又往前行驶了三公里左右，路边出现了一座加油站。他把车开了进去，但是并没有加油，直接绕过了加油箱开到出口的地方。那里站了一个人，中等身高，显得很消瘦。曲奇在这个人边上停下，摇下窗户，和他打了声招呼，那个人拉开副驾驶的门坐了上来。曲奇回过头跟我说，这位是老秋。

我看了看他，留着寸头，面孔狭长，一双三角眼里闪着捉摸不定的眼光，满脸凶相。我说了声，你好。

老秋看了看我，并没有搭理我，而是转向了曲奇，这人是谁？

我朋友，我怕路上开车太累，就让他来搭把手。

老秋似乎很不满意，低头沉默不语，像是要发火，但最终还是忍住了，我们走吧。

曲奇重新开动车子，在老秋的指引下穿梭在青岛的大街小巷，最后停在了一家连锁酒店的停车场里。车子熄了火，老秋什么话也没说，直接开门下了车。我看着天色已暗，问曲奇，我们今天就住这儿吗？

是的，今天就先住这儿，老秋已经订好房间了。

我下了车，从后备厢里拿上了行李，跟着曲奇走进了酒店。这是一家经济型酒店，装修风格简单又不失整洁。酒店大堂里还有个池子，养着几尾锦鲤鱼，池子里有座微型假山，山上有水流不断坠落，形成了一个人工瀑布。池子边上还有几张沙发，我把身份证交给曲奇让他去办理入住手续，就在沙发上坐下，看着池子里的鱼。忽然觉得这里的景观虽然挺巧妙，让人看了舒适，但是对鱼来说却未必有好处。几条鱼成天就在这样大小的一个池子里游来游去，无异于一种监禁。它们的体型也受到鱼缸的限制，永远没有机会发育成熟了，就好像是人造侏儒一样残忍。

这时，曲奇已经把手续都办好了，我们的房间在三楼，老秋和我们一起上了楼。打开房门后我吃了一惊，这是一间套房。我看了看曲奇，他似乎知道我在想什么，今晚老秋和我们一起住。

我皱了皱眉，感到有些不快，一个来历不明的陌生人，曲奇为什么这么信任他？那晚上怎么睡？

曲奇说，你住在外面这间吧，我和老秋住里面那间。

我想这会儿即便反对也没有什么作用，何况我也没有更好的方案，老秋要和我们同住已经是一个事实了，好吧，那就这么着。

曲奇点点头，先休息一下，等会儿我们一起去吃饭。

他和老秋走进了里间，我放下行李，到卫生间里洗了把脸。出来之后听见里面的房间传来一些声响，我凑过去仔细听，曲奇和老秋似乎是在争执。老秋在质问曲奇为什么带着我一起，而曲奇则向他阐述了我们之间的关系，并且保证不会对交易产生任何影响。但是老秋还是很不满意，几次表达出了中止交易的想法，而曲奇一再向他保证事情正在按照计划进行。

我感到很尴尬，同时又很惊讶。一次二手车的交易老秋为什么如此在意参与的人员？这和车辆买卖本身并无关联。这时，他们的谈话告一段落，曲奇似乎说服了老秋，房间里安静下来。我听见有脚步声向房门走来，赶紧回到椅子上坐下。曲奇开了门，在我边上坐下，又递给我一支烟，这次我没有拒绝，接了过来，他自己也点了一支，深吸了一口，然后把烟从鼻子里喷了出来，你在大堂里看见那些鱼了？

看见了。

你觉得怎么样？

什么怎么样？

那些鱼啊。

哦，挺好的，吃喝不愁，也不用担心危险。

是吗？你是这么看的？

我点了点头。曲奇看着地板，世界上有两种鱼，池子里的和江湖里的。各有各的好处吧，池子里的安心，江湖里的自由。它们的优点也正是对方的缺点，所以无论选择成为哪种鱼，都是对的，也都是错的。但是一旦选择了就不能再改变，尽管是同一物种，彼此都不能适应对方的环境。他看着我，面无表情，但眼光深邃，所以问题是，你想要成为哪种鱼？

我掐灭了烟，笑着说，你今天说话怎么神神叨叨的，听起来像是个哲学家。

曲奇顿了一下，也把烟在烟缸里摁灭，走吧，去吃饭了。

我们一起下了楼，曲奇开车，老秋现在占据了副驾驶的位置，我坐在后排。在老秋的指引下，曲奇把车开进了市区。开了一会儿，我觉得有些不对劲，曲奇的车速很慢，他不时把头转向两边的窗外，仿佛是在慢慢寻找饭店，但是马路两旁的店面大门紧闭，看上去都是下了班的银行和当铺，根本没有饭店，这条街可能是当地的金融街。又过了一会儿，尽管身处一个陌生的城市，但我还是意识到我们在兜圈子，车子围着这块区域已经转了三圈了。天已经很晚了，我感到很饿，肠胃一直在发出响声，我对曲奇说，这里不像是有饭店的地方，要不我们打开导航看一看。

老秋从副驾驶的位置上回过头瞪了我一眼，目露凶光。曲奇似乎也失去了耐心，可能是搞错了，我们再开过去一点看看。

这次终于在一条街边找到一家不起眼的饭店。曲奇把车停在路边，我们进了店。饭店很小，几乎供应不了什么像样的菜，只能提供一些熟食和点心，曲奇和老秋显然对晚饭心不在焉。我们要了一盘牛肉，每个人点了一份饺子。我和老秋还要了啤酒，曲奇要开车，只喝白水。几杯酒下去，我问老秋，曲奇这辆车倒腾到哈尔滨能卖几个钱？

老秋冷冷地看着我，我也盯着他，不知道，差不多三万吧。

三万？那你能赚多少？

他横了我一眼，关你什么事？

这辆车才值几个钱？你还要陪我们到哈尔滨去跑一圈，中介费都不够你回来的车票吧。说起来我好像在电视上看见过你，十二频道上。

老秋霍地站了起来，你说什么？

曲奇阴沉着脸，目光闪烁不定，用不容置疑的语气命令，都是自己人，坐下，坐下。老秋在他狮子般明亮而又无情的眼神下勉强坐下，没有再跟我说话。我们快速吃完了饭，然后又开车回去。

到了酒店里,曲奇和老秋一头钻进他们的房间,把门关得死死的,不知道在商量什么。我凑过去听了一会儿,这次他们似乎很警觉,压低了声音,什么都没有听见。我只能放弃,先去洗了个澡,然后躺在床上,给秀秀发消息。她问我们在青岛干什么,我把经过都告诉了她。过了一会儿,她回复消息,他们不是有什么危险的计划吧?我有点害怕,你还是回来吧。

我也很犹豫,可走到半途我怎么回来?

我不管,这事听着不大对劲,你这样我晚上觉都睡不着。你现在就整理好东西出门,买张机票赶紧回来。

你是说逃跑?那怎么行?也许是我们想多了,其实什么事也没有,就这么莫名其妙地跑了,以后还怎么相处?

你编个理由吧,就说我生病了,你必须马上回来。

我想了想,算了,这种借口太拙劣了,明天再看看情况吧,真有可能是我们想多了,不会有事的。

那这样吧,你随时和我保持联系,有事情就及时告诉我,不行我就报警。

好的,不早了,你先睡吧。

尽管安慰了秀秀,事实上我自己也不太相信眼下事情是在按照事先预定的方向发展,只是我并没有太多好的方法来改变局面。在事情不可收拾之前,我仍然需要维持住目前脆弱的局面。

早上,曲奇出来告诉我他感到有些不舒服,想今天在青岛休息一天，问我有没有意见。我看着他发红的眼睛，你晚上没睡好？

他揉了揉眼睛，不是，可能有点发炎。

只要你不着急，我没意见。

过了一会儿，老秋也出来了，我们到楼下餐厅吃了早饭。老秋忽然改变了对我的恶劣态度，竟然提议今天可以带我们在市内逛一逛，看看著名的八大关景区。

我不反对这个意见，三个人一天都闷在房间里更无聊。我看了看曲奇，可是他身体不舒服，不知道是不是吃得消。

曲奇说，我不要紧，只是有点累，到风景区看看也好，能够放松一下心情。

吃过饭我们开着车前往八大关。这里其实是一片别墅区，路边上停满了汽车，各国风格的建筑都有。现在不是旅游的季节，景区里显得很安静，游客不多。道路两旁栽种了各种行道树，梧桐、银杏、龙柏都有。眼下正是深秋时节，落叶掉了一地，风一吹便带动一片，发出哗啦啦的声响。我沿着人行道行走，边上一辆汽车停在了马路排水口上，我往下望了一眼，透过金属栅条的缝隙看到下面也堆满了落叶，一滴水也没有。尽管这个城市靠海，但是这个季节却非常干燥。

我们之间的距离越来越远，曲奇和老秋在前面走着，不停地说着话，似乎在商量什么事情，而我被远远抛在后面，我想他们显然不是专程来看风景的。又走了一阵，他们在一幢别墅前站住了脚步，似乎在等着我。我往前赶了一会儿，曲奇说，这幢别墅挺有名的，我们进去参观一下吧。

我看了看外面的铭牌，这栋建筑叫花石楼，正面是圆形和多角形组合而成，朝着大海，是一幢混合式风格的房子。在买票进入景区之后，我们又一次散开，我独自一人游荡在别墅的庭院里。现在，我不得不迫使自己思考一些必要的问题。曲奇的车最终不会去到哈尔滨，这点我已经非常肯定了。问题是如果他想要实施什么计划，那么带上我究竟是出于什么样的考虑呢？是想让我一起参与他危险的行动，还是到时候指望我能给予他一些意料不到的帮助？不管哪一种我都应该置身事外，我还有秀秀，她之前经历了那么多事情，现在我要给她平静的生活，而又有什么方法能让事情回到正轨，可以挽救我岌岌可危的生活呢？

顺着圆形的楼梯，我上到二楼，从窗户上可以看到不断拍打沙滩的海水。有几个人在海岸上，玩着愚蠢的游戏，他们翻起石头寻找藏身在下面的螃蟹，把它们找出来然后又扔回海里，似乎发现这些八只脚的生物是他们唯一的乐趣。我离开窗口踩着深红色的地毯继续往上走，行进到一半的时候我听见楼上有人在说话，于是停下了脚步。

老秋说，你都已经看过了？结构基本一样。

曲奇说，是的。

老秋说，那边已经说好了。

沉默了一会儿，曲奇说，那好吧。

你是不是还在犹豫？

曲奇沉默了更长时间，怎么说呢……

我很紧张，脑袋里闪现出一幅可怕的画面。出于一种奇怪的想法，我害怕听到他们直接说出什么无法挽回的话来。我深呼吸了一口走了上去，腿脚酸软。他们看见我，立即停止了交谈。曲奇对我说，这儿的风景不错。

我走到窗口往外看去，和二楼看到的没什么两样，的确很美，原先建造这幢楼的人挺会享受的。不过我有点累了，我们还是回去吧。

曲奇说，这么快就累了？你脸色的确不好，现在体力这么差了吗？

我朝他笑笑，是年纪大了。

我们回到停车的地方，把车开回了酒店。没想到今天酒店的入住率相当高，停车场已经停满了。工作人员指挥我们把车沿马路停靠，并且保证这里是安全区域，不会被警察处罚。下了车，老秋先进了酒店，我和曲奇在外面抽了一支烟。秋风冰冷，五彩缤纷的树叶落满了一地，我问他，你打算什么时候行动？

曲奇愣了一下，多少有点吃惊地看着我，然后说，你觉得呢？

要不明天吧。

他想了想，要和老秋商量一下。然后把烟头扔了，转身向酒店走去。

我们回到房间里，他们两个人依旧紧闭房门在里面不知道干什么。我打开电视机，看着屏幕，完全没有注意到节目播放的内容。时间显得越来越紧迫，阳光在玻璃窗上一寸一寸地移动。过了一会儿，我似乎听到外面传来一些嘈杂的声响，听不太真切，声音微弱而又纷乱，好像是一群人在吵架。外面忽然刮起了一阵风，风势很大，连窗框在阳光下的投影都被吹得扭曲起来。这时，门外有人按门铃，我起身开了门，外面站着一个中年警察，他问我，你是叫曲奇吗？

这时，曲奇和老秋也从里面开门出来了，看到警察都显得很吃惊。曲奇回答，我是。

警察说，你身份证出示一下。

曲奇把身份证交给了警察，他拿出仪器扫描了一下，然后又还给他，警惕地打量着他，才刚刚出狱，你们来青岛做什么？

我有辆车要到哈尔滨去卖掉，曲奇指着我，这是我朋友，我请他陪着我。又指了指老秋，他是中介，哈尔滨那方面的下家是他联系的。

警察看着我们，你们把身份证也出示一下。我和老秋都把证件给了他，他查了一下，把证件还给老秋的时候说，还真是个中介，不过用不着了。语气里多少有些嘲讽，但是放松了不少，他又对曲奇说，酒店门口马路上那辆大众汽车就是你打算卖的车吧？

是的。

那辆车着火了，现在火已经扑灭了，但是车也基本报废了，你赶紧联系你的保险公司吧。

曲奇和老秋都很震惊，烧了？怎么烧的？

初步怀疑是你的车正好停在排水口上,有人把没有熄灭的烟蒂扔到了排水口里,点燃了里面的落叶,火势起来把你的车烧着了。我们会深入调查的,你要跟我回去报个案,做个笔录。

曲奇将目光转向我,紧紧盯着我看,不用了,那个烟头是我自己扔的,这辆车不值几个钱,本来就快报废了,烧了就烧了,也省得我再到哈尔滨去跑一趟了。

警察摇摇头,不管是不是你自己扔的,你都得跟我去做个笔录,追不追究是你的事。走吧。

曲奇穿好衣服,在出门前对我说,本来想弄点钱的,不过……他做了一个表示惋惜的手势,然后跟着警察下楼了。曲奇走了之后老秋也离开了,出门的时候看了我一眼,眼神复杂。我躺在床上,如梦初醒,给秀秀发了条消息,我准备坐晚上的火车回来。

秀秀问,事情怎么样了?

我告诉她,哈尔滨是去不了了,一切都结束了。然后把手机扔到一边。

电视上正在播放天气预报,主持人说一股冷空气已经到达东北地区,那里降下了今年的第一场雪。镜头切换到哈尔滨,那座到处都是巴洛克式建筑、充满异国情调,我始终都无法到达的遥远的梦中城市,眼下正被漫天降下的大雪覆盖,变成白茫茫的一片,什么都看不清。

2020 年 2 月 29 日

深谷空湖

　　山势逐渐向下，一条由长方形石块积累的残缺蜿蜒小径在盘结的树根和泥土中隐隐浮现。有些石头由于经历了长久的日月，已经和山泥融合在一起，只裸露出一小部分灰色的尖角，像是戳穿野猪嘴唇的獠牙。山林中漂浮着一层薄雾，空气潮湿而又黏稠，石块上凝结的水珠和青苔让道路变得危险湿滑。石阶边上的树木十分高大，但相互之间的距离并不紧密，只是树顶层茂密的叶子连成一片。一些矮小的灌木和新生的枝条分散其中，在少见阳光的空地上缓缓发育。阴冷的光线通过树木间的空隙以光柱的形式漏进地面，是深山空旷处的唯一安慰。
　　没有人说话，每个人都专注于地面上若有若无的小路，生怕不留神便会失足摔倒。在这种地方，一次简单的跌倒即使不会带来对骨骼和经络的严重伤害，在衣服上留下一身泥浆至少也让人感到尴尬。画家许建的担心更来自他的身后。走在他后面的是上了年纪头发花白的老贾和他身材发福的妻子。老贾是个作家，在疗养院里住在许建的隔壁房间，算是认识。他们已经在这里住了一段日子,听说许建要来湖边游玩,自告奋勇地要带路。按照许建的看法,像这样的山路不适合这种身材和体质的人行走,但是老贾很固执,何况他显然也意识到了他们早已过期的身体无法承担类似的旅程,进入山林之前老贾从口袋里变戏法似的掏出一段结实的麻绳,一头拴在自己的腰上,另一头绑住妻子的腰,通过一段绳索将他和他妻子牢牢捆绑在一起,以期能用这种方式得到相互之间的扶持和支撑。然而这样一来许建更是忧心忡忡,身后的两个人之中任何一个人滑倒——这很有可能发生——都将会带动另一个人向下滚落,从而产生更大的势能,走在他们前方的人就像是轨道尽头的保龄球瓶,等待着被斜坡加速的球体重重击倒,接着再次往下撞击前方的球瓶,在这个深不见底的山谷中一直翻滚下去,直到时间的尽头。

许建往前走了几步,更靠近蒋晓敏的身后,似乎与老贾夫妇多拉开两三米的距离就能让他获得更多的反应时间。但是蒋晓敏走得很慢,有时候许建不得不停顿下来,等待妻子过于谨慎地看清脚下的路才小心翼翼地跨出脚步。山路狭窄崎岖,仅能容忍一个人通行,他无法越过妻子走到前面去,何况这么做也没有意义,不能真正避开潜在的危险。这时,身前的蒋晓敏脚下突然一滑,身体向右侧倾倒,站在身后的许建眼疾手快,一把抓住了妻子冰冷的右手,让她不至于摔倒,同时说了一声,小心。

他的声音在空寂已久的山谷里产生了轻微的波动,像涟漪一样飘荡开来,听起来显得那么不真实,以至于连许建自己也感到那两个唐突发出的音节是如此的怪诞,失去了要表达的意思。四个人都停了下来，蒋晓敏看了丈夫一眼，没有说话，又转过头去，把手从丈夫的手中抽了回来，继续前进。许建心里一震，空着的手朝前伸着，似乎依然在承受着手臂上的重量而没有感受到手的主人已经放弃了他的扶持。但是他只是稍稍分了一下神，立即又清醒过来，跟在妻子的身后往前走。

中途没有再发生意外，老贾夫妇也终于没有如他想象的那样从高处像滚雪球一样滚落，绳子起到了相应的保护作用，让两个人互相借力牵制，保持住了平衡。大约半小时之后，谷底的湖泊已经在植物的间隙之中隐约可见。道路不再陡峭，变得舒缓。继续往前几十米，地势豁然开朗，一座方圆500米几近圆形的湖泊出现在众人眼前。湖面波澜不惊，像是一块平整的绸缎。湖水呈现出深蓝色，只是在靠近湖岸边缘处渐变成绿色，水底下是一些清晰可见的椭圆形鹅卵石，有几块颜色艳丽，在微微波动的湖水下发出一阵阵颤抖。湖泊很漂亮，但是透露出一种诡异的寂静。宝蓝色的湖水表明如果不是水中富含矿物质，就是湖水极深，或者两者兼而有之。面对这样一座沉默的湖泊，除了在眼膜表层感受到美的概念之外，更让人产生一种压迫，好像湖水有一股难以抗拒的吸力，随时能够吞没一切，不留下痕迹，任何挣扎呼喊都是绝望和徒劳的，只不过是湖面上一个泛起的不起眼的水花，旋即就会湮灭，收容于水面之下，与世隔绝。

老贾说，我们很幸运，这个景点还没有被完全开发，尽管路有些难走，但是却是人迹罕至。这座山本来就不是热门景点，这个湖知道的人就更少了，除了当地人，几乎没有外人来，所以我们看到的都是最原始的景色。他停顿了一会儿，继续说，听疗养院里的人说，其实这里本来不是湖泊，原先在谷底有座矿洞，有人在这里开矿，据说还是座金矿。但是后来不知道是挖断了什么，矿里发生了渗水事故，水一瞬间涨了起来，而且喷涌而出。就形成了这么一个湖泊。

蒋晓敏问，那挖矿的人呢？

老贾盯着湖面，都在下面躺着呢。

许建若有所思，这么说他们挖的不是金矿，是自己的坟墓。

老贾靠近了许建，低声说，你注意到没有，这是一座没有生气的湖泊，水里不用说鱼，连虫子都没有，这很奇怪。当地人传说水底下蕴藏着什么致命的东西，让神祇抛弃了这座湖，所以他们也不愿意到这儿来。当然这都是无稽之谈。

天色渐暗，湖面上吹过一阵冷风，带动森林里的树叶飒飒作响，像是水底冤魂的倾诉。蒋晓敏身体抖了抖，不自觉地向许建靠近了一点儿，许建往前走了一点儿，隔在湖水和妻子中间。大家似乎约定好了不再出声，聚集在湖边的一小块区域，四处张望，不敢走散，似乎在等待什么，又躁动不安。温度越来越低，许建终于忍耐不住，试探着问我们回去吧。大家似乎突然接收到了某种信号，像是得到了赦免，纷纷表示同意，往来路回去。

回到半山腰的疗养院的行程似乎快了不少。许建注意到这样一个事实，返程总比去程感觉要快，他搞不清这属于心理学范畴还是物理学范畴，又或者是一门全新的学科。到了疗养院的时候天已经完全暗了下来，山林一片漆黑，什么也看不见，只能听见晚风吹拂过山林所发出的呼啸声。疗养院里泛黄的灯光是文明的标签，让人感到安全而又温暖。他们的晚饭就在疗养院的食堂里解决，这家养生机构地处偏僻，周围没有其他饭店，因此依靠地理位置的优势获得了客人的青睐。许建和蒋晓敏到食堂的时候那里还有不少人在用餐，许建张望了一下，没有看到老贾夫妇，于是只能两个人自己吃饭。许建去窗口拿了几个菜和两瓶酒。蒋晓敏不喝酒，他自己喝了几杯，心情安稳了下来，思绪从那座湖泊移开，恍惚又回到从前的时候。他在饭桌上说了几个让人尴尬的笑话，而蒋晓敏早已忘了过去。她心神不定，筷子常常会滞留在半空中，似乎对自己将要做出的选择感到茫然。丈夫的话她一句都没有听进去，显然有什么事情正在困扰着她。一吃完碗里的饭，蒋晓敏便放下筷子，让许建一个人自顾自地喝酒。她把头转向一旁，顽强地看着饭店里的其他什么人，一言不发。过了一会儿许建自己也觉得无聊起来，便放下筷子和妻子一起回房间去了。

疗养院的房间是木屋结构，房间里一张靠着墙的双人床，白色的床垫和被子。床头两旁各有一个床头柜，上面放着光线柔和的台灯，蒋晓敏那边的柜子上还有一部电话，但是只能拨打内线。床对面是电视柜和电视机。房间的一角被隔出一个微小的浴室和厕所。陈设很简洁，没有什么豪华的物件，似乎是被刻意设置成了自然简朴的风格。许建回到房间后先去洗了个热水澡，涤除了一天的疲惫。等他从房间里出来，看见蒋晓敏正倚在床上摆弄手机，好像在和什么人传递信息。她已经把床铺好了，在床上放了两条被子,像是并排摆放的两具棺木,互相靠近但却难以融合。许建没说什么,走到床边坐下。蒋晓敏将手中的电话放下,屏幕朝下放在床头柜上,只是说了一句我去洗澡,就趿拉着拖鞋进到浴室里。

许建背靠着床头板,用遥控器打开电视机,这里只能收到四个频道,其中三个是购物节目,几乎都是一男一女两个主持人在大惊小怪地推销各种很难辨别真伪的产品。他们装模作样地惊诧于那些产品看似低廉的虚构价格(这些产品过度关注包装而导致其本身价值远低于外表所体现出来的精致),就像是从破产的企业里拿出来的抵债物资,并且忧心忡忡地暗示观众如果不从速购买就像是没有赶上可以合法抢劫的时机那样错过自己当家作主的机会。剩下的那个频道播放的是本地新闻,但是本地生活单调,并没有什么值得被采访的新闻,因此只能挨个请人发表对贫困但是安静生活的由衷感谢,并且滚动播放。许建关了电视,浴室里传来流水的声响。他看向妻子那个被覆盖住的手机,心中产生一种不谨慎的冲动,但是又不敢付诸实施。他们的婚姻是这两年出现问题的,蒋晓敏比他小八岁,曾经是他的模特,一度迷恋许建的创作天分。不过这种仰慕随着他的绘画能力和身体机能的同时衰退几乎已经消耗殆尽,她对许建表现出来的是越来越多的冷淡。许建非常清楚隐藏的危机,像蒋晓敏这样年纪的女人,她的热情必须要得到释放,不是在这里就是在别的什么地方。但是他们从没探讨过另一种更合法的可能性,因为托尔斯泰说过,许多夫妻既不能反目成仇,也不能和谐相处。双方的现实纠葛实在太多，包括名誉、地位和财产，仅仅这些就足够让人丧失所有的勇气了。

他最终躺在床上没有动，只是透过模糊不清的玻璃看着窗外的夜色。浴室里的水流声停止了，过了一会儿又响起吹风机的轰鸣声。等一切都戛然而止，房间里恢复了宁静，许建的耳朵里还在轰响，一时有些难以适应。蒋晓敏穿着睡袍走了出来，她的身材依然高挑，线条还是那么玲珑，就像是从未被时光摧残过。蒋晓敏侧着头用手整理头发，在床边坐下。许建忽然问，你觉得那座湖怎么样？

很美。

还有呢？

蒋晓敏想了想，也有些可怕。

因为老贾说水下有死尸？

蒋晓敏摇摇头，死亡不可怕，可怕的是那种寂寞，静静地泡在水里，也许永远都不会腐烂，灵魂也一直困在那里，直到永远。

许建点点头，的确如此，我想把它画下来。

蒋晓敏转过头看了看他，画下来？你能画出那种寂寞来吗？

总要试试才知道。

你画不出那种寂寞，你已经丢失了你的能力，就像是已经枯萎的荆棘。

不，我了解寂寞的真正含义。

蒋晓敏脱掉睡袍钻到被子里，背对着许建，既不期待也不反对，她完全不关心，连一丝嘲讽的语气都没有，那你画吧。

许建关掉灯，也滑进被子里，在黑暗中对着天花板发了一会儿呆，然后转向妻子那边，右手越过被子的边界，摸到蒋晓敏光滑的背部，稍稍停顿了一会儿，妻子没有反应，他的手继续向前，翻过山丘，伸向山峰。然而在被窝狭小混沌的空间里他的手突然挨了一记重重的抽击，蒋晓敏将声音压到最低，但是怒火却并不因此而减少，你以为在这儿住两天就能解决所有问题了？

许建把手缩回了自己的被子，像是被雨水浇灭的火堆。他背过身去，两人朝着相反的方向各自睡去。

第二天下午，许建背上画板再次向着湖泊出发。这次只有他一个人，他的心里多少有些忐忑，那些沉默的湖水似乎暗含威胁，让他无故感到恐慌。不过好在今天天气不错，太阳很明亮，光线毫无阻隔地洒落在地上，这种时候总能让人的神经变得放松，就像是酒精作用在大脑里引起的丧失警惕的轻狂一样。路途由于熟悉而变得短暂了，失去了探索的劲头，许建很快就下到湖边。这座湖和昨天一模一样，水面上的波纹也是如出一辙，连天上金黄色的云朵也都凝结在水中一动不动，似乎游离在世界之外，不受这个世界任何规则的约束。他在湖边选了一个位置坐下，将画板搁好，打开随身携带的工具包，拿出调色板，将各种颜料挤到调色板上，用水稀释后放置在一旁。

画静物画并不难，只要注意各种光线的明暗调配就足够了。许建很快就完成了，但是他对着画作端详了许久却感到很不满意。许建很清楚问题出在什么地方，他在画板上复刻了这座湖，但是却是一潭死水，事实上这座湖是活的。许建注意到了，它有自己的意志，然而在画板上却完全没有显现出来，这让他感到很沮丧。他把画布从画板上取下来，扔到一边，换上一张洁白的新画布，从头开始。这一稿比第一稿要好，多了一些灵气，画作快要收尾时许建觉得还是满意的。这时，他忽然发现湖泊多少变得不同了。他停下笔，用力看过去，湖边出现了一个人。起先是一个点，在慢慢移动，等到稍微靠近了一些，他分辨出那是一个女孩子，很年轻，二十岁出头，穿了一袭长裙，和湖水一个颜色，以至于一开始许建把她和湖水混淆到了一起，只远远看见她一头乌黑的长发在移动，而没有看见她的身体。

这个姑娘显然也发现了许建，向着他越走越近，等到两个人能互相看清面容的时候，她停了下来。这个女孩很清秀，脸上带着笑容，好奇地看着许建，你是个画家？

许建看看自己手上的画笔和眼前的画板，点点头，算是吧。

你是住在疗养院里的吧？

是的。你呢？你是当地人？

女孩子笑得更灿烂了，是啊，我就住在山里。

一个山里女孩，完全看不出，她的身上没有半点农家姑娘的气息，只有青春和活力。你到湖边来干什么？

女孩眼睛转了转，来玩啊，我喜欢到湖边来玩。

许建愣了愣，你是一个人来吗？

女孩故意转过头四处看看，你看看，有人跟我一起来吗？

你不害怕吗？他们说这湖里有尸体。

尸体？女孩停顿了片刻，突然朗声笑起来，哪有什么尸体？谁告诉你的？

许建有些尴尬，不是吗？不是说以前湖底是座矿吗？后来发生渗水事故淹死了那些矿工。

女孩收起笑容，严肃地摇了摇头，以前确实是座矿，不过没有发生过任何事故，这座矿里没有多少东西，不值得深入挖掘，所以就废弃了。

你怎么知道的？

我爸爸以前就是矿工。

是这样，可他们说这里是座坟墓。

坟墓？说得也对。

怎么回事？

女孩说，我爸爸说他们在矿下的某个地方发现两扇石门，但是无论如何都打不开，后来矿废弃了，就没人再管了，说不定底下真有一座古墓。

许建点点头，女孩又说，能让我看看你的画吗？

当然可以。

女孩走到许建身后，盯着画布看了好一会儿，许建转过头问她，你觉得怎么样？

你还没画完吗？

是的，还差一点儿。他突然生出了一个奇怪的念头，就像是从空中飞来的，在他脑袋里生了根，你想把它画完吗？

女孩子很惊异，我吗？

就是你。

可是我不会画画啊。

那有什么关系，我来教你。

女孩显然也觉得很有趣，想了想就答应了。她拿起画笔，许建站在她身后，用右手握着女孩的右手，带动着她的笔，在画布上刻下弯弯曲曲的线条。一开始两个人之间还很不协调，女孩的手多少显得有些僵硬，许建时常要用点力气才能让她的手跟随他的意图行动。但是渐渐地，两个人越来越默契，许建几乎觉得能够用意念来指挥女孩子了，他的手只要轻微摆动，画布上立刻出现他想要的效果。女孩近乎完全地是靠在他的怀里，他能闻到她头发散发出来的清香。他的左手不知什么时候也搭在女孩的腰上，就像是多年以前搭在蒋晓敏的细腰上一样。他们此时更像是在共同练习同一把小提琴而不是画画。

等到最后一笔画完，女孩放下笔，许建放开她，两个人往后退了几步，欣赏共同完成的作品。女孩看了一会儿，感到颇为沮丧，我们画的是另一座湖。

许建吃了一惊，另一座湖？

是的，画上的湖很活泼。可是你看，这座湖却很孤独，没有画出湖水的寂寞感。

许建将信将疑，你觉得问题出在哪里？

女孩想了想，是颜色。

颜色？

对，我们用绿色填充湖水，所以它就显得很活泼。

那你认为应该用什么颜色好呢？

应该是黑色的。

许建感到一阵颤栗，黑色的湖水？

而且纹丝不动，是不是很寂寞？

许建突然从心底生出一种烦躁感，你根本不懂画画，黑色的湖水？那是什么？不，我要用粉色，那才是天然的颜色。

女孩很坚定地看着他，那你就不能表现这座湖的寂寞，因为你画不出那种寂寞，你不是一个真正的画家，至少现在不是，你没有能力，就像是……

许建感到愤怒，就像是已经枯萎的荆棘？我不是一个画家？我有那么多证书，兼职多个学院，学生不计其数。

那又能说明什么？你还是不会画画。我要回家了，看你画画只是浪费时间。女孩似乎彻底对他丧失了信心，她沿着来时的路又回去了，身影慢慢变小，又成了一个移动的黑点，最后在湖边消失不见了。

许建既恼火又沮丧，他收起了调色板和画布，由衷地感到愤怒。在回去的路上他内心里不断反驳着女孩和蒋晓敏，与此同时又对自己的能力隐然产生质疑，也许自己真的再也不能作画了，至少今天是这样的。

回到疗养院里，许建在大厅里碰到了老贾。他背着双手，慢慢踱着方步，在大厅里来回转悠，皱着眉头，似乎在思考什么让人费解的问题。看到许建，老贾的脸色舒展了许多，主动向他打招呼,你一个人出去的?你太太呢?

许建说,她大概去健身房了,我去湖边画画了。

老贾不相信似的看着他,你一个人去湖边画画了?

是的。

画了什么?能让我看看吗?

许建侧了侧身,似乎有意让画板与老贾隔开距离,还没成型,等画好之后再给你看。

老贾点点头,两个人并肩往房间里走,能理解,艺术家都有些怪癖,就好像泄露了天机会使作品丧失生命力一样。

的确如此。

你来这儿就是为了画画?

许建摇摇头,那倒不是,我们就是来休养的,只是看到了风景忍不住要画点什么。

哦,我倒是专门为了构思一篇小说才到这儿来的。

许建有些好奇,能说来听听吗?

老贾意味深长地对着许建笑了笑,可以啊,我和你不一样,我通常都要和别人分享我的构思,或许别人能够提供一些有益的想法也未可知。其实小说的情节很简单,一个丈夫杀死了自己的妻子,但是怎么神不知鬼不觉地处理妻子的尸体确实让人头疼,伪装成意外显然是自寻死路,目前发达的科技很容易甄别出一个人的真正死因。他不无忧伤地说,现代科技的发展使得犯罪和破案都毫无艺术性可言,所以最好的方法是将尸体丢弃,任由它慢慢腐烂,以分子的形式回归整个世界的生态系统。很显然,根据热力学第二定律，这些分子不可能再次组成同样的一个生物，因此凶手就是安全的。即使你在说梦话时承认了自己杀人，但是找不到尸体，警察也拿你毫无办法。当然，抛尸需要技巧和运气，这当中也存在好多不确定因素。

老贾不断摇着头，流露出令人不安的惋惜神情。许建沉默了一会儿，你小说里的丈夫为什么要杀死他的妻子？

老贾似乎没想到，惊讶地看着他，你的关注点很奇特，一个丈夫想要杀死妻子，有各种各样数不清的理由，但是这都不重要，重要的只是去做并且妥善地料理后事。

他们已经回到各自的房间门口，拿出房卡准备开门。老贾一边开门，一边对许建说，你能想象吗？我妻子原先是一名舞蹈演员，身材苗条纤细，可是现在却臃肿成一个水桶，这种差别以令人惊讶的形式发生，你永远也无法预料。

他摇着脑袋，语气冰冷锋利，许建不免吃了一惊。他没有搭话，只是朝老贾笑了笑，笑容勉强，赶紧开门进了房间。他把画板放到角落里，一下子就倒在床上。空气冰凉，从各个方向涌来，他感到昏沉沉的，思维神经质地快速跳跃，从湖边的女孩到老贾的话语，一些片段反复出现在脑中，一遍又一遍，含义不明，但是却让人恐惧。他闭上眼睛，强迫大脑停止思考，直到意识渐渐模糊。

第三天一早，许建从无穷无尽、内容纷乱的梦境中醒来，发现天空中飘着淅淅沥沥的细雨。气温很低，冰冷的空气像是一只看不见的手，从各个缝隙钻进身体，在他不断散失热量的粗糙皮肤上来回婆娑。他转过头看了看，床上是空的，和他昨晚回到房间时没有任何变化，房间里除了他自己再也没有别人。他立刻意识到事情不妙，从房间里急匆匆地出来，在疗养院的大厅里碰到了老贾，神色慌张，老贾，你见到我妻子吗？

老贾饶有兴致地看着他，含着笑说，你妻子？你怎么问我，你才是她丈夫。

许建心凉了半截，一下子坐到椅子上，感到虚弱无力，出事了。

老贾似乎很兴奋，这么说你已经知道了？

许建抬起头，茫然地看着他，知道什么？

老贾在他身边坐下，故作神秘地四处张望了一下，警察已经来了。

许建吃了一惊，警察？谁报的警？

老贾皱皱眉头，他们封锁了那个湖，据说似乎在湖里找到了什么东西。

许建激动起来，那座湖？湖里有什么？

老贾疑惑地看着他，你紧张什么？现在还不知道警察找到了什么，只不过天还没亮一群警察就把整座湖用警戒线围了起来，谁也不知道他们在里面干什么。

许建心烦意乱，出神地看着大厅的某个地方，老贾好像忽然想起来什么，对了，你说你妻子怎么了？

许建转过头看了他一眼，又转向别的地方，她昨天晚上一直都没回来。

老贾眯着眼睛看他,你们吵架了?

吵架?不,我们不吵架,只不过近来我们之间有些……隔阂。不过不算太严重,所以我们才到这儿来放松放松。

老贾的眼珠转了转,既然是这样,就没什么好担心的。你妻子可能躲在洗浴中心,你知道那里的,洗完澡可以留在娱乐厅休息,也许她太累了,就在那儿睡了一晚。这很正常,很多人都是这样的,没什么可担心的。

许建将信将疑地看着老贾,他花白的头发长期缺乏梳洗,发出一股恶心的油腻味,圆盘状的脸盘上闪烁着两只小眼睛,实在让人无法放心,会是这样的吗?

老贾笑了起来,这是唯一的可能,一个大活人,怎么会不见了呢?你要真不放心,等会儿我叫我妻子去女宾部替你找找。

许建点了点头,蜷缩在大厅冰冷的金属座椅上,裹紧了衣服,情绪低落,那倒不用,如果她真的在那儿,问题就简单了。

老贾说,你好像很肯定你妻子不在那儿。他没让许建回答,又说,说起来我倒是丢了一样东西,怎么找也找不到了。

许建抬头看着他,你丢了什么?

一根绳子。

绳子?

对,你见过的,就是那天我们第一次去湖边时我用来连接我太太好让她肥胖的身躯不至于失足滚落山坡的那根麻绳,可是回来后我怎么找都找不到了。

许建想了想，一根绳子，丢了就丢了，没什么大不了的。

老贾摇摇头，绳子尽管不起眼，可是用处却非常多，总能在你意想不到的时候带给你帮助。比如那天下午，没有那根绳子，我们就不能带你去那座湖。

我承认，可是你再找根绳子不就行了？我看这座疗养院里就有不少长短不一、用各种材料制成、废弃不用的绳子，你可以根据需要随便选取。

老贾似乎有点不高兴，说到现在你怎么还不明白？

明白什么？

绳子固然普遍，但却都不是我的那根。在绳子花样繁多的实际功能中，有些功能让人非常不安。

究竟有什么可担心的？

老贾向他凑过来，带着浓重的口气压低声音在他耳边说，你想想，警察为什么会突然出现在这？

许建吃了一惊，死死地看着老贾，你是说……

老贾点了点头，至少不能排除这种可能性。

这时，疗养院的大厅里忽然出现了三个身穿制服的警察。老贾和许建都不说话了，看着那三个警察径直走向服务台和工作人员说着什么。过了一会儿，那个工作人员向他们的方向指了指，三个警察都望向两人，其中一名年纪稍大的警察朝他们走了过来，在他们面前停下，看了看两人，然后对许建说，你叫什么名字？

许建。

有证件吗？

许建从皮夹子里翻出身份证递给他，警察接过来看了看，又还给他，职业？

我是一个画家。

你一个人来的吗？

不，我和我妻子一起来的。

什么时候来的？

前天早上。

都去过什么地方？

到山下的湖边去过两次。

什么时候去的？

前天下午和昨天下午。

和谁一起去的？

前天是和我妻子，还有这位老贾和他的妻子。昨天下午我是一个人去的。

你一个人去的？去干什么？

我去那里画画了。

画的时候碰到过什么人吗？

许建想了想，没有。

那你的画呢？

画得不好，我扔了。

老贾看了他一眼，许建说，那座湖不容易画。

警察又问，你妻子呢？

她可能在洗浴中心，要去找她吗？

不用了，谢谢你的配合。警察说完就转身走了。

许建稍稍犹豫了一下，终于忍不住，是出了什么事吗？

警察猛地转过身看着他，威严地瞪视着他，谁告诉你出事了？

许建为自己的愚蠢懊恼不已，听说你们封了那座湖。

警察回过头看看还在服务台的两个同伴，有这回事吗？我怎么不知道？

许建涨红了脸，那你为什么问我这么多问题？

不特定抽查，有什么不对吗？

许建又指了指老贾，你怎么不问他？就查我一个人？

警察冷冷地看着他，我们只查新来的人。老贾，你没告诉他吗？

许建惊讶地转过头看着老贾，老贾摊开双手，他没问过我啊。

警察返回服务台前，跟另两名警察说了些什么，然后三个人就离开了。老贾双手撑着大腿慢慢站起来，要我说湖那边肯定出了什么事。说完，他扔下许建一个人，独自回房间了。

雨下得大了，落在密集的树叶上发出连绵不绝的爆炸声响。山路变得愈发危险，无数道浑浊的水流从褐色的山泥上经过，裹挟着被水分滋润的土壤，往山谷底部奔涌而去，像是一次又一次微小的泥石流。潮湿寒冷的空气中还夹杂着一股坚硬无情的金属味道，弥漫在整个山林之中，隐藏在每一片叶子之下，伴随着雨水，四处游荡。

许建没有带伞，此刻已经浑身湿透，头发纠结成一绺一绺的，紧紧贴着额头，不断往下滴着水珠。他已经在危机四伏的山路上滑倒了几次，裤子上沾满了泥浆。他跌跌撞撞地下到山谷底部，湖边的树木上缠绕着警方的隔离带，在大雨中孤零零的，看上去并没有什么威慑力。他低下头钻过警戒线，慢慢朝湖边走去。被雨水密集轰炸的湖面上泛起无数的水花，有风经过的时候，水面上就飘起一阵水雾，跟着风的方向轻轻移动，逐渐消失在另一片雨水之中。许建不敢过分靠近湖边，以免在开阔地带被过早地发现。他藏身在粗壮的树木后面，观察整个湖面。在两点钟方向，那边搭着几个黄颜色的临时帐篷，在山谷中分外显眼，隐约还有说话的声音传过来。湖岸边还停泊着两只充气的橡皮船，在风雨中飘摇。由于下雨的缘故，并没有人在帐篷外活动。

许建从一棵树转移到另一棵树后，逐渐靠近帐篷，如果不是有警察的警戒线围着，他几乎要以为这是一次因为下雨而意外夭折的露营活动。他和帐篷之间的距离越来越近，手掌心潮湿冰凉，不知道是因为雨水还是汗水。他最终停在一棵粗壮的香樟树后面，离最近的帐篷只有两米的距离，屏住呼吸。帐篷里传来一个男人的声音，我们已经确认过了，你能肯定吗？

许建心里一惊，跟着又响起一个女人的声音，当然肯定，昨天下午，就在这湖边。

许建双拳紧握，张大了嘴巴强自镇定，任由雨水落在他苦涩的舌苔上,一点声响也不敢发出。之前的男人似乎在思考,沉默了一会儿又说,也许我们错过了什么,有什么地方没想到,我看还是从头梳理一遍比较好,找不到目标就拿他没有办法,再怎么怀疑也没有用。

许建忽然明白过来此刻自己是过于深入了,让他处在一个不必要的危险境地,没有一点好处,现在是时候悄无声息地从原路返回了。他刚想转身,双肩上突然各被一只有力的手按住,然后两条胳臂被扭到了身后,并且向上托起,他不得不弯下腰好让手臂不至于在不符合生理结构的情况下被折断。与此同时,背后传来呼喝声,干什么的?

许建的双臂向后反举,低着的脑袋额头几乎要接触到地面,嘴里大喊,我是游客。但是由于角度的关系,他发出的声波几乎都被自己的胸腔挡住,他很怀疑有多少声音传播出去了,是否能被对方接收到。但是对方并没有回应他的辩解,直接推送着他将他送进帐篷,这时才放开了他的手臂。许建慢慢直起腰来,双臂由于被过度扭曲,一时还有些适应不了,他动了动肩膀,多少有些疼痛。他一只手擦拭着另一只手的手腕,开始打量帐篷内部,里面几乎什么也没有,只有一个人坐在地上,果然就是早上的那个警察,而将他押解进来的是上午另外两个警察。对方看见他却似乎并不意外,温和地笑了笑,指了指帐篷的地面,示意他坐下,许建按照指示坐了下来,警察问他,是来自首的吗?

许建瞪大了眼睛,自首?我自什么首?

那个警察向他身后看了一眼,然后挥挥手,示意另两个人先出去。等他们走出帐篷,他才说,你干了什么你自己不知道吗?

许建涨红了脸,很长时间才说,我没杀我妻子。

警察轻快地笑了起来,谁说你杀了你妻子?

许建汗水顺着额头不断往下淌,和雨水混杂在一起,在皮肤上形成一道道微型瀑布,我妻子是不见了,可是老贾说她只是在洗浴中心睡着了。

警察的笑容从脸上消失不见,转而变得严肃起来,他用手摸着削尖的下巴,可是老贾也说头天晚上听见你们吵架了,动静很大。你不知道吧,疗养院仿木结构的墙壁隔音效果很差,你的一举一动都逃不过隔壁邻居的耳朵。

许建喘着气,我们之间是有些问题,可我们没有吵架,只是有一些争执,我更不会因此杀害我妻子的。

警察想了想,你经常殴打你妻子吗?

许建很尴尬,当然不,我们感情很好,我没必要打她。

那就是说在有必要的情况下你还是会殴打她?

不,我不是这个意思,我是说我干吗要殴打她?

可是你们那天晚上确实吵架了,因为什么?

许建垂下头,挣扎了一会儿,然后说,我们的性生活不太协调。

所以你一怒之下杀了她。

许建跳了起来,我没有杀她。

可是老贾的绳子不见了。

那又怎么样?他的绳子可能掉在任何的地方,跟我有什么关系？再说这个老家伙总是随身携带一根绳子，他还写小说，在小说里丈夫杀了妻子然后抛尸，而他早已厌倦了他妻子圆桶般的体型，你们不觉得这才是可疑的地方吗？这样的人你们反而不去查？

警察抬头阴沉地看着他，我们会搞清楚的，现在请你坐下。

许建突然丧失爆发出来的勇气，变得颓丧，再次坐在帐篷上。警察继续问，也许你没杀你妻子，可是其他人呢？你有没有杀过？

其他人？

警察睥睨着眼睛看他，你说昨天下午在湖边画画？

是的。

没碰上过任何人？

许建舔了舔干裂的嘴唇，点点头，没有。

而且你也提供不出你在湖边画画的成果。

是的，我说了画得不好，我已经销毁了。

警察沉默了一会儿，你不是一直想知道我们为什么会到这里来吗？

为什么？

因为我们接到了报案电话，报案者声称在这湖边发生了一起谋杀案，并且描绘得很详细，是用绳子作的案。很显然，凶手不知道有第三个人目睹了整个事件。

许建绝望地看着警察，脸色刷白，浑身发起抖来，语无伦次，不，不，我干吗杀一个连名字都不知道的人？

警察朝他笑了笑，这个得问凶手才知道。

虽然连他自己也感到苍白无力，但是他还是说，你们不能听信一面之辞就采取对我不利的措施。

警察冷冷地看着他，我们没有，这就是现在还没有逮捕你的原因。现在，你可以谈谈你和你妻子之间究竟存在什么问题了。

许建像是吃了败仗丧失领地的雄狮，低声说，是我有外遇，我花了过多的精力在另一个女人身上，你是知道女人的嫉妒心的。

警察默许了他的话，点了点头，无论如何我们目前都没有掌握足够的证据对你采取必要的措施，所以你可以回去了。但是我希望你暂时不要离开疗养院，在我们有进一步发现之前。当然，没有获得我们的允许你也出不去。另外你眼下也不必装着急于找到你的妻子，你肯定比谁都清楚她在什么地方。

许建点点头，神情落寞，我知道，她再也不会受到伤害了。

警察不置可否地笑了笑，然后挥了挥手，让他离开。

许建从帐篷出来，外面的雨变小了一点，似乎已经失去了足够的能量。他沿着湖边走，不再刻意躲藏，避讳别人的目光。那座蓝色的湖依然神秘、洁净，吞噬着所有的秘密。许建没有立即离开，而是在湖边坐了一会儿，回想起昨天下午那个女孩子的话，不论这湖底究竟是废弃的矿坑还是坟墓，寂寞是不会改变的。自己真的画不出那种寂寞感吗？不，他了解寂寞的真正含义，通过亲手杀害一个唯一亲近的人就能轻松获得。这很容易，那个女孩对他的认识是错误的，因此不可原谅。

这时,稍远处的地上有些略显白色的东西吸引了他的目光,他站起来,走过去将那东西捡起来。那是一张被雨水打湿、揉皱了的画布,他将画布展开,画的正是这座难以名状的湖,但是让许建真正感到惊讶的是画布上的湖水采用的是黑色颜料,在画布中间,那一团漆黑就像是一个永恒的黑洞,让他不禁感到头昏目眩。许建松了手,那张画布跟着风向朝湖面上飘去,在半空中翻滚了几次,慢慢落到水面上,浸透了水,往下沉去。

湖水依然幽蓝、深邃,不过许建想,现在至少不能说湖水里什么都没有了。

2021 年 11 月 30 日

于长东居

暗夜长河

吃过晚饭,顾娸正在厨房里收拾残局,弄出叮叮当当的声响。叶子铭坐在沙发上将各个频道的节目预告浏览了一遍,随即把遥控器扔在一旁。没过多久,顾娸从厨房里出来,脱掉围裙,在他身边坐下,有什么好看的电视吗?

叶子铭从茶几上拿起遥控器递给她。顾娸来回翻了两遍,停留在一档综艺节目上。看了一会儿,她眼睛盯着电视屏幕,像是在自言自语,物业新来了一个女的,外地人,讲话嗲声嗲气的,什么事都不干,一天到晚坐在办公室里。随即轻轻哼了一声,有人说她依靠暴露的大腿改善了物业费拖欠的状况。

叶子铭皱了皱眉,这种事别听人家瞎说。这个女人他也见过,长头发,皮肤很白,体态略微丰满,总是在胸前吊着一张身份卡。坐在桌子后面看人的时候很腼腆,眼睛很漂亮,笑容甜美,让人不免回忆起一些美好的事情。这时,他发觉妻子已经悄悄把手搭在了自己的大腿上,他不动声色地将顾娸的手轻轻移开,我让你在网上替我找一款灯塔模型,找到了吗?

顾娸把手缩了回去,板着脸,你自己怎么不去网上找?你究竟要灯塔干什么?放在房间里积灰,你会去擦吗?最后还不是我倒霉。

叶子铭不说话,他自己也说不清为什么想要一座灯塔,或者只是不想对顾娸说。他从沙发上站了起来,我还是去看会儿书吧。

顾娸没有理他,继续盯着电视。他走向书房,进门的时候似乎听见妻子说了句什么,但是没有听清,想来不会是什么好话。他关上门,把灯打开,扫了一眼书房,然后从书架上抽出一本书,在书桌前坐好,翻开书,随机挑了一页读了起来。叶子铭是一个不太成功的作家,偶尔能在一些重要的杂志上发表小说,但是却不足以改变他的处境。处在他这个年龄很尴尬,回顾过去微不足道,展望未来又一无所获。绝大多数石沉大海的投稿正消耗着他日益减少的精力,而他却无力改变。

当然还有胡洁。昨天整个晚上叶子铭都在梦见胡洁,这让他精疲力竭,不堪重负。最近他越来越频繁地梦到她,哪怕是在寒冷早晨的一个短暂的回笼觉里,也会出现胡洁的笑容,她并没有因为时间而放过他。当他醒来,看见睡在身边一无所知的顾娸,就不可避免地感到沮丧,对现实充满厌倦。胡洁年轻、美丽,是个破碎的梦想。虽然离开了,可叶子铭仍然时常能在马路上见到她,同样的长发,同样高挑的身材。他有时会分不清,站在街上盯着陌生的姑娘出神,还以为处在私下相恋的时刻,能够触摸到她白皙、新鲜的肌肤,两颗心像是火球一样散发出热力,在夜幕的掩护下出没在每一个幽静、隐秘的角落。当胡洁决定离开的那一刻，他就知道一切都完了，不仅仅是两个人之间的感情，还有他剩下的那些空洞的生活，就像是一潭不再有新鲜水流注入的死水。他的灵魂被抽走了，只留下一具空荡荡、任凭摆布、日见枯萎的躯体。

装模作样的生活实在难以为继，他放下书本，又走出书房，钻进卧室换了一套运动服，然后对着还在看电视的顾娸说，我出去走一圈。

顾娸转过头看着他，用一种奇怪和怀疑的眼神，仿佛是在看一个举止出格的路人，但是她最终没有说话，又回过头去看电视。叶子铭松了口气，抬脚出门了。

夜晚冰凉，叶子铭一出门身上的皮肤就骤然缩紧。到了小区的大门口，马路上的景象立刻就荒芜起来，外面是一条宽阔的柏油路，边上两排路灯在空荡荡的街道上开辟了一片光亮。沿着小区围墙的是一家银行开设的自动取款机。边上另有几家等待开张的商店，玻璃门紧闭，露出里面黑洞洞的店堂。马路对面是一条穿城而过的河道，河水波澜不惊，雨季时经常散发淤泥的腥臭味，不过眼下还好，河水虽不清澈，但是至少还无异味。河边是一片小树林，种植着未经认真规划的香樟树，杂乱而又茂密地生长着，影影绰绰。在树林和人行道之间隔着一圈塑胶跑道，新近铺设的，用于健身活动，不过几乎没有人使用。这是一个新建成的住宅区，因为地处偏远而导致房屋空置率非常高，行人稀少。

现在叶子铭就在红白相间的塑胶跑道上漫步，周围冷冷清清的，路灯的余光照到跑道上，却被边上树林吞噬得干干净净。他不免又想到了胡洁，随着时间的推移胡洁的形象在他的记忆中越来越深刻。他觉察到这将是他往后生活里所有痛苦的根源，但是却束手无策。他踩着表面呈颗粒状的跑道，猜测这时胡洁在世界的另一头正在干什么，和谁在一起。她笑了吗？那个让他们产生莫名感情的标志性笑容现在正在对谁展示？还是和他一样这会儿正在思念？这个念头甜蜜而又伤痛，一切都是顾娸的错。如果她明白人生有时候难免要分离，不是那样大吵大闹，他现在或许又重新找到了生活的动力而不至于对世界失去了兴趣。有时候连他自己也感到荒唐，他和顾娸之间已经无话可说，日常必要的交流就像是营业员和顾客之间的对话。两个人相处的时间就变得缓慢难熬，分解成最微小的单位，将他无穷无尽地淹没。而对胡洁的思念又像是噬咬他内脏的寄生虫，让他变得徒具外表。他心底深深希望能逃离这一切，开始一种全新的生活。但是他真正痛恨的是自己的怯懦，在妻子强硬的态度下放弃了，也背弃了胡洁，这才是让他感到痛苦的地方。就像是埃舍尔的怪圈，谁也不知道起点和尽头在哪里，只能陷入毫无头绪、无穷无尽的死循环。

最后一次幽会，他们从电影院出来。站在散场的通道里，人流从他们身旁分开后又合拢，像是遇到障碍的水流。胡洁看着他，眼神非常遥远，在失望中仍然带着一丝挣扎，我不能再等了。

叶子铭心中一片混乱，恐惧中又夹杂着畏缩，心里不断想起顾娸歇斯底里冲他喊叫的场面，感觉头昏脑涨。他从没做过什么正确的选择，这次也一样，只是回答，我送你回去吧。

胡洁走了，混杂在散场的人群中，即便那么出众，也很快就分不清身影了。叶子铭忽然想到这是他们唯一一次一起看电影，电影的内容已经忘了，他们在黑暗中互相握着手，像是沉船上的旅客，终究抵挡不住冰冷的海水。从那个时候起他就感觉到一切都是没有意义的，追求什么最后都是毫无价值的。无论如何，生活都已经是一团糟了。

这时，叶子铭忽然感觉到身后有点异常的响动。他停下脚步，回过头去，有一个人在他身后二十米的地方。只是这个人走得很快，不像是在散步，而是在赶路。看到叶子铭回过头，他干脆小跑起来。叶子铭有些惊疑不定，停了下来，主动让到一边。那个人跑到他身前也停了下来，两个人互相打量。陌生人穿着一身黑色的连帽衣，带尖角的帽子将脑袋遮蔽，双手插在衣服的口袋里，脚上踩着一双运动鞋，身高和叶子铭差不多，大半夜里戴着一副墨镜，让人不寒而栗。

这个人看着他，有几秒钟，然后用一种不自然的沙哑声音询问，南门街往哪里走？

叶子铭稍稍安定了心情，思索了一会儿，南门街？这里好像没有这条街，市区里倒是有一条。

戴墨镜的人似乎有些失望，哦，从这里过去远吗？

叶子铭点点头，当然，这里是市郊，要过去得花不少时间。

是这样，陌生人若有所思，然后把手从口袋里拿了出来，手里握着一把刀，长六七厘米，在灯光下闪着寒光，看上去非常锋利，对着叶子铭，压低声音说，进去，树林里。

叶子铭一阵恍惚，他从没想到会遇到这样的情况，仿佛是在梦里，一切都很不真实，刚才还在天马行空地思念胡洁，现在竟然莫名地被一把冷酷的尖刀威胁着。这里尽管地处偏僻，但是并没有听说发生过类似事件，治安状况还是不错的。他机械地向小树林看了一眼，这里吗？

少说废话，还能是哪里。劫匪显得很不耐烦，握着刀的手微微颤抖，看上去似乎是个新手，欠缺必要的经验和沉稳。

叶子铭渐渐回过神来，明白自己现在面临的是一场真正的抢劫，他从没有遇到过这种情况，不知道该如何应对，脑子里一时间闪过许多想法，甚至想起了一些电影中的场景，有些冲动，但是不敢轻易尝试，要等待机会……叶子铭一边想一边缓慢向树林走去，抢劫犯在他背后重重推了一把，他脚下一个踉跄，进入了树林。

树林里的光线暗淡，只能勉强看清轮廓，地面起伏不平，凸出地面的树根纵横交错。叶子铭停下脚步，歹徒也停了下来，命令他转过身来。他缓缓转过身，心中忐忑不安，之前处在灯光下的反抗念头在幽暗的树林中消失得无影无踪，现在恐惧占了上风。他愿意尽量配合，以免激怒对方，努力控制住自己的紧张情绪，用尽可能沉稳的声音问，你想要什么？

歹徒发出了短促的声响，把钱拿出来。

叶子铭松了口气，要钱就好办多了。从某种程度上来说这只不过是一种强迫交易，用金钱来购买安全，各取所需。他把两只手分别伸进裤兜，从里面掏出一些皱巴巴的纸币，捏成一团，在昏暗的光线下看不清具体金额。他将这些全都交到了对方手里，然后展示了被掏空的裤兜，全都在这里了。

劫匪拿着钱，一边警惕地看着他，一边往后退了两步，在路灯余光所及、稍稍明亮的地方摊开手掌将纸币一张张平整，然后数了数，又往前走了两步，回到原来的位置，只有四十七块，不够。

刚刚出现的曙光又变得黯淡起来。我身上只带了这点，我只是出来散步，根本没有带皮夹。叶子铭忽然灵机一动，你要多少？要不我用手机转账给你？

歹徒将手中的刀提起了一些以示威胁，你当我是傻子吗？手机转账警察马上就能找到我。你给我老实点，别动歪脑筋。

叶子铭多少有点委屈，但是他扪心自问，的确难保事情过后不会向警方报案。不过这样一来便陷入了僵局，双方只能在黑暗杂乱的树林里对峙着，听着身边河水流动的声音，一筹莫展。叶子铭问，你想要多少？

歹徒沉默了一会儿，一百五十三。

叶子铭吃了一惊，就这么点钱值得抢劫吗？

劫匪哼了一声，不抢哪里来？就是三块钱谁又会平白无故地给你？

可是，叶子铭迟疑了一下，要挣到这么点钱也不是什么难事啊。

我什么都不会，也不能吃苦。

叶子铭不说话了，两个人矗立在树林里，像是和这些沉默不语的树木融为一体，谁都没有办法解决这场陷入僵局的抢劫。过了一会儿，还是叶子铭先开口了，你要的数目有零有整的，是要干什么用？

劫匪思索了几秒钟，回家，我需要一张车票。

这时，叶子铭突然闪过一个念头，可以打个电话让顾娸把钱送过来。但是他立即明白对方是不会让他打电话的，抢劫只能是一种秘密行为。与此同时他又生出了一个荒唐的念头，尽管是站在相对立的立场，但是在他和匪徒之间却建立了一种共通的联系，那就是两个人都对自己真正想要的一筹莫展，因此他决定和对方好好聊聊。你知道我最想要什么吗？

匪徒从墨镜后面看着他，似乎一时搞不懂他是什么意图，我怎么知道。

一座灯塔模型。

对方感到很意外，灯塔？

是的，灯塔模型，内部有旋转的楼梯，顶部是旋转的信号光源，高三十五厘米，长宽都是十六厘米，红白相间的外观，可以放在书桌上的那种。

你为什么会想要一座灯塔？

之前顾娸也问过这个问题，叶子铭不知道该如何回答，但是现在，他忽然发现答案轻而易举。灯塔有不少好处。在风和日丽的时候，你可以站在塔顶上眺望辽阔平静的海面，天边被烫红的云彩，看着蛋黄一样的太阳跟随着潮汐从海平面升起和落下。而当风暴来临的时候，在惊涛骇浪之中，狂风卷起几十米的大浪扑向海岸，潮水将海底惊人的秘密带出海面，一层又一层，但是这时候你却不用害怕，在坚如磐石的灯塔里，任凭风浪如何冲击，你都安然无恙。而在那些无所事事的夜晚，在繁多而又明亮的耀眼星光下，灯塔又能给那些在睡梦里被美人鱼的歌声引诱而迷失了方向的水手和船只提供正确的指引。当然，最重要的是有一天当你厌倦了这一切，还可以从塔顶纵身跃下，用一种残酷得近乎完美的方式与现实达成和解。有那么多好处，我当然需要它。

匪徒很疑惑，那你为什么不买一个呢？你也缺钱吗？

叶子铭顿时变得沮丧起来，我妻子不同意，她认为她将要花大量的时间在灯塔的清洁工作上。

劫匪似乎明白了什么，你是干什么的？

叶子铭犹豫了一下，我是作家。

作家？对方很奇怪，现在还有这种职业？我也上过大学，要是我用心一点说不定也能当个作家。

你上过大学？

怎么了？劫匪似乎受到了侮辱，我就不能上大学？

当然可以，我只是觉得，你如果是受过高等教育的人，就不该干这种犯法的事情。

匪徒的语气突然变得凶恶起来了，拿着刀的手不停地晃动，那都是被你们逼的。我大学毕业来到这里，以为在这儿至少生存不会有问题，新闻里把这里说得那么好，遍地都是机会。可是呢？来了之后才发现根本不是这样，物价贵得离谱，房租高得吓人，还动不动把租客赶出去。这里的空气质量糟糕透顶，根据天气预报的判断，只有下雨天才适合户外活动。我以前在大学里学的是心理学，尽管这里的人个个都患有心理疾病，却全都拒绝就医，假装自己是个正常人，一天之中除了睡觉其余时间都花在表演上。要是我去干粗活，那我的大学不是白念了？怎么对得起辛辛苦苦举债供养我读书的父母？后来我还沾染上了一些难以启齿的可怕习惯，如果在老家待着根本就没有这种可能。

叶子铭看着唾沫横飞的劫匪，多少有些害怕起来，你别激动，在城市里生活都不容易，尽管有些人看上去体面一些，可是失去的东西更多。没有完全幸福的人，每个人都生活在各自的阴影里。

也许是这番话起了作用，对方慢慢平静了下来，不管怎么说，我今天都要筹到车票钱，在这之前我是不能放你走的。

叶子铭四下环顾，这个地段很偏僻，我不知道你怎么会想到到这里来寻找回程票的，算我倒霉。不过你看，我们这么僵持下去对谁都没有好处，何必弄成一个两败俱伤的局面呢？现在是你占主动，可是要是天亮了你还没弄到足够的钱该怎么办呢？依我看还是算了吧，四十七块算是我送给你的，你可以再想办法挣到剩下的钱，毕竟也不是很多，为了这么点钱走上这条路实在是不值得。

劫匪沉思了一会儿，从你的角度也许可以这么看，但是站在我的角度,这一步既然跨出了就不能再回头了,不管有没有达到目的,我现在已经是个抢劫犯了,剩下的只不过是有没有可能升级为杀人犯。因此我必须走,这才是最安全的方法。

空气越来越冷,夜晚的寒流在树林里肆意流窜。好吧,你说的不是没有道理,我有个想法,或许能结束这一切,不知道你愿不愿意。

你说说看。

叶子铭深吸了一口气,你要一百五十三块,可我只有四十七块,还差一百零六块。我可以打个电话给我妻子,我家就在对面的小区,让她送一点钱来,甚至比你要求的更多一些,这样我们就不必再僵持在这里了。你拿了钱就立即去买车票回家,我可以保证我不会报警,当然我没有什么可靠手段让你完全相信我。只是你得明白这点钱对我来说不算什么,我更看重自身的安全,我只想好好回去睡一觉。

劫匪似乎很犹豫,叶子铭的提议让他有点心动,僵持的时间越长对他越不利。当然这都要怪电子化的生活方式,人们出门都不带现金了,这对抢劫和盗窃都是重大打击。好吧,你可以给你妻子打电话,但是我警告你,不要想着耍花招。我并不想伤人,但是你要是逼我的话那就只能是鱼死网破的局面了。

叶子铭松了口气,他从口袋里拿出手机,发现自己的手竟然微微颤抖,按电话键也很不利索,不过电话总算是通了,但是铃声响了一阵却没有人接听。他有些疑惑,这个时间点还没到顾娸洗澡的时刻,就算她提前去洗澡了,卫生间里也有电话,不可能听不到铃声。这时他突然产生了一个奇怪的想法，难道自己一离开家顾娸也跟着出去了？叶子铭挂断电话，看了一眼劫匪，对方显然有些焦虑，怎么回事？

他很无奈，电话没人接。

抢劫犯似乎很怀疑，你不是说你老婆在家吗？

可能是去倒垃圾了吧，我再打她的手机吧。他又从手机里调出顾娸的移动电话打了过去，这次铃响了没多久就接通了，他稳定了一下情绪，用尽量平静的语气说，我在楼下对面的树林里遇到点麻烦，需要你立刻送两百块钱过来，好吗？马上就要。他等着顾娸的回答，但是电话里却没有人说话，只传出一些空洞的沙沙声，像在一个空旷的洞穴里空气流动的声音，他不免有些焦躁起来，对着手机大声"喂"了几下。突然，他的手机被匪徒抢夺了过去，怒气冲冲地看着他，你到底在玩什么花样？

叶子铭感到莫名的冤屈，手机通话的质量不好，你知道经常会发生这样的情况。电子设备不是机械装置，不怎么靠得住。这种故障通常跟所处的位置信号有关，你让我再打一个吧。

抢劫犯摇摇头，我不能再信任你了。你打了两个电话都没有解决问题，也许这正说明了你的方案是行不通的，我们必须另想别的办法。

叶子铭由于受到怀疑而有些忿忿不平，多少带着点情绪，还有什么办法可想，时间越来越晚，只能喝一晚上冷风。

匪徒晃了晃手中的刀子，提醒他注意自己承担的角色，不要颠倒了目前的主从地位。这样吧，我们一起等下一个人出现，你和我一起上去抢劫，不管能不能抢到足够的数目，都算我今天的任务完成了。

叶子铭吃了一惊，我？不行，我可不能跟你一起参与抢劫，这是重罪，我从来没做过什么犯法的事情。

匪徒冷笑了一声，你不是个作家吗？虚构那些子虚乌有的事情诱骗读者花钱，这不就是诈骗吗？

叶子铭感到难以解释，头上冒汗，我只是个不入流的小说作者，说不上骗，只是依靠编造一些耸人听闻的荒唐情节谋生而已。

我不管你入不入流，你之前说了那么一大堆废话，让我从你的角度出发考虑问题，现在你也得从我角度出发去思考问题。很显然我不能在达成目标之前放你走。但要是留着你，又要影响我接下来的行动，所以你只能参与我的行动。你大可放心，我大学时还选修了法律，你是在我的胁迫下实施抢劫，只能算是胁从犯。鉴于我抢劫的金额微小，你肯定可以免除处罚。你想想，实施犯罪还不用接受处罚，你是不是应该感谢我给了你这样一个千载难逢的机会呢？

叶子铭听得云里雾里，似乎没道理的事情都被他说成是合情合理的。与此同时他的内心竟然也涌动出了一种渴望，让他感到不由自主的心跳加速。这种感觉在胡洁转身离开之后再也不曾有过，他甚至以为已经预见了波澜不惊的剩余生活，将在漫长的煎熬等待中耗尽生命，没想到在这个晚上他竟然蠢蠢欲动想成为一名不负责任的抢劫犯，为他平淡的生活增添一点曲折的生气。但是毕竟从没有犯过罪,他还是显得犹豫不决,既激动又害怕,就算免于处罚,可是总会留下污点,不再清白了。

劫匪看着他,你一生当中都没有什么污点吗?完全清白吗?

叶子铭不做声了,他想到了胡洁,这算是污点吗?伤害一个人的感情,尽管不需要接受法律的惩罚,但是自己真的是清白的吗?过了一会儿,他小声地问,不会出什么事吧?

你到现在不是也没出什么事?

可是警察还是会……

匪徒继续鼓励他,相信我,就像你自己那样,对方甚至都不会报警,为了区区一百块钱,再说这点钱能够干什么呢?就当是丢了,他会自认倒霉,回家睡个觉就什么都忘了,第二天醒来照样生活。而你呢,谁也不知道一个让人尊敬的作家竟然是个抢劫犯,在某个夜晚持刀逼迫别人干不愿意干的事情,这多有意思。

叶子铭警觉起来,不,我不会拿刀的。

匪徒耸了耸肩,这么说你已经答应了?你看这多容易。好吧,你不用拿刀。如果等会儿有人来了,你就先上去挡住他,什么也不用说,我从后面包抄上去,用刀顶住他,让他把钱交出来。

可是这样我站在前面对方就会看到我的脸。

这好办,抢劫犯从口袋里掏出一只白色的口罩扔给他,你把这个戴上,别人就看不清你的脸了。

叶子铭接过口罩,将口鼻部都遮挡了起来,只露出一双眼睛。时间在流逝,两个素不相识的陌生人此时结成了怪异的同盟，一个戴着墨镜，一个戴着口罩，躲藏在小树林里静静地观望，看着在整齐的路灯照射下一览无遗的马路，一个人也没有。夜晚很冷清，树林里光线暗淡，能看到的都是轮廓，像是模糊的剪影，只有河水流淌的声音，一条在白天看似缓慢平静的河流在两个人的沉默中被放大了，模拟出急流的动静，像在雨季突然爆发的奔涌洪水，在黑魆魆的夜里难免让人感到不安。匪徒感到也许有必要打破这种紧张的气氛，以免将事情引向危险的方向。他从口袋里摸出一包烟，抽出一根递给叶子铭，你抽烟吗？

叶子铭摇摇头，我不抽。

劫匪忽然问，你和你妻子的关系不好吧？

叶子铭吃了一惊，你说什么？凭什么说我和我妻子关系不好？

匪徒使劲吸了一口烟，让烟雾在肺部最大面积地转了一圈，然后从鼻子和嘴巴里喷了出来。如果我有一个老婆，并且爱她的话，像是遇到你这种情况，无论如何不会把她也拖下水的，我会想方设法让她远离危险。当然，你的职业也说明了问题，写作，一个生活幸福的人干吗要依靠虚构的故事来迷惑并且麻醉自己呢？

叶子铭怔了怔，突然有些恼怒，像是被揭了老底，但他随即发现对方说得没错，于是转过脸去，看向在黑暗中发出哗哗声响的河流。匪徒却继续追问，是为了什么？一个更年轻漂亮的女人？

他回过头来，你怎么知道？

通常都是这种原因，何况你还是个作家。他跟着叹了口气，你瞧，我怀揣梦想来到这里，却一无所获。而你呢？一个不入流的作家，可以说是一事无成，却仍然不知足，还在追寻自己不该拥有的东西。如果我真的成了一名心理医生，第一个就该给你治病。生活没有给我机会，但是却让你过度挥霍，这是导致今天晚上这个局面的根本原因。

叶子铭想了想，不是这样，恐怕你得认识到生活从来就是不公平的，对所有人都一样，你抱怨也没用。

我没兴趣跟你谈论命运的安排，只不过一个人想回家都要依靠抢劫，那只能说明……他忽然停了下来，目不转睛地看着马路，压低声音说，有人来了。

在路灯下的确出现了一个身影，从远处走来，模糊不清，但是速度很快，似乎很着急赶路。匪徒悄悄向叶子铭打了个手势，示意他在适当的时候从树林里窜出去拦住来人，而他自己则向来人相反的方向挪动，以期能够进行前后包夹。叶子铭心脏怦怦乱跳，感到口干舌燥，双腿一阵阵发虚，攥紧的拳头里都是汗。眼看着那个人影越来越近，叶子铭刚鼓起勇气准备冲出树林进行拦截，没想到劫匪已经率先蹿了出去，完全抛弃了事先的约定。行人受到了惊吓，回过头看到一个戴着帽子和墨镜的男人突然出现在自己身后，手里还握着一把刀，立刻意识到不妙，拔腿就跑，却慌不择路跑进树林里，迎面撞上正准备出去拦截的叶子铭，一头撞到他身上。叶子铭被撞退了几步，头脑中立即生出个念头，是个女人。这么一挡便阻止了行人的逃跑，持刀的劫匪已经赶了上来，他从身后伸出一只手捂住了被害人的嘴巴，另一只手绕到身前一刀刺进了她的腹部，又将刀拔了出来。这个女人双手捂住腹部，被掩盖住的嘴巴发出绝望沉闷的声响，像是空洞的回声。过了一会儿她挣扎的幅度慢慢减弱，像是逐渐失去了意识，匪徒的手一松，她整个人向前扑倒了。

叶子铭的思绪一片混乱，眼睁睁地看着发生的一幕，就像是在看一场电影，一切都与自己无关，他甚至意识不到自己就在现场。过了很久才慢慢反应过来，因为愤怒和惊异而声音颤抖，你为什么要用刀捅她？你不是只要钱吗？

行凶者蹲在地上在被害人的衣服口袋里翻找，一边回答，谁让她逃跑，我一时控制不住才扎了她，要是她不跑，乖乖地把钱拿出来就什么事都没有了。他从口袋里翻出一只钱包，里面装着几张纸币，还有一些银行卡。

可是你也没按照我们事先商量好的来呀，你自己先冲出去了，人家不跑才怪。

匪徒抬起头看着他，尽管戴着墨镜，但是叶子铭还是感觉到他的眼光带着凶残，之前的理智消失了，取而代之的是疯狂。听着，现在是我说了算，你再这么喋喋不休，或许我该让你也躺下来陪着她。语气中的冷酷和凶恶让人感到不寒而栗。他拿出一张卡，前后看了看，然后跪在伤者身边，低下身子，似乎在逼问银行卡密码。跟着又转动脑袋，将耳朵贴在被害人嘴边认真听了会儿，然后站起来，朝马路对面的自动取款机张望了一会儿，对叶子铭说，你在这儿等着，我去对面取钱。

叶子铭犹豫了一下还是说，我看那些钱已经够你买车票了，为什么还要拿她卡里的钱？我们还是赶紧叫救护车送她去医院吧。

匪徒往前逼近了一步，刚才只是抢钱，现在已经伤人了，我难道不要多准备点钱以防万一吗？现在时间变得宝贵了，我没工夫跟你胡扯，你在这儿好好看着她，我去拿了钱回来再商量怎么办。

叶子铭多少有些羞愧，要不我替你去取钱吧，待在这儿我有点害怕。

劫匪看着他，嘴角露出一丝冷笑，你觉得我会相信你乖乖拿了钱回来而不是趁机逃跑去报警吗？另外，你的身上沾了血迹，很容易被锁定，外面都是摄像头。

叶子铭吃了一惊，低下头看了看自己的衣服，果然有一处团状的污渍，于是不再做声，更加惴惴不安。劫匪看他不再有异议，立即跑出了树林，冲向了马路对面的自动取款机。叶子铭呆立在幽暗的树林里，脚下趴着一个受了刀伤的女人，他的脑袋稍稍清醒了一些，开始思索一些问题，马上发现自己陷入了绝境，无论如何他都没有足够的证据表明自己和那个罪犯没有关系。他的皮肤渗出了一层汗，被风一吹又湿又冷。怎么看这都是个死局，除非那个劫匪自己承认，否则永远都无法自证清白。

他向马路对面的自助取款机望去，但是看不到里面的活动，只能见到一片明亮的灯光，像是在黑暗中的慰藉。他又焦急地等了一会儿，然后明白那个人不会回来了。他把自己留在这里，而他却悄悄地溜了。叶子铭立即想到了报警，但是直到这时他才发现尽管一起相处了几个小时，可是他同伴的身份却相当模糊，他不知道他叫什么名字，住在哪里，是干什么的，只知道他迫切需要钱买车票回家。可是这样的人在这个城市里千千万万，谁不迫切需要钱呢？或许能够根据他所描述的车票价格大致划定一个列车所能到达的范围，可是这个范围里又有多少相似经历的人呢？别说是警察，连他自己也很难相信这些鬼话。叶子铭感到非常懊丧，为什么非要心血来潮出来散步呢？在家陪着顾娸不好吗？再怎么审美疲劳，总好过现在面对一个陌生的受伤女人。他越来越激动，逐渐感到气息不畅。这时，他意识到自己还戴着口罩，这些棉纱织物妨碍了呼吸。他正准备把口罩摘下来，却突然想到这个女人并没见过他的真面目，如果现在跑掉警察也未必能抓住自己。他越想越觉得有理，大脑还没做出决定，双脚已经忍不住往家的方向走了。可是问题在于就这样让这个昏迷的女人等死？他蹲下来打算检查一下伤者的伤势。

  但是等他靠近这个女人，他才发现问题比想象的更严重。这个女人身体已经发冷，他把手探到她口鼻处，一点气息都没有，一个大活人已经变成了一具尸体。事情会越变越坏，这符合哲学理论。他干脆摘掉口罩，从口袋里掏出香烟，点了一根让自己冷静一下，以便理清思路。紧接着他又发现了一个残酷而又无奈的事实，一具尸体比一个伤者更好处理。树林这边没有摄像头，谁也没有看见他散步进了树林，这也是当初为什么劫匪选择在这里作案的原因。他什么也不用说，只要把她扔进身后这条河里。这样即便有人发现了尸体，那也是在下游的某个不相干的地方，不会有人怀疑到这里才是第一现场,即便怀疑了也不一定能找到他,即便找到了他也没有足够的证据证明他和此事有关。他一根烟吸完,已经下定了决心,于是扔掉烟蒂,双手将俯卧着的女人托起。他不敢将她正面朝上,以免在日后的记忆中反复出现一张脸色苍白、饱含冤屈的脸。

这个不幸的女人身材娇小,但是眼下却像一个不省人事的醉鬼一样沉甸甸的。叶子铭感到双臂非常吃力,不住地颤抖,几乎快要托不住了。好在离河边很近,他已经无力做出抛尸的举动,只是本能地双手下放,任由尸体沿着河堤滚落下去,听到一声沉闷的声响,几乎能感受到四溅的水花,接下去就无声无息了,河水吞没了一切罪恶。叶子铭靠在河边,感觉双手由于过度负重而失控,总是不自觉地向上举。他喘着气,月亮照在起伏不定的河面上,散发出断断续续的光晕,仿佛是一场不堪重负的噩梦。这时,他忽然想到,这个女人为什么这么晚了还在路上行色匆匆?自己为什么在她撞到身上的时候一下子就能分辨出这是个女人?因为这个女人头发上的香味,和顾娸一模一样。他越来越心惊,说不定那个电话其实顾娸听得清清楚楚,只是自己听不到她而已,所以她带着钱下来救他了,可是却被他的同谋杀害了。而他自己则经过一番思想斗争最终将妻子的尸体抛进了河里——这么一想,忽然觉得两者从身材上看也非常相似。叶子铭越来越觉得被他扔下河的就是顾娸,他浑身不停地出汗,心乱如麻,探出头向河里望去,似乎想要确认死者究竟是不是顾娸,可是他身体几乎僵硬了,却什么也看不见。与此同时,他又生出了另一个邪恶的念头,他想到了胡洁,如果刚才扔下去的真是顾娸,没有了障碍,他和胡洁就不必再天涯相隔了。他又觉得这不是糟糕的结局,于恐惧中又生出了另一种希望,反正没人看见他,毕竟也不是自己杀了顾娸,他只是个不知情的帮凶。

不管怎么说事情已经是这样了,他不能继续在这里逗留。他把口罩也扔进了河里,然后穿过小树林和塑胶跑道,回到了马路上。路灯齐集在他身上,一时间有点刺眼,他回头看了看黑魆魆的树林和树林后面的那条河,恍如隔世。他穿过马路,走进小区大门的一刻便感到放心了不少,好像那件事情跟他的联系已经细若游丝。等到他穿过茂密的绿化区,回到自己家门口的时候,他仿佛已经完全不记得刚刚发生过的抢劫杀人案了。他现在才明白,为什么在那么多的案件中,嫌疑人最终都要愚蠢地逃回老家,明知道那里是警察重点布控的区域,只是因为家传递给人的是一种无可比拟的安全感,哪怕只是虚假的。

似乎只是一次平常的散步回来,他感到很平静,拿着钥匙的手非常稳定。打开房门,走进房间,看见顾娸还坐在沙发上看电视。他感到一阵惊喜,无论如何他抛下的都不是自己的妻子,良心上的煎熬多少会减轻一点。但是随即又稍稍感到失落,胡洁还得继续漂泊,一时半会儿难以改变。他走到玄关处换鞋,你没有出去?

顾娸转过头来白了他一眼,我能到哪里去?我又不去交物业费。

叶子铭没有理会她言语中的讽刺,那我打家里电话怎么没人接?打你手机接通了又没声音?

你什么时候打过电话?我一直都在家里,电话和手机都没响过，你见鬼了吧。

叶子铭吃了一惊，他拿出手机，怎么可能？我明明打过电话。但是这会儿却找不到通话记录了。

顾娸冷笑了一声，似乎是看穿了他的把戏，究竟打没打过你自己心里清楚，大晚上的也不知道去跟谁幽会了。

叶子铭感到委屈和愤怒，自己刚刚经历的一场凶险莫名消失了，非但得不到一点安慰，还被无端地怀疑，他变得恼怒起来，我刚才参与了一起谋杀。

顾娸看着他，用奇怪的眼光打量着他，你杀了谁？

叶子铭走到客厅里，在沙发上坐下，理了理思路，我出去后不久，在马路对面被一个人持刀抢劫，但是他在我身上没有获得足够的钞票，因此我想到了……他突然停了下来，然后接着说，因此他逼着我跟他一起抢劫下一个目标。事实上他要的并不多，只要一百五十三块，好让他买张车票回家。后来来了一个女人，我们打算管她要点钱，可是不知怎么的，这个家伙发了疯似的冲出去，这个女人连话都没来得及说，根本不知道他要的是什么，就被逼到树林里。随后那个家伙就给了她一刀，从她身上搜出了一点现金和银行卡。他借着去自动取款机取钱的机会逃跑了，留下我一个人和那个受害者。我陷入了一个无解的循环里，无论如何我都不能证实自己与这起案件无关了。就在这个时候，我发觉这个受害者已经死了，于是我想，既然没有人看到这一切，我就把尸体扔进河里，警察恐怕也难以掌握确凿的证据。

顾娸直直地看着他，眼泪流了出来，显得愤怒而又伤心，你出去和别的女人鬼混，回来就给我编这么一个不着调的故事，你是当我白痴吗？她说到最后声音已经尖利到一个新高度，接近于叫喊。叶子铭记得当年在她发现自己和胡洁的事情时也是这样对他大喊大叫，我没骗你，你看看我衣服上还沾着血迹。

在哪里？顾娸已经完全失控，声音穿过玻璃，回荡在整个住宅小区里。

就是这儿。叶子铭低下头，看着衣服，血迹神奇地消失了，外套上的确有一团红色的污渍，却不像是血迹，似乎是沾染上了难以抹去的口红。

顾娸站了起来，用手指着叶子铭，你们就是在对面的树林里幽会吗？她冲进书房，从书桌的抽屉里翻出叶子铭的手稿，然后回到客厅，把稿件扔在茶几上，你就是这么写的，在夜晚的树林里幽会，结果碰上了抢劫，情人被杀死抛尸在河里。还有，这是你的物业费发票，你跟我老实说，是不是物业那个女的？

叶子铭看着散落的手稿，一边想着那个笑起来很甜的女人和她瘦长白皙的双腿，一边心中也非常疑惑，这一切都是自己小说里的情节？刚才自己只是按照小说推演了一遍，其实并没有真的发生？难怪那个劫匪能够知道自己和顾娸感情不和，还是为了一个更年轻漂亮的女人，所以一切都是幻想？是自己由于不堪重负而臆想出来的？他松一口气，好在一切都没有发生，不再需要背负同谋杀人的心理负担，就像能坐着时光机回到过去改变错误一样。不过眼前愤怒、多疑、难以安抚的顾娸是另一个难题，一点也不比杀人容易解决。他摊开了双手，无论你信不信，都没必要大喊大叫，现在已经太晚了，影响到别人就不好了。你冷静一点，我今天去书房睡吧。他扔下还处在爆发状态的顾娸，躲进了书房。他躺在床上，默默回想今晚发生的一切，甚至不知道哪个结局更好，是任由她无端产生怀疑冲着自己大喊大叫，还是干脆将她扔进河里，让冰冷的河水遮盖她的抱怨？他在不知不觉中做了一个梦，梦见胡洁终于回来了，可是当两个人再次相见之时，胡洁却漂浮在一条河流之中，顺着水流，两个人的距离越来越远，到最后连说话声都听不清楚了……

第二天早晨，在报纸上，警方发布了一条协查信息：在某河道的下游发现一具无名尸体，因为被河里的水草偶然缠住而被早起锻炼的市民发现并报案，希望知情者能提供相关信息，警方将根据线索的价值而给予适当的奖励。叶子铭放下报纸，走到窗前，看着外面日渐寒冷的景象，天空灰蒙蒙的，初升的阳光柔弱而又无力，似乎陷入一片看不见的尘埃之中。空气重度污染，散发着一股腐烂番茄的味道。树叶正在凋零，人们纷纷增添衣物，以迎接即将来临的冬天。他凝视着马路对面的那条似乎静止不动的河流，河面上升起一团蒸腾的雾气，将河水笼罩住，看不清河流中的危险。他对那名不幸的落水者感到非常惋惜，在这个时节，河水一定冰冷刺骨。

2018年6月7日
于长东居

高速铁路

这里空气清澈透明，据说负离子浓度很高，有一股冷清的味道。外面的街道整齐而又干净，沉浸在一片断断续续的蒙蒙细雨中，几乎看不见行人。街道两旁是一些售卖茶叶和工艺品的商店，虽然开着大门，却没有什么顾客。已经是三月份，温度还是不高，掠过身体的风依然让人感到寒冷，入口冰凉。从阳台望出去对面的山离得很近，云层低矮，在山峰三分之二的高度晃来荡去，山间一片青翠的绿色在缓慢流动的白云之间时隐时现。景区里很安静，偶尔一两声悠长的鸟鸣会暂时打破安宁，随后又陷入更深沉的寂静。

陈里注意到对面的山上有两株树木似乎刚刚爆发了新芽，绿得格外耀眼，在整块灰暗的天空里闪闪发亮。她盯着那块绿色出了神，植物总是能够卷土重来，越过一个又一个枯萎的季节。但是生活的节奏却是永恒的，从不停下脚步，像一股巨大的泥石流，裹挟着每一个人前行，无论如何挣扎都无法摆脱。这时，她注意到阳台下方原本空荡荡的露天游泳池出现了两个中年人，一边说着话一边往泳池走去。男人身材保持得不错，肚子稍稍有些凸起，除此之外并没有出现发福的迹象。女人的体型比男人更好一些，但是皮肤已经有些松弛，尽管有泳衣包着，依然可以看出乳房在重力的作用下不可避免地往下垂。两个人保持着不远不近的距离并肩行走，这个距离可以让他们小声交谈又保证声音不会外泄。男人先走上泳池台阶，转身很自然地伸手拉了女人一把。他们依次跳入水池，泛起了一圈圈的波浪，一些池水溢出泳池边缘，随即被周围的排水沟吞噬。两个人在水里游泳，男人稍稍领先一点，但不时放慢速度，等女人赶上来再一同往前游。往返三个来回之后，他们似乎都感到累了，靠在水池边缘休息。他们肩膀以上露出水面，保持着正常的距离。但是身体的大部分在水面之下，男人一边在和身边的人说话，一边用手在水面之下拨动池水，像是在玩一种小孩子的游戏。水波晃动引起的折射让两个人的腿在水下产生了变形，似乎纠缠在了一起，还不停地扭动。稍稍加热过的池水与湿冷的空气相遇散发出一阵阵雾气，从水池表面升腾而起，又在细密的雨水里消散不见。陈里抽着烟，眼睛不免模糊起来，她把剩下的半支烟摁灭在烟灰缸里，转身进了房间。

她侧身躺在床上，但是并没有睡着。通往阳台的落地窗大开着，冷风携带着潮湿的空气不停涌进房间，宾馆里厚重的窗帘不时被气流顶起，像是吃饱了风的帆船。陈里僵卧在床上一动不动，裸露在外的皮肤已冰凉，激起了一颗颗微小的疙瘩。被子就在她的身下，但是她没有任何举动。那张协议书像是裹尸布一样缠绕在她的躯体之上，疼痛以神经脉冲的方式一遍遍掠过她的脑袋，常年伴随她的偏头疼发作到了顶峰，让她觉得思想沉重，视线难以集中，灵魂仿佛是被困在肉体里的囚徒。她是如此希望这一刻灵魂能够解脱出去，飘荡在半空中观察身体的痛苦，这样不切实际的奢望让她最终流下了眼泪。

这时，房间的门被打开了，有人走了进来。陈里听见沉重的脚步声先进了卫生间，然后又走了出来，一直走到她身前才停了下来。穿着睡袍的杜维挡住了她眼前的一片光亮，并且用手摸了摸陈里裸露在外的手臂，然后皱了一下眉头，你睡觉怎么不盖被子，这不要着凉吗？

陈里没有说话，杜维走向阳台，先把落地窗关上，阻断了冷空气的源头，又回到床前，打算给陈里盖上被子，但是他突然发现了她脸上的泪水，感到有些惊讶，你怎么哭了？哪里不舒服吗？

陈里艰难地从床上支起身体，摇了摇头，感觉脑袋里包裹的不过是一杯浓稠的蜂蜜，在摇晃过后慢慢重新安静下来，我有点头疼。

杜维扶着她在床上重新躺下，替她拉上了被子，怎么又头疼了？你带药了吗？

没有，我忘了带了。

杜维一时也没了主意，那怎么办？

陈里想了想，我想喝杯咖啡，我带了咖啡粉，你帮我冲一杯吧。

杜维从行李箱里翻出了一包咖啡粉，用宾馆里的烧水器烧开了水，将咖啡冲好，送到陈里面前。陈里对着杯子吹了几口气，让咖啡稍稍凉了一点，抿着嘴喝了一小口，一丝热流顺着口腔直击肠胃，让她顿时感到舒服了一些，头疼的症状也减轻了。她趁势又喝了一口，然后抬起头看着杜维。杜维说，你好点了吗？

　　陈里轻轻点了点头，好些了。你刚才去哪儿了？

　　杜维转过身，脱下睡袍放到椅子上，我刚才下去游泳了。水温很适合，还下着细雨，游泳最舒服。

　　陈里有些犹豫，但还是问，就你一个人游吗？

　　不是，沈懿菲也在。

　　这次陈里没有顾虑，你们是约好的？

　　没有，在泳池边碰到的。

　　陈里捏紧了手中的杯子，手指头因为用力而变得苍白，那么巧吗？

　　杜维蹲在行李箱旁翻找衣服，是啊，我也没想到她会去游泳。

　　之前你们同学一起聚会出游沈懿菲几乎都不参加，这次怎么来了？

　　杜维蹲在地板上抬起头茫然地看着陈里，我也不知道，大概是因为她刚离了婚吧，所以想出来散散心。

　　你早就知道她离婚了吧？

　　杜维笑了笑，我怎么会知道，我们平时基本都不联系，也是这次出来才听说的。

你们上学时谈过恋爱？

杜维多少有些尴尬，算不上谈恋爱，她那时候很漂亮，追求她的人很多。

陈里略带嘲讽，你也是其中之一？

算是吧，不过沈懿菲当时都没搭理过我。

陈里冷笑，可是现在不一样了，你看起来还很年轻，她虽然还很有姿色，可是毕竟女人老得快，仔细看脸上已经有不少皱纹，皮肤也松弛了，胸部……

杜维站了起来，看着她，你到底想说什么？

陈里也抬起头，迎着他的目光，既然你们平时都不联系，为什么你不删除她的联系方式？

杜维皱起了眉头，为什么要删除人家的联系方式，毕竟是同学。万一人家有什么事情找你，或者就是逢年过节说一句祝福，却发现被拉黑了，这多不礼貌？

陈里从鼻子里哼了一声，不删就是别有用心。

杜维走过来，在床沿坐下，接过陈里手中的咖啡，放到床头柜上，并让她斜靠在床上。我给你讲个故事吧。以前有个勇猛的将军，一生征战无数，获得了数不清的战功。等到他老了，退休了，忽然爱上了古董。有一次，他无意中得到一只花瓶，喜爱得不得了，没事的时候就拿在手中看，这只花瓶渐渐成了他最珍视的东西。有一天，他又一次把花瓶拿在手中把玩，等到放回去的时候一不小心，花瓶从桌子上掉了下去，好在他虽然老了却依然眼疾手快，在花瓶掉在地上变得四分五裂之前接住了它。将军吓出了一身冷汗，但与此同时，有一个念头冒了出来。将军想，之前征战沙场的时候从来没有牵挂过什么，才能一次又一次赢得胜利，如今自己老了，怎么竟然被一只花瓶给牵绊住了，人怎么能成为物品的奴隶呢？想到此处，他豁然开朗，抬手就砸碎了花瓶，大笑着出门，从此行走于山水之间。你觉得这个故事说明了什么？

陈里想了一会儿，说明这个将军觉悟了，终于放下了。

杜维叹口气说，其实说明他放不下，如果他真的放下了，不管花瓶在不在，都影响不到他，何必砸碎花瓶呢？

陈里眼睛看着天花板，你要跟我离婚就是为了她吧。

杜维站了起来，你总是喜欢胡思乱想一些没根据的事情，其实完全没有必要。这件事我以为我们已经说好了，先办离婚手续，以我个人的名义把新房子买下来，然后再复婚。这只不过是走一个程序，应对规则的程序，跟别人有什么关系？我是为了我们的将来打算，我们没有孩子，等到老了需要一大笔养老金。你也知道新房和二手房的差价有多少，以我们的工资根本无法企及，眼下买到新房就无异于中了彩票。他停顿了一会儿，我看你还是休息一下吧，我去洗个澡，等会儿一起下去吃晚饭。

浴室里响起了水流声，陈里转过头，盯着窗外，不知何时又下起雨来，飘散的雨丝飞进阳台，在落地窗上留下一道道凌乱的痕迹。陈里忽然想，这雨水徒劳地扑打窗户，就像是一种警告，而屋子里沉睡的人却对行将来临的危险丝毫不知。

下楼之后，在宾馆的餐厅里，陈里发现自己和杜维还是来晚了。一张圆桌子上坐满了人，只剩下三张空位。除非她坐在中间那张椅子上，否则杜维就肯定会和沈懿菲坐在一起，但是她自己却怎么也不愿意和沈懿菲挨着坐。老果首先看到了他们，仰起头招了招手。陈里稍稍权衡了一下，走过去挨着边上的一张空椅子坐了下来，她身旁是老果的妻子小豆，两家人经常一起聚会，相比桌上的其他人，她们之间更为熟络。等杜维也坐定，沈懿菲才姗姗来迟出现在餐厅门口，桌子上各个位置的男人都转过头去看着她，陈里在心里轻轻哼了一声。小豆凑过来在她耳边细声说，还以为自己是在学校的那个年纪呢。陈里朝她笑了笑，又转头看了一眼杜维，尽管他也在看着沈懿菲，但是表情还算克制。她又转念一想，沈懿菲肯定要坐在杜维身边，他的位置比桌面上所有男人都更有利，所以他才表现得不那么急切。这么一想，心里又生出一股无名怨念来。

沈懿菲落座之后，晚宴才算正式开始。一开始由于都带着家眷，大家还都表现得比较拘谨，等几杯酒过后话题渐渐变得开放起来，有些人开始回忆起学校里的一些陈年旧事，记忆之门被触发式地打开，真实的和不真实的往事越来越多，陈里的脸色渐渐难看起来。但是杜维一直很小心，他在酒桌上不动声色地控制着话题的方向，一旦有人越界，他总是及时将话题转移到另一个方向。陈里冷眼看着杜维小心翼翼地维护着话题的边界，越来越确信他和沈懿菲在背后有着更多不为人知的秘密。

在杜维的把控下，大家把谈话内容从回忆又拉回到现在，聊起一些现实中共同面临的问题。老果借着酒意忽然就说，沈懿菲你也离婚了，真是难以想象，究竟是你离开了他还是他离开了你？

小豆狠狠瞪了老果一眼，沈懿菲也显得有些不自然，她放下酒杯，也谈不上谁离开谁，是相互的。感觉就是时间到了，就自然而然地分开了。

老果摇摇头，我还是觉得肯定有什么事，哪个男人能忍心和你离婚？他把眼光转向杜维，我怎么听说……他话说到一半，忽然就像是被毒蛇咬了一口一样，表情一下子变得痛苦起来，后半句话就说不出来了。陈里在桌子底下悄悄向小豆竖了大拇指。

老果的冒昧让桌子上的气氛一时显得有些尴尬。这时杜维说，要我说现代婚姻制度看似公平，其实是不道德的。

此言一出，桌上的人都感到不可思议。林宇昊说，老杜，你说说看婚姻制度怎么不道德了？

杜维笑了笑说，你们想，两个人在一起为什么要结婚？

老果说，当然是为了互相吸引。

杜维说，所以互相吸引的时候就可以捆绑在一起，如果有一方厌倦了，而另一方又不肯放弃呢？就像一只打算飞到另一朵花上的蜜蜂，却被现在落脚花朵的毒刺困在了原处。在一起的时候是依靠自愿原则，而一旦要分开了就必须得到另一方的同意，这种事情公平吗？

小豆说，这就是男人的想法，就是不想担负责任。

杜维说，百老汇有一出名剧叫《死亡陷阱》，说的是一个过了气的悬疑剧编剧和他的学生合谋，依靠惊悚的情景诱使编剧妻子的心脏病发作而死亡，知道他们为什么这么做吗？

林宇昊抢着说，当然是为了钱，图谋妻子的巨额遗产，老套的故事。

杜维摇摇头，其实这个编剧是同性恋，和他的学生搞在了一起，他的妻子理所当然地成了障碍。编剧从他对妻子过往的认知认为她不会离婚，所以设计了一个陷阱。我当时看的时候就在想，如果根本不存在婚姻制度，编剧什么时候想离开都可以，那么他妻子也不会死，所以害死她的其实是强行捆绑两个人的那种法律关系。

小豆说，这么说很不公平，我也看过这出戏，这两个人没有孩子，如果他们的孩子还小怎么办？就丢给母亲照顾？让她在这个世界上的处境更艰难？

杜维耸耸肩，很遗憾我这么说，可是在自然界，绝大多数动物就是这样的，承担抚育幼崽任务的通常都是母亲，父亲则放任不管。

陈里说，可人不是动物。

杜维表示同意，但是又说，人脱离不了动物的本性。尽管我们有关于离婚的法律，只不过未免对离婚做了过于苛刻的规定。

陈里盯着他看，所以你觉得离婚只要有一方同意，另一方也必须同意？

杜维也看着她，如果婚姻当中有一方千方百计想要离婚，那这段婚姻还有什么意思？

陈里说不出话来。杜维又说，其实婚姻关系也是最不靠谱的。理论上来说，夫妻关系要胜过其他一切关系，比血缘关系更重要。但是，你们想过没有，夫妻双方一旦有一方遭遇意外，首先纳入警方视线的，肯定是另一方，而不会是受害者的父母、兄弟，这是为什么？就是因为最重要的关系也最为脆弱，缺乏类似血缘那样不可替代的坚实基础……

杜维还在滔滔不绝，陈里已经听不到他在说的是什么，头疼再次发作起来，喝了一杯酒也压制不住这种痛楚。她看见被杜维解了围的沈懿菲向他敬了一杯酒，两个人酒杯碰撞的清脆声响回荡在他们心照不宣的笑容上。她不由自主地想象，此时此刻，在垂到地面的白色桌布的遮挡下，两个人的腿就像两条准备交配的蛇一样互相用力勾结在一起，分都分不开。

这顿饭后半段的内容陈里完全不记得，她没吃多少东西，倒是喝了不少酒，最后是在杜维的搀扶之下才回到房间，冲了个热水澡，就倒在了床上。她听见杜维在浴室里洗澡，流水声在她脑袋里轰鸣，就像是瀑布发出的巨响。她感觉脑袋无比沉重，虽然躺在床上，脑袋靠在枕头上，但是却有种失重不停往下掉的感觉，很快就失去了知觉。她睡到半夜，被干渴惊醒，从床上挣扎着起来，摸黑走到电视柜前，寻找酒店赠送的矿泉水。这时，在黑暗中，她看见手机屏幕亮了一下，显示有一条信息进入。她的手机在床头柜上，这是杜维的手机在充电。陈里稍稍犹豫了一会儿，还是滑开了杜维的手机。那条信息果然是沈懿菲发来的，只有短短的一个"嗯"字。其他什么内容都没有。被杜维删除的聊天内容在她心中以各种词句喷薄而出,但是主题总是一个。她把手机小心地放回原处,伸手在柜子上摸了一圈,碰到了矿泉水瓶,刚拿起来,手指忽然触到一个毛茸茸、软绵绵的东西,随即黑暗中发出一阵轻微的声响。陈里手中的瓶子掉在了地上,同时发出一声惊叫。房间里的灯亮了,突如其来的光线让她感到一阵晃眼,抬起一只胳臂挡住亮光。杜维半坐在床上,睡眼惺忪地问,怎么啦?

陈里说,刚才黑暗中不知道摸到了什么东西,有可能是老鼠。

老鼠?房间里有老鼠吗?他从床上下来,走到陈里面前,咬到你了吗?

陈里摇摇头,那倒没有。

你先去洗洗手,我来检查一下。

陈里在卫生间里用肥皂不停地搓手,仿佛只有洗脱一层皮才能彻底清除这种啮齿动物带给她的恐惧。等她回到房间里,杜维还蹲在柜子前仔细地寻找那只可能存在的老鼠。陈里倚在床上看着他,就仿佛是看着二十年前的杜维,他似乎仍对自己保持着最初的热情,尽心尽力。也许事实的确如此,是自己的多疑将他打造成了一个表里不一的人,而杜维却从不因此向她抱怨,依然小心翼翼地维持着脆弱的平衡。她一时间从心里生出一股歉意,这些年来一直错怪他了。但是这个念头只是转瞬即逝,另一股情绪再次占据了上风,她能明显感受到杜维和沈懿菲之间如同窗外断断续续的雨丝那样若有若无的联系。她板着脸说,沈懿菲给你发消息了。

杜维抬起头，是吗？她说了什么？

说了什么你不会自己看吗？

杜维拿起手机打开看了一眼，又放下了。陈里说，我倒是想知道你和她说了什么见不得人的话，要赶紧删除掉。

杜维定定地看着她，我只是关照她晚上酒喝多了就多喝点水，并且早点休息。

够贴心的，如果就这些话你为什么要删掉？

杜维无奈地笑了一下，还不就是为了你现在的反应？让你知道了你又要乱想。

我现在就不想吗？

那只是意外，她可能喝多了睡着了，醒过来才回消息。如果你没看见，那就仅仅是朋友之间的一种问候。看见了，倒是凭空生出是非来了。

无论如何聊天记录已经不在了，陈里无可奈何，只能用略带嘲讽的语气说，别管老鼠了，已经跑得无影无踪了。早点睡吧，明天还要爬山。

杜维站了起来，转过身看了看陈里，她已经背对着他躺在床上了。他只能去洗了手，也上了床，关灯睡觉。

第二天早上，天气依然没有好转，云层压得很低，不见阳光。当地人说这个时节的天气就是这样的，他们没有赶上好时机，再晚一个星期就都是阳光明媚的日子，看起来就是另一番风景了。陈里听了发了一会儿呆，他们是在一千公里之外做的决定，根本无法预料这里是什么情况，但是来都来了，总不能现在回去下个星期再来。这就和婚姻一样，自作主张地结了婚，却无法预料时机是不是正确，是不是下一个遇到的人更合适。在餐厅吃早餐的时候，大家的意见发生了分歧，一些人认为这样的天气随时会下雨，出于安全考虑应该取消今天爬山的活动安排。但是也有人觉得既然已经来了，就该去看一看，未必会下雨，即便下雨只要不是太大也没什么问题，小心一点就可以，毕竟来这里就是为了这座名声在外的仙山。

陈里没有发表意见，因为这不是她的同学，她只是作为家属参与这次旅行，她相信杜维了解她的想法。不过小豆却很坚持，一定要去山上看一看，才不虚此行。最后大家把目光集中到杜维身上，在学校时他曾是班长，如今虽然早就各奔东西了，但是聚集在一起的时候，大家还是不约而同地把杜维当成这个松散集体的主导者。杜维扫了一眼陈里，刚想说话，却被沈懿菲抢在了头里，她坐在桌子旁笑盈盈地看着大家，这有什么好争的，想去的人就去，不想去的就在酒店里休息，大家自由活动。我说你们怎么还是学校里那一套，又不是春游，要集体一起行动，都是中年人了，还被这种规矩束缚。

杜维说，是啊，大家各玩各的，不用勉强，想去爬山的就去，不想去就自己找地方玩。要去的吃完早餐后9点半在大堂集合。

回到房间里，陈里说，你倒是跟得很紧啊。

杜维说，什么？

人家说什么你就是什么。

杜维诧异地看着她，你不是一直想去爬山吗？

我现在又不想去了。

杜维皱了皱眉，那就不去了，在酒店里待着。

你舍得不去吗？

杜维苦笑着脸，我舍不得什么？沈懿菲都没说是去爬山还是在酒店里，我有什么舍得不舍得？

你怎么知道我说的是她？

杜维不说话了，走到阳台上，双手撑住栏杆，往前俯下身去，又用力撑回到原位。这样反复了七八次，陈里在屋子里叫他，好了，别练傻了，走吧。

杜维回过头，陈里已经换好一身运动装，正等着他出门。

一共只有四个人去爬山：杜维、陈里、小豆和沈懿菲。他们等了一会儿，没有其他人下来了，于是就出发坐公交车往景区去了。酒店就在景区范围之内，短驳车很快就到了景区大门口。陈里下了车，景区入口是一片开阔的广场，因为天气的缘故，游人稀少。她看着一簇簇棉花似的云团忧心忡忡地在群玉山头上缓缓飘过，鼻腔里是被清新空气微微灼痛的感觉，顿时觉得心情开朗了许多，多日的阴霾一扫而空，连头疼也治愈了。

虽然没有降雨，但是山路浸泡在潮湿的空气里还是有些湿滑。陈里看起来弱不禁风的样子，却对爬山有着让人捉摸不透的天赋。当小豆抱怨双腿酸软的时候，陈里早就蹿到前面去了，找到一个风景点就拿着手机不停地拍照。他们往上爬了一会儿，山道突然变了，原先宽阔平整的台阶不见了，取而代之的是一条攀援而上、狭窄陡峭的险峻小道。从下往上看去，简直就是在垂直岩壁上开凿出来勉强成型的石阶，而有些台阶的宽度还不到脚掌的长度，再加上聚积的雨水，让人眼看着就心生怯意。而且由于道路忽然变窄，原本分散的游人都拥挤在这一条道上，顿时显得人头攒动，在缓慢往上的长长阵列中，不时还有一些半途而废的回头者往下逆行，让原本就不堪重负的小道更加显得危机四伏。

沈懿菲还在犹豫，陈里已经带头冲了上去，其他三个人只好跟在她身后拉着扶手慢慢攀爬。连日来的阴暗情绪现在突然转变成了动力，推动陈里不知疲倦地向上爬。她很快就到了山顶平台，在人群中挤到了一个位置极佳的区域俯瞰山谷。山脚下是蜿蜒奔涌的碧绿溪水，夹杂在早已风化裸露的丹霞地貌石壁之间，像是一条游走的青蛇。她拿出手机，选取了几个角度，把手伸出栏杆外，拍了几张照片。这时，陈里忽然感到身后有人撞了她一下，手机差点没拿住掉下山崖。她回头寻找，却看见观景平台上满是无辜的身影，也不知道撞她的是谁。她又往下看，杜维已经爬到了三分之二处，小豆在他前面一点，他身后跟着看起来气喘吁吁的沈懿菲，杜维不时停下来等一等她，甚至有时还伸出手去拉她一把。陈里怔怔地看着，山顶的斜风将她的心事又刮了回来。杜维和沈懿菲看起来是如此般配，自己倒是显得多余，新房子的女主人还会是自己吗？刚才那个撞到自己的人如果再用点力，事情就完美了，没有了她的阻碍，一切就都顺理成章了。她控制不住地想着，温热的眼泪再次顺着眼角淌下，被风一吹，很快变得凄凉，像是两条皮肤冰凉的盲蛇挂在脸上。

　　下山的路在山背面，道路平坦宽阔，只是一路上没有什么风景可看。他们从山上下来，走在半路上，天空再次被雨水笼罩。起先是细如牛毛的雨丝，滴落在脸上，如同轻轻擦过的微风，几乎无法觉察。但是过了一会儿雨水变得密集而且粗壮，虽然还不足以让人奔跑躲避，却已经在一旁的山溪中激起了密密麻麻的水花。陈里和小豆带了伞，杜维和沈懿菲都没有带。沈懿菲说她穿着冲锋衣，不打算撑伞，就这样淋着雨感受一下自然也不错。小豆悄悄在耳朵边跟陈里说了句什么，陈里差点笑了出来。她把自己的伞交给了杜维，然后和小豆合撑一把伞。四个人沈懿菲走在最前，中间是杜维，陈里和小豆因为共同撑着伞，一路上又不停说话，落在了最后。走完台阶，剩下的就是一段平路直到景区出口。陈里和小豆说着话，一抬头，发现杜维还在独自走着，两只手各拿着一部手机，低着头似乎在不停寻找什么信息。而他手中那把红色的伞已经到了沈懿菲手中，她此刻正撑着伞慢悠悠地往前晃荡。

　　陈里心里升起一股怒火，手指紧紧握住伞柄，因为过度用力使得指甲深深嵌入肉里，留下几道印痕。她脸色苍白，小豆在边上说什么完全没有听见，只是死死地看着那把红色的伞在雨水中腾空前行。她又看了一眼杜维，他依然一边低头看着手机一边往前走，但是陈里却仿佛看见了两个人之间那根看不见的细线。沈懿菲和杜维一前一后走出了景区大门，这时雨又变得细若游丝。

沈懿菲想把伞还给杜维,但是杜维犹豫了一下没有接,让她继续撑着,沈懿菲也就没再坚持。一直到陈里和小豆也走出了大门,沈懿菲把伞收起来,直接交还给了她,连一声谢谢都没有说,似乎是一个高高在上的胜利者,仅仅出于羞辱的目的而把缴获的战利品归还给失败者。陈里默默接过雨伞,一言不发地塞进包里。杜维终于把手机都放进衣服兜里,他走过来似乎想和陈里说什么事,这时正好短驳车停靠到了车站,陈里一个转身,将后背对着杜维,跨步上了车。

陈里没有下楼去和大家一起吃晚饭,她说她自己的头疼又严重了,杜维只能自己去。等他走了,陈里从床上起来,推开阳台上的门,让山里的夜风灌进房间。她走到阳台上,点了一支烟,靠在栏杆上,看着对面被灯光映射出的山峰的轮廓剪影,在黑夜里显得如此巨大骇人,扑面而来,压迫在心头,让人无法呼吸。山风吹乱了陈里的头发,烟头发出一闪一闪的红光,在黑暗中像是灯塔发出的信号。寂静中偶尔会传来一些不清晰的笑声,隔着夜晚的黑分不清是不是杜维他们发出的。她回想和杜维结婚的这些年,不知道改变是从何时开始的。从哪一天哪一刻起,她和杜维之间忽然就开始分裂,如同东非地表上最开始出现的一道微小裂缝,最终会将大地裂成两半。杜维看起来没有任何异常表现,但正是这种正常让她感到了不正常。自己随着年龄的增长不可避免地失去吸引力,而杜维却仿佛对此视而不见,没有一丁点厌倦。这只可能是一种足以以假乱真的表演,以此来掩盖他不为人知的另一面。尽管没有确凿的证据,然而女人的直觉让她深信不疑。一个男人怎么可能长时间与同一个女人相处而不感到疲惫呢?

房间的门开了,晚餐结束了。杜维看见房间里一片漆黑,阳台的门打开着,陈里穿着轻薄睡衣几乎透明地站在微弱的光影里,若不是因为房间太黑就看不清她了,不由吃了一惊。他走到阳台上,你不是头疼吗?穿得这么少,晚上还是挺凉的,不会冻出病来吗?他伸手把烟头从她手上夺了下来,在烟缸里掐灭,拖着她的手想把她拉回房间,但是陈里用力甩脱了。

杜维不知所措地看着她,陈里说,那把伞怎么回事?

什么伞?

我的伞,为什么到了她手上?

杜维皱了皱眉,我们进房间里说,好不好?站在这里真会着凉的。

陈里语气平静,但是态度坚决,不,就在这里说。

杜维无可奈何,是这样,那时候我接到方浩的语音电话,他说他需要老汤的电话,还挺急的。老汤的电话我存在工作手机里,所以我要把另一部手机拿出来找,然后发给他。但是我手上还拿着伞,我本来想把伞给你,可是我回头一看你和小豆还落在后面,所以我只能让沈懿菲帮我拿下伞,等我把手机上的事情都处理好,却发现她撑着伞走了,我总不能追上去把伞要回来,当时还下着雨。

可是她还给你的时候你为什么不要?

杜维说，不是还下着雨吗？我接过来之后怎么办，是自己撑着让她淋雨，还是两个人都不撑一起淋雨，或者是两个人撑同一把伞？从我的角度来说，我只能让她继续撑着伞。

可为什么我一来她就能把伞还给我呢？

那是你们女人之间的事。

陈里沉默不语。天衣无缝，她心里想，这正是最让她感到恼火的地方，她几乎找不出一丝破绽，杜维表现得越是无辜，她就越生气，我已经看到事实了，你还在狡辩。

真相一定是事实，但事实并不一定是真相。

有什么区别？

杜维再次拉起她的手，我们进屋去说好不好？你这样真的会生病的。这次陈里没有再挣脱，被杜维牵着进了房间。她的身体已经冰冷僵硬，坐在床上不停地发抖。杜维在她身旁坐下，搂着她的肩，区别就是假设你看到我给老果一百块钱，这是事实，但不是真相。这一百块钱可能是我借了之后还给他的，也可能是我交给他让他给我买东西的，所以事实不是真相。他跟着又说，我知道你有很多疑虑，在你这个年龄是难免的，其实我也很累，不过我得告诉你这些担心都是多余的，不会变成现实。你想，如果我拿回雨伞自己撑着而让她淋雨，这样的男人真的会是你的依靠吗？

陈里听着杜维疲惫而又沮丧的语气，慢慢把头靠在他的肩上。杜维说，你先去洗个澡吧，让身体暖和一点。明天旅行就结束了，回去之后我们就去把离婚手续办了，现在的房子先登记在你名下。我托了不少人，动用了很多关系才拿到新房子的名额，你想想啊，新房子是限价的，一旦变成二手房就立刻升值了，等我们把贷款手续办好之后就复婚，再把我们两个人的名字都加上去，一转手就可以赚很多。我已经看见我们未来的生活，徜徉在地中海的阳光里，身下是清澈见底的海水，成群的沙丁鱼在船下穿梭。而现在，只需要一个简单的手续……"

陈里一句都没听进去，她和杜维没有孩子，如果有孩子，那还可能是一条牵绊住两个人的纽带，而房子登记在她名下又算什么呢？这正好给了他完全自由的身份，像是脱了线的风筝，挣脱了束缚。这些年来，时间在他身上凝结，失去了效力，让他的外表看起来还停留在以前的岁月。伴随着他一起徜徉地中海蔚蓝海水的可能是沈懿菲，也可能是其他什么更年轻的女人，他们完全可以在风中疾行，像鸟儿一样自由。杜维还在她耳边说着什么，陈里眼睛直直地盯着窗外，群山的剪影笼罩在雨湿雾气的景区里，她身体僵硬，坐在床上一动不动……

经过几天的游玩，回程的路上大家都很疲惫，倚在舒适的座椅上瞌睡。车厢里很安静，只听得见疾驰的列车摩擦空气发出噪声。杜维在她身旁睡得很安稳，而陈里毫无睡意，车窗外东部平原开阔单调的景象也不能让她感到困倦。她看着车厢上方的提示牌，上面的数字一直在不断跳动，显示着列车的实时速度。陈里眼看着数字从270一直攀升到290，不断提升的车速就像是停不下脚步的生活。她在心里默默和自己打了一个不可靠的赌，如果车速跳到了300，那么就表明她和杜维的婚姻还能重回正轨。她睁大着眼睛看着那串数字慢慢往上升，从297到了299，她的心也渐渐提了起来，双手握紧，手掌心被汗水浸湿，连眼睛都不敢眨一下。这时，窗外突然一黑，列车驶进一条幽暗漫长的隧道，提示牌上的数字忽然消失不见，取而代之的是滚动字幕提示列车已进入隧道。陈里有些发呆，她看着车厢里熟识的那些人，他们正在熟睡，做着各自独立而又隐秘的梦。杜维坐在她身旁，仰着头，嘴巴微微张开，眼球在眼皮底下快速转动，他会不会是在和沈懿菲做同一个梦？陈里不知道。那张在终点站等待着她的离婚协议像是套在她脑袋上的塑料袋一样让她无法呼吸，让她感到孤立无援，当她转头看向车窗，外面是一条永远没有尽头的隧道，漆黑一片。

2023年4月22日
于长东居

独自前行

早晨,田寓从透进窗帘缝隙的一缕阳光中醒了过来,他感到湿漉漉的,夜晚的梦境在身体上遗留了过多的残存。他从床上坐了起来,拉开窗帘,阳光泻了进来,照射在窗台的玻璃鱼缸上。鱼缸里唯一一条清道夫每天都会在午夜时分去世,又在第二天早晨忧伤地复活。这让它感到沮丧,对现实失去了兴趣,一动不动,耐心企盼死神真正的惠顾。阳光经过鱼缸一角的折射,在乌黑的大理石台面上展现出一段七彩棱光。他盯着这段被分解的光谱看了一会儿,直到微小的彩虹随着日光的移动渐渐消失,他才真正从睡梦中醒来,并觉得这不是一个好兆头。

这时,房门被推开了,舒洁穿着睡衣走了进来。她头发蓬乱,脸色苍白,眼圈青黑,上下一体的宽松睡衣像是一个麻袋一样套在她的身上,掩盖了她本来的身形。她看了看坐在床上还拉着被子的田寓,你醒了?

田寓转向床头柜上的闹钟,点了点头,时间到了。

舒洁走到床的左侧,拉开衣橱的门,从里面挑出几件衣服,要不要给你做点早饭？

他想到在夜里已经发生位移的胃，便摇了摇头，不，我不想吃。

舒洁脱下睡袍，只穿着内衣内裤，身材依然很紧致，那也好，你在外面买点吃的吧。一边说一边往身上套衣服。

田寓看见她稍稍鼓起的腹部有一道宽 1.3 厘米、长 17 厘米的红色痕迹，在肚脐靠上一些，像是一条刀疤，覆盖了整个腹部。虽然颜色已经很淡，但是在她白皙的肌肤上仍然显得很扎眼。他琢磨了一会儿，一定是有人将她脱光衣服摁倒在桌子上，并且从身后不断用力发起冲击，这才会在肚子上留下被桌子边缘勒紧的印记。或许自己从前也这么干过，但那一定是很久以前的事情了。问题是现在她肚子上的印痕是在哪里产生的呢？是在这个目前双方还共同分享的家里还是在其他什么地方呢？

你还不起床发什么呆呢？舒洁穿好了衣服，看着正在出神的田寓。

小家伙今天怎么样？

舒洁略微皱起了眉头，还不见好转。喝了点水，但是好像没什么效果，总是不停地翻身，看起来还是很难受。

田寓下了床，在衣橱里翻找自己的衣服。他和舒洁分开睡已经有段时间了，起因在于某天晚上他睡着后不知不觉地说了一些话。舒洁一开始以为他只是在做梦，但是连续听了几个晚上之后她发现田寓的话具有连贯性，严格按照记忆顺序，像是在口述一本关于前半生的回忆录，其中一些事情让她感到羞耻和愤怒。一个星期之后舒洁就和他分了房间，当田寓追问原因的时候，她只用了两个本来不应该出现的名字就让他意识到了事情已经无法挽回。

从卧室里走出来，舒洁正坐在沙发上玩弄手机。他走进卫生间，等他洗漱完毕，舒洁仍然坐在那里看着手机。田寓又看了一眼紧闭的书房门，不禁对小家伙有些担忧起来，皱起了眉头。他走到门口，从鞋柜里拿出一双皮鞋，对着沙发交代了一声，我走了。

舒洁仍然没有抬头，只是从鼻子里发出了一点声音，表示知道了。田寓出了门，反手将门关上，立刻进入一片炽热的阳光之中。

从拥挤的地铁站出来，他像是一个溺水者再次浮出了水面，可以自由地呼吸尽管已经被严重污染的空气。在一个繁忙的十字路口，他停下了脚步，与等待过马路的人群站在一起。人潮汹涌，面对刺眼的红色光芒，只有田寓没有动。后方的人群越过他，像是高速的洋流席卷而去，只留下一座岿然不动的孤岛。他多少有些羞愧，因为不能和族群同步而心生自卑。好在很快情况就发生了变化，红光被绿色替代，他加快脚步去追赶已经先拔头筹的人流。当阳光越过云层的时候，城市变得透明起来。马路边上一排排商铺色彩缤纷的外立面在紫外线的照射下闪闪发亮。他走到银行门口，那是一栋二层的现代化建筑，外立面使用的咖啡色的玻璃，像是黑洞一样吸收着光线，一眼望去显得深不可测。

当中是两扇玻璃的自动感应门,田寓走过去,玻璃门从中间向两边分开,他走进了气温适宜、安装大量现代化设施的银行大厅,立刻觉得清静了不少。

办公室里还没有人,田寓放下包,拿着阿拉伯风格的土黄色陶罐状茶杯去水池清洗。他将昨天剩余的茶叶倒进垃圾桶,却看见垃圾桶里塞着一只破旧的兔子。一只耳朵已经被扯断了,另一只还耷拉着。一对眼珠被抠除了,只剩下两个空洞。浑身脏兮兮的,勉强能看出来在它还崭新漂亮的时候应该是粉红色的。它静静地待在垃圾桶里,一言不发,似乎对这样的结局既不满意也不悲伤。田寓对着兔子发了一会儿呆,然后洗了茶杯回到办公室,放好茶叶,泡上开水。这时,陆续有人进来,田寓和他们打了招呼,在自己的座位上坐定,拿出一份报纸阅读起来。过了一会儿,丁小霏也来了,她的办公桌就在田寓身后。田寓皱着眉头,几分钟之后,白艳也出现了。她身材高大,走起路来两侧生风,进到办公室后立即在丁小霏身旁坐下,交谈起来。田寓看着报纸,耳朵里不时飘进一些内容不完整的说话声。尽管知道她们并不是在谈论自己,但是他仍然感到心烦意乱,报纸上的黑色印刷体仿佛都是独立存在的,每一个字都能够辨认,却无法相互联系起来,整合成为一句有意义的句子。那只死去的玩具兔子常常突兀地出现在他眼前,它曾经是某个人心爱的玩物,但是现在却被丢弃了,从主人的心里被驱除了,甚至没有带走眼睛。他盯着报纸,越来越感到心跳加快,不好的事情随时可能发生。

这时,田寓突然听见白艳提到了一个名字,曾经出现在他鬼魅般梦话中的名字，顿时让他冷静了下来。他的注意力从报纸上开始转移，开始仔细聆听她们的谈话。

不，我应该不认识她。丁小霏犹豫了一会儿说。

就是总部的那个财务，留着一头短发，一年四季都穿着裙子，你见到她一定认识。白艳努力想从丁小霏的淡薄记忆中抽取一点形象。

但是丁小霏显然并不愿过多纠缠人物形象，她对事情本身更感兴趣，你说她和谁？信息部的那个脖子很长的男人？

是的，一开始大家并不知道，后来有人发现他们出现的时机总是很默契，要么都在，要么都不在，直到最近，有人看见……

田寓回想起陈静，那是一个皮肤很白的女人，比他小几岁，有一双饱含风情的眼睛。半年前他背着舒洁跟她偷偷幽会过一两次，携手走在灯光交错的大街上，在共进晚餐后躲进黑暗的电影院里拥抱亲吻。但是后来不知出于什么原因陈静拒绝再和他约会，并且不再回复他的任何信息。这着实让他费力猜测了一阵子，直到现在才解开谜团。田寓多少感到有些沮丧，多美的一个女人，皮肤如此细腻，眼神迷离，脸上微微有些雀斑，是他最喜欢亲吻的地方……他放下报纸，起身给自己的杯子里添加了热水，回到座位上期待获得更多一点信息，然而丁小霏和白艳的话题已经转移了，不再谈论这件事。对她们来说这只是众多话题中的一个，既非无关紧要，也不特别重要，就像是每天的新闻节目一样，无论传达什么信息，都只是别人的事情。但田寓却因此受到了影响，整个上午他都心神不宁，偶尔翻看一下桌子上的申请材料，但是并不处理。他在恍恍惚惚中虚度了几小时，转眼要到午饭时间，他的那种感觉越来越强烈，能清晰地感受到心脏不安分地跳动，血液循环发出的汩汩声，他觉得身体很虚弱，气力正从手指上流散出去。这时，办公室里走进来一个人，他向别人询问田寓，靠近门口的同事指出了他的位置。他顿时感到自己暴露了，主动站了起来。

来人走到他面前，是一个长得很普通的男人，三十多岁，戴着眼镜，脸颊消瘦，头发因为过度激动而蜷曲，身材细长，穿一件暗红色的夹克衫，正上下打量着田寓。两个人沉默了一会儿，田寓先开口，你找我吗？

陌生人还是没有说话，田寓继续问，是想申请贷款吗？

贷款？对方似乎怔了一怔，脸上流露出冷酷的表情，不，我是来讨债的。

讨债？讨什么债？

我是陈静的丈夫。

田寓还没有回味过来，脑袋上已经重重地挨了一拳，眼冒金星，站立不稳，跌跌撞撞往后退了几步。丁小霏和白艳立即发出与实际情况相去甚远的高分贝惊呼，就好像目睹的是凶杀现场，受害者已经横尸街头。不过这些喊叫起到了效果，施暴者被动作迅速的同事们控制住，另外有人扶住了还晕头转向的田寓。他的脑袋里一片轰鸣声响，恍惚中听见有人在质问施暴者为什么动手打人。

那个男人在办公室里用受害者的语调叫喊，陈静自己都已经承认了，我还要什么证据？我要让他记住，离我妻子远一点。

这一拳很重，田寓一时间并不感到疼痛，只是受力的地方发热发胀。他用力挣脱了那些拉着他的同事，冲到行凶者面前，但是当他看到对方愤怒的眼神背后隐藏着的恐惧时突然感到很疲惫，为这个害怕失去妻子的男人感到惋惜，在他装腔作势的强硬外表下是孤立无援的处境，没有人能够帮助他。田寓决定不再把真相说出来，他接受了这一拳，因为那两次幽会。看好你的妻子，他对行凶者说，真正要打她主意的人不是我，她比你想象的更聪明。

陌生人对于田寓没有进行反击颇感意外，他咬住嘴唇的牙齿不受控制地微微颤抖，一时间不知道说什么好。田寓突然明白过来其实他是了解真实情况的，只是缺乏勇气戳破妻子的谎言，陈静把自己推出来，他便跟着虚假的线索寻觅过来，真正的目标并不是自己，而是把自己当成一只给猴子提供示范的鸡，况且这只鸡并不无辜，在某些漆黑的夜晚偷啄了别人家的米。他感到很失败，尽管这是在他的办公室，但是他却前所未有的孤独，他不能向别人解释自己落在圈套里，是一个心不在焉的妻子的挡箭牌，同时又是一只被丈夫用作警告功能的鸡，只是为了让猴子老实一点，即使辩解了也未必有人相信。他认真地看着陈静的丈夫，非常理解一个长相的普通男人对美貌并且不安分的妻子难以消除的危机感，你走吧，希望这能让你感觉好受一点。

尽管没有预期中的打斗，也达到了想要的效果，但是陌生人并没有感到胜利。他的举动本身已经证明了他的妻子不受约束，这不是什么光彩事件。他抖动了一下身体，虽然没有说话，还是感激地看了一眼田寓，然后转过身，在办公室里无数的目光注视下走了出去。田寓回到自己的座位上，开始收拾东西，他知道接下来的时光比之前的突发情况更艰难，他将处在流言和猜测的包围堵截之中，没有人会当面提这件事，他们都将在暗地里议论并且做出各种离奇的猜测和解释，自己作为当事人，反而变得无能为力。

很快，丁小霏和白艳的说话声又在他身后响起。这一次，她们压低了声音，让对话内容变得不可捉摸。田寓仔细捕捉着只言片语，却还是无法听清。过了一会儿，两个人突然同时笑了起来，田寓回过头，看见她们都弯下腰，看着对方，嘴巴张开，但是却没有声音，似乎已经被笑声撑住了，很久才发出一声喘息声，然后各自用手捂住嘴，尽量不让声音泄露出来。他感到由衷地愤怒，因为无法认定她们就是在谈论自己。这时，有同事走了过来，敲了敲他桌子上的隔板，刘部长让你去他的办公室。传达完信息就急忙走了，似乎这里散发着不吉利的气息。

田寓站起身，感觉此时办公室里所有的眼睛都在看着他，步伐也变得不自然起来。走到部长办公室门口，抬起手敲了敲玻璃门，里面没有人说话，他稍稍犹豫了一下，推开门进去了。刘部长坐在办公桌后，正埋头写着什么东西，一直等到他写完了，才放下笔抬起头看着田寓，双肘支在桌子上，伸出右手指了指暗红色花梨木办公桌前方的椅子，坐吧。

田寓往前走了几步，在转椅上坐了下来，小幅度地往两边转了两下，似乎只是为了试一试转椅的灵活程度。刘部长又指了指他脸上红肿的部分，用略显温和的平淡语调问，怎么样？严不严重？

没什么要紧。

刘部长点点头，那就好，跟着皱起了眉头，语气转向严肃，你的私生活我不想管，也管不了，你有你的爱好，但是我希望无论你做什么，都要确保在自己的控制范围之内。这里是工作的地方，不是你们解决私人情感的地方。如果你做不到，那就不要去惹这些事，明白吗？

田寓看着刘部长身后的一排玻璃书柜，那些大部头的金融书籍整齐地罗列在书架上。他连一次都没有翻动过那些书，这些书只是装饰，真正的价值不在于其艰涩难懂的论述内容，而在于专业化的书名和书本的厚度，他想。我知道了，不会有下一次了，对不起。

刘部长跟着叹了口气，你现在这样子也不太好，下午不用上班了，放你半天假，回家处理一下吧。再说，待在办公室里恐怕也不会更容易，先降降温吧。

田寓站了起来，谢谢部长。刘部长微微点了点头，又俯身在桌上写起材料了。田寓转身出去，走到门口时，突然听见刘部长问，你觉得她怎么样？

田寓吃了一惊，站住脚步，回过头看着正在埋头疾书的刘部长，谁怎么样？

刘部长没有抬头，当然是陈静啊。

田寓背后冒出了一阵冷汗，一个真正的防御指挥家。如同是一个航母战斗群，在核心航母之外部署了大量外围防御战舰。而自己就好像是被导弹锁定的飞机所抛出的散发着红色光芒的诱饵弹之一，放射出高热量来吸引目标，能够让真正的目标毫发无损地逃离现场。田寓想了想，我觉得那些雀斑很性感。

刘部长没再说话，对这个观点既不认同也不反对，在桌上不停地写着东西，似乎已经忘了他的存在。田寓等了一会儿，轻轻打开门，走出了办公室，又将门轻轻关上。

回到办公室里，其他人都出去吃午饭了，阳光透过百叶窗帘在室内形成了条状阴影，房间里显得空旷，幽静。田寓走到自己桌子前，开始收拾东西，趁着这会儿人少，可以避免一些不安分的眼光。他将桌子上的资料整理归拢，准备离开。这时，办公室的某个角落里传来了一些有节奏的声响，似乎是有人在按照某种规律敲打什么东西。他寻声找过去，在一处阴暗的走廊里看见两个人，根据身影判断是白艳和丁小霏。她们面对面拉开一定距离，全神贯注盯着对方，不时抬起脚对着空气做出一个回击或者抢救的动作，双方此起彼伏，就好像有一个毽子在她们之间来回飞跃。田寓看了一会儿，两个人的速度在不断加快，幅度也越来越夸张，几乎与受过严格训练、伤痕累累的体操选手不相上下。在死之前她们找不到其他无聊的方式来浪费时间。田寓惊叹之余，从口袋里掏出几枚硬币，轻轻放在地上，然后转身离开。

今天糟透了。田寓在手机上写完这句话犹豫了一下，还是按下了发送键。然后他一直盯着手机屏幕，过了一会儿还是没有反应，他把手机放进口袋里，几乎立刻又拿出来看了看，屏幕上安静得可怕，像一个明明会说话的人却总是不声不响。中午时分，地铁上人不多，他难得能在长椅上坐一会儿发呆。刚才发出的信息是眼下唯一能引起他兴趣的事情。

他们是在手机上认识的，一天晚上，田寓在软件上寻找附近无聊的人，有一个女性的头像勾起了他的某些深藏的回忆，他向对方发出了邀请。很快对方就有了回复，两个人开始交谈起来，从一开始的小心谨慎到最后的无所顾忌，大概用了不到半年的时间。他们将虚拟的交流发展到了极致，在假设的时间中已经度过了三个生命周期，结了五次婚，并且离了其中的四次。现在，他们每天都在商量着在现实中见面的约定。选择时间、地点，并且对对方的穿着、发型和装饰品按照自己的意愿提出各种各样的要求，两个人怀着巨大热情的讨论往往持续到深夜，但是由于始终没有达成一致，导致第二天不得不再次重复类似的协商，无穷无尽，最终将见面的事情耽搁了下来。但是不管怎么样，这个名叫黄玫的女人，已经是他不可缺少的依靠了。

过了一会儿，手机终于震动起来，黄玫的回复来了，你怎么了？

田寓想了一想，还是把手机上那一大段话都删除了，我想我的上司对我有些意见。

你得罪他了吗？

田寓不自觉地笑了笑，是的，但不是工作上的原因。

别太在意，也许只是你想多了。

田寓突然觉得和黄玫聊这件事是个蠢主意，他感到心里烦躁，对着手机屏幕一时间不知道说些什么好，过了许久才问，你想好我们在哪里见面了吗？

黄玫很快回复，你说呢？

电影院？

好啊，什么类型的电影？惊悚的吗？有没有杀人的场景？血液到处飞溅了吗？在谋杀之前是否对受害者施加了足够的伤害以至于受害者本人不得不期望凶手加快进程？凶手把受害者肢解后藏在冰箱里了吗？隔壁邻居的猫是唯一的凶案目击者吗？

田寓有点吃惊，我不知道，我没有查过最近的电影排片表，不过也许是一部文艺片，长达八小时二十七分钟，故事线索模糊不清，人物关系混乱不堪，很难理清逻辑，涉及的人物有一百三十多人，经历六个历史时期，其中四个时期处于全国性的大动乱。肯定会有死亡，但是难以断定是不是属于凶杀，可能只是一次意外，也可能是不治之症，永远不会知道一个人为什么会死。

黄玫回复了一个笑脸，第一次见面，你就要把我带到一间黑屋子里，屏幕上放映的是毫无头绪甚至互相矛盾的影片，让人难以忍受，于是只能放弃，寻求一点别的安慰。你是这么想的吗？

田寓感到口干舌燥，双手微微颤抖，被欲望折磨得头昏脑涨，心脏已经扩张到脾脏的位置。同时又感到过于突然，不知道怎么样将对话继续下去才不至于熄灭艰难燃起的火种,他小心翼翼地提问,明天好吗?

明天我可能要加班。

田寓慢慢冷静了下来,不再激动,心脏也终于输掉了战争,让出了自己的位置。那好吧,改天再去吧。田寓心灰意懒地结束了聊天,他很清楚下次他们可能会定好时间,但是又会对餐厅的位置和风格有不同的看法。日本料理还是西班牙火腿,这永远是个争端。

田寓站在小区门口,稍微显得有些犹豫。四周很安静,白色水泥路面反射着耀眼的光线,甚至能听见炽热的阳光在耳边发出"嗡嗡"的声响。田寓不太确定,或许是肿起部分血流的声音。现在,挨揍的地方高高隆起,微微发胀,滚烫并且开始疼痛。他忍不住想要把皮肤割开,让淤血流尽,消除肿胀。这时,小区里出现了一个身影,正在向大门走来。田寓像是得到了某种信号,赶忙低下头,往自己家里走去。

在门口,他拿出钥匙准备开门,但是却听见房间里传出一些奇怪的声音。他把耳朵贴在金属的防盗门上,仔细聆听了一会儿。那声音既像是哽咽,又像是呻吟,而且语调奇怪,有时语速飞快,有时又拖长了音节。田寓轻轻转动钥匙,将门打开,走进了房间。看见舒洁站在客厅中间,正对着阳台外的院子,拿着一把梳子,弯着腰,身体倾向一侧,一只手握着梳子的木头把手,将梳齿举到嘴巴前,双眼紧闭,脸上凝固的表情痛苦而又沉醉。

田寓轻轻咳嗽了一声,舒洁睁开眼睛,但是没有改变姿势,他多少有些尴尬,似乎是一个不谨慎的丈夫,无意中窥破了妻子的隐私。你这是在唱歌吗?

舒洁这时候才直起身,恢复了常态,好听吗?

很动听,跟从前一样。

舒洁看了他一眼,你的脸怎么了?

田寓用手摸了摸,然后走进卫生间,走得太急,在门框上磕了一下。

舒洁应了一声,并不太在意,坐到了沙发上,对他在这个不寻常的时间点回到家里也丝毫没有兴趣。田寓松了口气,又多少有些失望。他洗完手出来,问舒洁,小家伙怎么样?

舒洁抬起头,沮丧地看着他,然后摇了摇头,情况还是不好。

喂过药了吗?

刚吃过。看得出小家伙很难受,不停地翻身,脚扭来扭去,脑袋一会儿向左,一会儿向右,什么睡姿都不舒服。你要不要进去看看?

田寓避开妻子期待的眼光,看了一眼书房关着的门,你吃过午饭了吗?

我刚吃了几片培根,一小碟沙丁鱼罐头,还有牛奶和一些面包。你不想去看看小家伙吗?

田寓犹豫了一下,我等会儿会去看的。我去给小家伙买几条小金鱼吧,顺便吃点午饭,从早上到现在我什么都没吃过。小家伙最喜欢看金鱼，以前盯着鱼缸一看就是好几个钟头，我出去再买几条放在床头的鱼缸里，没准小家伙就会好起来的，一切都会好起来的。

卧室里就有一条鱼。

田寓摇摇头，不，那是一条热带鱼，而且情绪很低落。小家伙只喜欢活泼的金鱼。

你觉得这样管用吗？

我不确定。过了一会儿他又说，但我们该试试。

要是不行呢？我是说万一。

那也得试过才知道。田寓果断地回答，然后不再理睬妻子，匆匆又出了门。

由于气温过高，市场里的金鱼都处于缺氧的状态，尾扇收拢，嘴巴一张一合，沉在水底昏昏欲睡，奄奄一息。田寓用网兜拨弄了几下，挑选了几条看上去还能撑几天的金鱼装进塑料袋里。他提着鱼，转到市场边上的一家小面馆里，把放在裤子口袋里有些臌胀的钱包拿出来和装着金鱼的塑料袋一起放到了油腻的桌面上，点了一碗白切牛肉面，然后坐在一旁静静地等着。

面馆很小，20多平方米的面积，整个店里除了他之外还有三个客人，其中一个正在吃面，另两个跟他一样正在等待。这时，门外又进来一个人，二十七八岁，身材魁梧，秃头，光着膀子，脖子上围了一根粗重的金项链，手臂和肩膀上满是青黑的文身，由于面积太大而看不清楚究竟是什么图案。

新来的人进来后环顾了一下四周,然后走到田寓这张桌子坐了下来。尽管隔着一张桌子,不可能发生碰触,但是田寓仍然不自觉地往后挪了挪,虽然没有什么实际意义,只是一个姿态。光头咧开嘴笑了笑,跟老板点了一碗红烧牛肉面,然后转过头看着他。田寓觉得有些不自在,想换张桌子又觉得过于突兀,只能把目光转向一边。

这鱼能吃吗?

田寓充满了绝望,似乎是被掉落的石头所砸中的唯一一个不走运的人。他回过头来,面带微笑,这不能吃,这是观赏鱼。

对面的人直接伸出手来将装鱼的塑料袋拿了过去,放在眼前仔细看了看,是不能吃,没什么肉。他将袋子向空中抛了几次,田寓心惊胆战地看着,心里盘算如果塑料袋掉在地上摔破的话,自己究竟该怎么应对。好在对方并没有失手,将塑料袋还给了他,金鱼安然无恙,田寓松了口气。这时,店老板突然喊他,你的白切牛肉面,自己过来端一下。

田寓看了一眼对面的光头,面不送过来吗?

老板在玻璃后面,用手敲了敲玻璃,小本经营,请不起人,要吃面自己过来取。

田寓只能站起来,走到出面窗口,小心地端起盛满面汤的大碗,坐到自己的位子上。突然,他的眼光落到自己放在桌子上的皮夹,本来皮夹是在靠近他的这个角,但是现在却改变了位置,被移到了中间地带。他不知道这是什么意思,顾不上吃面,先伸手把皮夹拿回来。

但是就在他接触到皮夹的瞬间,一只大手伸了过来,按住他的手,你干什么?

田寓看着文身的光头,无路可退,这是我的皮夹。

你的?明明是我刚才放在桌上的。对方惊讶地看着他。

田寓向四处看看,刚才吃面的客人放下碗筷走了,另两个人若无其事地加紧埋头吃面,对这里发生的事情漠不关心。他又看向老板,老板体形壮硕,一脸横肉,是他唯一的依靠。但是这会儿他却低着头,盯着沸腾的大锅,似乎对煮面这个职业倾注了过于执着的热情,甚至蒸汽将他包裹隔绝起来,对外面发生的事情已经充耳不闻了。田寓丧失了最后的希望,他沉下脸,尽量让自己看起来有点威严,你别胡搅蛮缠,这是我的钱包,我有证据,钱包里有我的身份证。

对方不屑一顾,这算什么证据?要是里面也有我的身份证呢?那就是我的了?

你说什么?

光头冷笑一声,用两根手指挑开折叠起来的皮夹,从里面钳出一张白色的卡片,拿在手里,只能看见四分之三的部分,但是光头的照片却一清二楚,正对着田寓,神情严肃。看见了吧,你说这皮夹是谁的?

田寓霍然站起身,伸出手指着对方,由于激动导致手指微微颤抖。光头也站了起来,面对着田寓,本就不大的空间更显得阴暗,局促。另外两个客人适时地吃完面离开了,店堂里就剩下两个人对峙着。这时,从门外又走进来一个人,他进了店后看了两个人一眼,然后又迅速转移目光,对着正在研究面道的老板说,一碗牛肉面,想了一想又加了一句,打包。说完,他将脸转向门外,看着马路上来来往往的汽车。

但是田寓仿佛找到了救命稻草,他喊了一声,喉咙因为激动而有些含糊不清,警官。

那个人仿佛没有听见,依然看着外面。田寓清了清嗓子,又喊了一声,警官。

警察终于转过身来,看上去五十多岁,头发已经花白,穿着制服,由于天气炎热而将帽子拿在手中,他背着光站着,脸隐藏在阴影里,但是声音暴露了他内心的不满,什么事?

警官,这个人先是要吃掉我的鱼,然后又打算强占我的钱包。这是抢劫行为。

警察向他们走近了几步,什么鱼?

光头重新坐下,指了指塑料袋里的金鱼,没什么事,我们在开玩笑呢。

警察把金鱼提起来看了看,一脸威严,开玩笑?好笑吗?

不是鱼,他想抢我的钱包。

钱包呢?

在这儿。田寓指着桌子。

不是在这儿吗?

是,可是他刚才非说是他的。

警察上下打量着他,你为什么要把钱包放在桌子上,而且还让它离开你的视线呢?

我觉得放在口袋里有点硌人。

如果你的钱包掉在马路被别人捡走了，算抢劫吗？

可他刚才还趁我取面的时候，把自己的身份证塞进去……

警察盯着他，这事还有谁看见了？

那些顾客都走了，还有老板。

警察回过头，老板你看见刚才发生的事了吗？

没看见。

没有人证，只有你的一面之词，既然钱包还在，我看就算了吧，以后自己小心点。

田寓仍然感到不甘心，他受到的屈辱并没有得到清洗。他刚才还打了我。他将脸上的肿胀处转向警察这边。

光头赶紧站起来，我可没有碰他，连一根手指头都没有。

警察的脸阴沉下来，他看了看田寓的脸，你们两个，都一起跟我走吧。

我真没打过他。

到了里面就都会弄清楚的。警察用不容置疑的口气命令。

光头垂头丧气，田寓有些得意，跟随着警察走出门去，马路边上停着一辆警车，车顶上的警灯红蓝光芒交替。警察打开后排车门，光头先钻了进去，田寓跟在后面，他正准备弯腰钻进车里的时候似乎听见警察在他身后轻声自言自语，声音不太真切，混蛋。

田寓吃了一惊，回过头去看着警察，你说什么？

警察一脸不耐烦，沉声喝道，进去。

警车一路风驰，很快到了派出所。警官带着两人下了车，走进大厅，直接将他们带到报案窗口。他拿起笔在表格上填了起来，不到一分钟，他便把表格塞给窗口后坐着的警官，那个人接过表格看了看，什么情况？

互殴。

光头喊起来，我没有打他。

田寓也吃了一惊，我也没有动手。

带他们来的警察冷笑一声，你们都没有动手，上这儿来干吗了？把东西放下，跟我走。再不老实就呼叫增援了。

光头看起来是这里的常客，立即不作声了。田寓虽然感到委屈，这时却担心起报假案的罪名来，他无法确定那家小面馆里是不是装有摄像头，虽然看起来不大可能，但是也很难肯定。于是他也停止了抗议，交出了身上的多余物品，跟着警察往后走去。警察将他们带到隔离室前，像是一排笼舍，每间屋子只有一条凳子，一扇气窗和一道铁栅栏门。警察将两人分别关进一间房间，转身离开了。

在漫长的等待中，一开始田寓感到愤怒和委屈，他怒气冲冲，亟需一场聆讯，在一次次的想象中义正言辞地指责警察犯下的种种错误，并且要让他们因为不负责任而付出代价。但是随着时间的推移，他变得越来越迫切地想要离开这个潮湿、闷热的房间，他不再在乎什么时间、地点、人物、起因、经过和结果，只要有人来过问这件事，他将立即承认自己诬陷了对方，甚至可以将钱包里的钱都给对方，金鱼可以红烧、清蒸、爆炒，只要能让他离开这个地方。

但警察们将他遗忘在了这里，他惊奇地发现这里异常寂静，听不到半点动静，可是和他一起进来的那个光头呢？为什么也不发出半点声响？难道人一到了这种地方就变得安静了？也许发生了什么大灾祸，外面的人或者死于非命或者四散奔逃，把他孤零零地留在这里慢慢饿死，甚至等不到饿死就会因为绝望而死。这些想法让他感到害怕，但是却又像是一种抵挡不住的诱惑，让他忍不住要去思索。

终于，他听见外面传来一阵脚步声，立即冲到门口，隔着铁栅栏看见一个陌生的警察朝他的方向走来。他怀着忐忑的心情看着身着制服的警察，他想说话，又不敢乱说话，看着警察一步步走近他，在门外站住，让他后退一些，然后从口袋里掏出钥匙，打开铁门，出来吧。

田寓老老实实地走了出去，警察又转身往外走，他亦步亦趋地跟在身后。警察将他带回到大厅里，在其中的一个窗口，拖过一个盒子，里面放着之前他上交的物品。都是你的吧，看看还少了什么，没少的话就签字吧。警察递给他一张纸，田寓甚至都没有细看就在上面签了字，领回了自己的东西。

履行完手续，警察挥挥手，回去吧，以后不要随便占用别人的吃饭时间。

田寓一时间有些恍惚，不相信这是真实的，和我一起来的那个光头呢？

警察看着他，脸上的表情带着揶揄和嘲讽，你要去看看他吗？

田寓吃了一惊，不知道自己为什么会问这么愚蠢的问题，赶紧拿上东西从派出所离开了。

天色还很亮堂，但这是天黑之前的暮色，城市拉长了阴影，渐渐隐没，在一层金黄色中消退，变得模糊不清。路上人很多，都在匆匆赶路，神色凝重而又困惑。田寓混迹其中，置身在下班的洪流里，他想，数量虽然庞大，但是却都是一个个孤立的影子。无论是什么样的身份和关系，都不可能真正相互了解，永远都是陌生和孤独的，每个人都只能独自前行。

他回到家里，屋子里没有开灯，光线更黯淡，田寓在门口站了一会儿才逐渐适应。沙发上有一个人坐着，只是一个模糊的剪影，看不清面容。他走向沙发，用轻柔的声音问，怎么了？为什么不开灯？

舒洁抬起头，在昏暗的光线下脸上的表情显得茫然无措，你怎么去了这么久？我给你打电话你也不接，鱼呢？

田寓这才想起金鱼这会儿还在派出所里，他们放他出来的时候并没有交还给他，而他当时也顾不上金鱼，只想早点离开那里。被他们没收了，可能会……留作证据。

舒洁心不在焉，或许根本不知道他在说什么，反正也不需要了，小家伙再也不用看金鱼了。

田寓的心猛然紧缩了起来，感到鼻子一阵阵的发酸，接踵而来的是一种恐惧感，整个人似乎陷入了巨大的空虚之中，生活变得机械和空白。我才离开这么点时间，怎么就……

都怪我，小家伙一直很难受，看上去受了很大的痛苦，应该去医院的。舒洁似乎在自言自语，看不清容貌的脸上有两条微微反光的水渍。

医院？不，这不怪你，你不要自责，我们都预见不到会这样，已经吃了药了。田寓的语气变得隐隐有些气急，甚至带着恼怒，你怎么会想到去医院？根本没有必要去那种地方，本来只要能看一眼金鱼就会恢复过来的，我们没必要去医院，完全不用。

现在该怎么办呢？

田寓想了想，现在么，我们把小家伙埋了吧，就在院子里，一直陪着我们。

舒洁没出声，在黑暗中看不清她的表情。过了一会儿，她忽然尖叫哭喊起来，因为愤怒而浑身发抖，埋了？就在院子里？不，我们没有权力这么做，我们应当……

田寓用两只手分别握住妻子的手腕，轻轻地晃动着，试图让她安静下来，我们可以这么做，我们当然有权力，毕竟小家伙需要一块地方，而再也没有比院子里更合适的了。你等着，我这就去找把铁锹，这很容易办到，想一想，只要挖一个坑，不用太大，根本不会有人看见的。

舒洁不再说话，巨大的虚无感击倒了她。她抽泣着坐回到沙发上，浑身的气力都消失了，蜷缩在一个角落，将自己伪装成亟须保护的婴儿的形状，一动不动。田寓俯身下去，亲吻着舒洁的耳朵。她慢慢有了些反应，开始回应田寓的举动，双臂缠绕住他的脖子。田寓脱掉她的上衣，将她抱了起来，放到桌子边，让舒洁背对着自己，搂着妻子冰冷的身体，将她肚子上的印痕对着桌子的边缘，一只手拉下她的内裤，从后面不停地用力。他想，自己一直是这么热烈地爱着她，从没有改变……

田寓感到双腿有些发颤，他把妻子抱回到沙发上，舒洁又蜷缩起来，似乎因为过度地释放而感到疲倦睡着了。他站直了身体往漆黑的四周看了看，想不起来家里有没有铁锹。我记得是有一把铁锹的，我出去找一找，马上回来。他整理好衣服，又一次看了一眼紧闭的书房门，想到里面躺着小家伙无法动弹、了无生气的躯体，不由得感到心中一阵颤栗，赶紧走了出去。

路灯早已亮起，城市在夜幕之下变了一副模样，像是戴上了面具。田寓在街头搜寻着合适的铁锹，越走越远。夜晚，从北方来了一股弱冷空气，与原来闷热湿重的暖气流相遇，激发出一层轻柔的薄雾。田寓慢慢迷失在这雾气中，稀薄的雾气从皮肤上快速流淌过，激起一层疙瘩，这时，他的手机震动了，他从口袋里拿了出来，有一条信息，是黄玫发送的，只有五个字：想你，在哪儿？田寓站在原地，对着屏幕看了一会儿，删除了这条信息，并且将她拉黑。他迷失在自己生活了几十年的城市里，再也分辨不清方向，不知道自己处在什么位置上。突然，雾气中出现了两道黄色的光柱，渐渐向他靠近，在他身边停住。田寓看过去，那是一辆出租汽车。司机放下车窗，是一个五十多岁的中年人，满脸沧桑,从车里向他这边探过身子,上来。

田寓弯下腰,去哪儿?

机场。

田寓点了点头,打开车门钻了进去,走吧。

车子在路上飞奔了半个多小时,在灯火辉煌的候机楼前停了下来。田寓付了车费之后下了车,走进大厅,一路来到售票处。接待人员礼貌并且冰冷地问候了他,您需要什么?

一张机票。

您打算去哪里?

田寓沉吟了一会儿,我想去南方,随便哪里,只要还有座位,越远越好。

接待员拿出一张表格和一支笔,请问您的姓名。

田寓。

年龄。

38。

从事什么职业?

银行职员。

婚姻状况?

已婚。

您是要一个人出行吗?

是的,一个人。

请问您为什么不带上妻子?

田寓想了一会儿,我想她不可能一直跟着我,我们总是要分别的,这是早晚的事。

接待员认真记录下来,并且在旁边注明:不负责任。接着又问,之前热爱或者辜负过什么人吗?结局如何?

他犹豫了一会儿,是的,曾经有一个人,身高一米七二,比我大三岁。有一阵子我经常做梦,两个晚上梦到三次。但是我已经忘记她,就像往常一样,时机总是不正确。或许太早,或许太晚。这种事是无法避免的,在人生里,充满的都是各种遗憾,不太可能在正确的时候遇到一个正确的人,因此我们……

接待员写上:胆怯懦弱。

今天下午您被警方短暂拘押过,请问您为什么要诬陷旁人并且占用别人的午饭时间?

这是个误会,田寓头上开始冒汗,我并不想虚构事实,只不过是为了几条金鱼。我确实是挨揍了,但不是因为这件事……

对方在表格上写下:撒谎成性。

那么您在什么时候,什么地方,因为什么原因挨打?

中午,在办公室里,因为一个女人,她和我约会过,但不是真正的约会,其实我只是诱饵,众多诱饵之一,一只因为可笑的原因被杀害的鸡,你明白吗?我是无辜的,不是她真正约会的对象。田寓越来越紧张,他感觉语无伦次,连自己也听不明白。但是接待员只是看了他一眼,然后在纸上写下:愚不可及。

您是怎么处置小家伙的?为什么不去医院?

田寓吃了一惊,你们怎么知道小家伙的事?

接待员指了指柜台后的电脑,我们有数据,没有什么是可以隐藏的。

他静默了一会儿，沉声回答，我认为不需要去医院，小家伙需要的是几条能在水里摆动尾巴、鼓着眼睛的金鱼。我看不出医院有什么必要性，毕竟我们都这么忙。当然了，怎么处置？这是个问题。我觉得应该埋葬，在花园里……

接待员若有所思，在表格上快速写道：冷漠自私。然后又用标准的语调询问，您随身携带行李吗？

没有。

对方又在表格上注明：孤立无援。

这时，田寓觉得有必要进行一番说明，他打着手势在空气中比划着，多少显得有些焦虑，事实上我有一只被丢弃的兔子，曾经是粉红色的，折了一只耳朵，眼睛瞎了，但从不会抱怨……

舒洁从沙发上醒来，夜色已深，她感到一阵干裂的头疼。房间里一片漆黑，安静得可怕。她从沙发上下来，想去给自己倒杯水，但是走到厨房门口的时候她却发现黑暗里站着一个人。她吃了一惊，立即想到躺在书房里不再呼吸的小家伙。她慢慢走了进去，绕到侧面，看见田寓一只手撑在厨房台面上，另一只手握着一把钢制的尖刀，刀锋在窗外路灯的微光下反射着寒光。他脸上表情狰狞，显得痛苦而又忧虑。她感到有些害怕，你找到了要找的东西吗？

田寓似乎没有听见，一动不动地站在那里，眼睛依然瞪视着窗外的某个地方，嘴巴一张一合，似乎在跟什么看不见的人说话，但是却没有发出一点声音。

　　舒洁在他身边站了一会儿，却完全感受不到他身上的气息。她觉得有点冷，没有再去倒水，而是轻轻地退了出来，回到了沙发上蜷缩起来，将田寓一个人留在黑暗冷清的厨房里。

2018 年 12 月 11 日

图书在版编目(CIP)数据

幽会的节日 / 方块著. -- 上海 : 文汇出版社, 2025.4. -- ISBN 978-7-5496-4470-4

Ⅰ.I247.7

中国国家版本馆CIP数据核字第20250525B4号

幽会的节日

著　　者　方　块
责任编辑　徐曙蕾
装帧设计　董红红

出版发行　文匯出版社
　　　　　上海市威海路755号
　　　　　(邮政编码200041)
照　　排　南京理工出版信息技术有限公司
印刷装订　启东市人民印刷有限公司
版　　次　2025年4月第1版
印　　次　2025年4月第1次印刷
开　　本　890×1240　1/32
字　　数　190千
印　　张　9.5

ISBN 978-7-5496-4470-4
定　　价　58.00元